그냥 있다

그냥 있다

김예나 산문

문학나무

중얼 중얼… 혼잣말

우디 알렌은 영화 『이래셔날 맨』에서 세상의 모든 존재의 무의미함과 임의성을 목청껏 외친다. 아무 목적이나 이유를 가지고 있지 않다. 그냥 존재할 뿐이다.

지나치게 교만한 이야기로 들린다. 새삼스러운 종교논쟁을 벌일 생각은 없다. 다만 길바닥에 아무렇게나 나뒹굴고 있는 돌멩이 한 개도 의미 없는 건 이 하늘 아래 아무 것도 없다고 믿고 살아온 내겐 인간의 능력을 과신하는 교만하고 황당함으로 비칠 뿐이었다.

우리가 살아온 한 생애의 족적은 우리 존재에 대한 기록이며 자필 이력서이기도 하다. 우리는 우리의 존재를 왜 없음, 비어 있음으로 표기하고 지금까지의 족적을 모두 지워버리려고만 하는가.

레오 톨스토이의 생각은 다르다. 당신은 어떻게 늙어 어떤 모습으로 이별을 떠날 것인가. 그러면서 톨스토이는 다시 묻는다.

그냥 있다

인생은 짧다. 한때 주변의 모든 사람들로부터 총애를 받고 톨스토이 자기도 끔찍이 사랑했던 홀스또메르주 경주마. 그러나 지금은 병들고 늙기까지 한 홀스또메르주의 입장을 생각해 보라고 제의한다.

오래전에 들었던 법문 한 도막.
'날아가는 새의 그림자로다. 새가 날아간 뒤에는 새도 없고 그림자도 없느니라.'
태어나서 성장하고 늙어 죽기까지의 과정에서 죽음으로 들어서는 십수 년 동안에 겪어야 하는 육체의 고통과 고독은 노년의 재앙이다.
나 역시 발병 처음에는 내 정신력으로 얼마든지 커버할 수 있다고 자만에 가득 찼었다. 나의 건재를 과시하듯 외려 세상과의 관계에 열심이었다. 그러나 어느 순간 세상이 손닿지 않는 곳으로 조금씩 멀어져 가고 있다는 걸 느끼면서 힘이 빠져나갔다.

어눌한 나에게 나는 지치지 않고 간곡히 당부하는 말은 항상 똑같다.
천천히 느리게 그리고 당당하게!
주문을 걸어놓기도 했지만 늘 조심한다고 해도 잘 넘어지는 나다. 엎어진 김에 쉬어 간다는 무한자유 속에서 나는 골똘하게 '나'를 응시할 수 있었다. '나'가 아닌 타자의 삶도 거리를 두고 들여다보며 이런 여유도 나쁘지만은 않다는 것을 처음으로 알았다.

'해는 저서 어두운데 찾아오는 사람 없어
밝은 달만 쳐다보며 외롭기 한이 없다.'

이제 더는 이 동요를 혼자 부르며 눈물을 흘리지 않는다.

아프지 않았다면 나 아닌 세상 사람들의 진심을 알아차리지 못했을 거다. 이제야 나는 내가 엄청 행복한 부자라는 걸 알았다. 나를 위해 무릎이 닳도록 기도해 주는 친구, 지인 형제들, 무표정 뒤에 건재한 남편의 진심. 나의 세 아이들의 헌신과 사랑을 받아들일 수 있는 용기까지. 그리하여 내 삶의 '일막 일장'은 해피엔딩으로 마무리 지어도 무리는 아니지 않을까 싶다.

노인이 되면 기억으로 살아간다고 하던가.

문득 삶의 뒤안길을 돌아보면 도도하게 흐르는 시간의 강물에서 너무 멀리 떨어져 나와 있는 나를 발견한다. 숨찬 젊은 날의 기억을 되살려 오늘을 다시 새롭게 살아보겠다는 가멸찬 뜻이 있어서라기보다는 어수선한 내 삶의 궤적을 정리하는 소박한 마음으로 이 책을 묶었다. 아니, 책을 묶었다기보다는 세상을 향한 나의 상념들을 가지런히 정리해 보았다. 아마도 세상에 내보이는 나의 속내의 마지

막 편린이 아닐까 싶다

넘어가는 태양이 삼각산 봉우리 끝에 걸려있다. 폭풍이 곧 온다는 소식에도 개의치 않고 목덜미에 내려앉은 볕은 더욱 뜨겁고 사위는 고요하다.

책이 나오기까지 비지땀을 쏟고 삽화를 그린 권숙영 선생과 문학나무의 황충상 선생께 감사드린다. 노상 울보인 엄마를 감싸온 보석 같은 세 아이들과 남편에게도 새삼 감사를 보낸다.

2020년 한여름 牛耳齋에서
김예나

차례

1부

어디쯤일까

세월의 강물에서는 그리도 찬란하게 빛을 내며 바라보는 것만으로도 피돌기가 아기자기하게 빨라지게도 하고 벼린 상처의 쓰라림으로 되살아나던 기억조차도 막상 수면 위로 건져 올리는 순간 햇볕 맞은 미이라 꼴이 되기 일쑤인 것을 우리는 숱하게 겪었다.

어디쯤일까

생전에 나의 시어머니는 어디를 가든 습관적이라고 할 만큼 당신이 두 발로 딛고 서 있는 장소의 이름이나 우리 집을 중심으로 한 방위를 묻곤 하였다. 주말에 함께 드라이브라도 나갈 때는 물론 외식이라도 하려고 집 근처로 잠시 나갈 때조차도 그 식당이 우리 집에서 어느 쪽인가 하는 방위 확인을 꼭 했다.

그것만이 아니다 하루 종일 흐르는 세계뉴스 안에 부침하는 수많은 나라와 도시까지도 어느 대륙에 위치하며 서울에서 바라보는 방위까지 꼭 챙기곤 했다. 그때는 미처 짐작도 못했지만 우리 곁을 떠나신 후에야 문득 그런 행동이 시어머니 나름대로의 자존감의 표현이 아니었을까 하는 생각이 들었다. 우리네 인간이 비록 한 점 티끌에 지나지 않는다고 해도 광활한 우주 속에서 당신이 살아온 한 생의 부피와 내역 그리고 그것들 안에서 당신은 지금 어디쯤에 서 있는 걸까 하는 막연한 궁금함과 갈증 때문이 아니었을까.

나는 지금 일주일째 S병원 신경과에 들어와 있다.

자주는 아니지만 전부터도 피치 못해 입원을 해야 할 경우엔 나는 즐겨 다인실을 선택하는 편이다. 부담 없는 입원료 외에 심각한 상황이 아닐 땐 보호자 없이도 얼마든지 견딜 수 있고 좀 시끄러운 반면 웬만한 인생철학서 한 권 읽은 것보다도 다양한 사람살이를 생생하게 접할 수 있는 그 소요를 나는 즐기다시피 저작하곤 해왔다.

그런 내게도 신경과 병동은 낯설었다. 게다가 '즐기다시피 저작'하기는 내가 이미 젊지가 않다는 엄연한 현실을 전혀 감안하지 않았던 것도 실수였다. 상상을 불허하는 환자들의 구구절절한 사연, 갖가지 양태, 이를 대처하는 보호자들의 푸념과 악다구니, 평생 들어본 적도 없는 낯선 병마에 붙잡힌 당사자들의 분노, 원망, 허탈, 체념, 자포자기. 경제적으로도 그닥 풍요롭지 못한 삶의 켜켜이 속수무책 고통 속에서 허우적거리는 욥의 후예들 방으로 발을 들이미는 순간 아, 내가 여태 말로만 들어온 연옥이 여기구나, 솟구치는 짜증을 꿀꺽 참아 넘겨 줄 아량도 없고 좀 조용하자고 웃어른의 자세로 타이를 위엄도 없는 나는 그저 끓어오르는 짜증을 가래침처럼 입에 물고 있는 게 고작이었다.

그런 몸부림 속에서 어쩌다 커튼을 넘어 들어오는 앞뒤가 잘린 말소리가 저절로 내 고막을 통과해 전두엽을 지나가는 동안, 어느 틈에 그들 고통 속을 부유하고 있는 내 의식을 발견할 수 있었다. 짜증스럽기 짝이 없던 내 침대 왼편 기억상실을 앓고 있는 새댁의 새된 목소리가 문득 귀여워졌고 근육이완증으로 방안 환우에게 깊은 애정을 느끼면서 나의 짜증은 자취를 감추어버렸다. 엄연히 있어 왔고 지금도 엄연한 현실인 그네들을 대하는 의료진들의 따듯한 태도 또한 내게는 경이로웠다.

근육이완증으로 4년째 투병중인 31살 딸과 60세 엄마의 애증의 악다구니, 알포트증후군 등 처음 듣는 병명도 많다. 알포트증후군은 눈이나 귀에 이상을 동반하는 실로 고약하기 짝이 없는 난치병이란다.

내 침대 왼쪽 이웃인 새댁은 32년동안 살아온 제 삶의 궤적을 극히 몇 부문 외에는 전부 잊어버렸단다. 뇌수막염의 고열이 하얗게 표백시켜버린 제 삶의 궤적을 다시 찾으려는 이 어린 부부는 매일 하루해가 다 지도록 웃음과 울음 속에서 허우적거린다. 컨디션에 따라서 기억해 낼 수 있는 범위가 달라지기도 한다.

오늘 새벽엔 새댁이 성경 읽는 소리에 잠이 깼다. 어제그제 조짐이 좋아서 그대로의 몸의 상태가 일주일 정도 변함이 없다면 내주 월요일쯤엔 집에 갈 수 있겠다는 낭보가 새댁에게 힘을 준 것이리라. 좋은 조짐이다. 적어도 애끓는 그녀의 슬픔을 반주로 들으며 아침식사를 하지는 않을 것 같은 예감에 나는 기쁘다. 어쩌면 오늘 어린 남편은 새댁의 머리를 감겨줄 거다. 물기를 잘 털어낸 머리채가 새댁의 어깨 위에 실크처럼 부드럽게 물결치리라. 기도하는 마음으로 한 웅큼씩 머리를 집어 드라이로 컬을 잡아가는 어린 남편의 행복한 얼굴을 볼 수 있을지 모른다.

쉿! 조심! 자칫 울음보가 터지면 아무도 감당이 안 된다. 그녀가 흘리는 눈물에 젖은 7012호실 식구들은 안타까운 심정으로 그녀의 의식이 일상으로 빨리 돌아오기를 기다리고 있을 뿐이다. 울음소리가 어찌어찌 그치고 새댁의 간헐적인 흐느낌이 후렴으로 이어지는 동안 아내를 달래는 어린 남편의 말소리가 이어진다. 지친 기색도 없이, 매번 되풀이 되는 남편의 아내 달램은 현대의 처용가이다. 지방 어디 작은 읍에 산부인과병원에서 어엿한 간호사로 근무한 그러나 지금은 세 살 정도의 아이로 내려 앉아버린 아내의 지능은 남편 말고는 아무도 종잡지 못한다. 하다못해 오늘이 며칠이고 무슨 요일인가를, 그리고 지금은 봄, 가을, 여름, 겨울 네 계절 중 언제인가를 대답하지 못하는 새댁의 영혼은 어디를 방황하고 있는 걸까.

대성통곡을 하는 아내를 제 가슴에 품고 등을 쓸어주는 어린 남편의 어두운 얼굴, 땀과 눈물에 젖어 엉켜버린 아내의 머리에 연신 입을 맞추며 울음을 그치게 하려고 애를 쓰던 난감한 얼굴. 샴푸한 아내의 머리를 드라이로 컬을 만드는 일에 골똘한 얼굴, 얼핏 본 모습이지만 조상인양 깊이 내 마음에 각인되어 좀처럼 지워질 것 같지 않다.

인종과 무관하게 사람이라면 누구나 가슴을 가지고 있다는 건 고통의 원천일 수도 있지만 나는 축복이라고 우기고 싶다. 하느님의 선물이라 해도 좋겠다. 남의 슬픔을 내 것과 비교하면서 상대적인 만족을 얻는 일은 그리 유쾌하지 않다는 걸 잘 알면서도 나는 지금 분명하게 위안을 받는다. 아픈 내 곁에 나 말고도 아파하는 이웃이 있다는 사실이 왜 위안이 될까. 잠 오지 않는 깊은 밤 돌아눕는 일조차 쉽지 않은 몸뚱이를 어렵사리 뒤척일 때조차도 더는 외로움 때문에 식도가 역류되지 않아도 좋을 것 같다.

시어머님을 새삼 떠올리면서 나름대로는 정신을 번쩍 차리려고 애를 쓰지만 실수가 점점 많아지는 걸 간과할 수는 없다. 부단하게 내게 이르는 다짐은 '눈에 띄게 앞서가지도 말고 폐가 되도록 늦지도 말자'이지만 과연 얼마나 지켜지고 있는지….

일체유심조라 했던가. S병원 신경과 병동. 이곳은 연옥이라기보다는 '에덴의 동쪽'이라고 불려져야 더 어울릴 것 같다. 나 아직도 가족들 곁에, 잘 빨아 손질한 시트가 덮인 침대에 누워 숲 속에서 쑥쑥 자라 오르는 여름을 볼 수 있는 행복한 사람이다.

삼각산 동쪽 자락 아랫동네

아이들이 제각기 제 둥지를 찾아 떠난 후, 우리 내외도 수순인양 삶의 자리를 옮겼다. 녀석들 중심으로 강남에 부려 놓았던 저간의 삶을 정리해서 신혼 시절 살았던 삼각산 동쪽 자락 아래로 되돌아 왔다. 오래 되어 낡고 작은 아파트는 소박하다기보다는 초라하다는 게 정직한 표현일 게다. 먼 데서도 일부러 찾아와서 받아갈 만큼 수질이 뛰어나고 물맛이 깨끗하면서도 단 약수가 샘솟는 야트막한 산이 거실과 마주하고 있다는 것, 그 숲에서 불어오는 바람이 맑고 투명하며, 공기가 청정하다는 것만으로도 옮겨 앉을 만한 충분한 매력이 되어주었다.

만만찮은 삶의 파고에 때론 흔들리고 가끔은 우회를 거듭하면서도 꼭 돌아오겠다고 한 떠날 때의 약속은 사십 여 년 만에 이뤄졌다. 약속을 지켰다는 자화자찬의 화환을 목에 걸고 귀향하듯 이곳으로 옮겨 온 후 칠 년 동안은 매미처럼 노래만 부르며 살았다.

목소리가 촉촉하다느니 성우 누구를 닮았다느니 하는 달콤한 평을 심심찮게 들어왔던 목소리가 메말라가기 시작한 것은 십수 년 전 '녀석'의 침입이 있고서부터 시작된 여러 징조 중의 하나다. 안부전화를 걸어온 조카가 이모 몸이 많이 피곤하신가 보네, 하는 귀띔을 해주기 전까지도 듣기 거북할 정도로 가늘고 가닥가닥 갈라지면서 떨리기까지 하는 목소리의 현주소, 그 심각성을 미처 깨닫지 못하고 있었다.

노래를 부를 때도 아니고 무심히 나누는 대화중에 느닷없이 떨리는 목소리를 내는 자신에게 체신 없이 왜 긴장을 하느냐면서 윽박지르기만 해왔다. 그 일이 인품과는 무관한 '녀석'의 행패라는 걸 한참 뒤에야 알았다. 궁여지책으로 생각해 낸 것이 노래공부다. 꿈에서라도 내 사전엔 없었던 기상천외의 처방이었다.

노래를 부르는 행위를 통해서 또 다른 자아에게도 햇빛과 산소를 보내보자. 목 바깥으로 어렵사리 끌어낸 소리로 노래를 부를 용기만 있다면 잃어버린 자신감과 목소리에 힘이 주어지면서 이미 퇴행된 몸 안에 여러 기능들도 다시 가동되지 않을까. 아무 과학적인 근거도 없는 이 주먹구구식의 처방은 신선한 시도만큼 새로운 시야를 열어주었다.

클레식이 아니면 아예 외면해버렸던 가요 경시의 건방짐에서, 노래방이란 실패한 타락자들이나 드나드는 혐오스러운 저질 문화의 산실이라는 오판의 사슬에서 나를 풀어주었다.

얼마 전, 시어머님이 우리 곁을 떠나셨다. 얼추 한 세기 동안의 고단한 삶의 허물처럼 한 줌도 안 되는 풀잎 같은 몸만 달랑 남겨 놓고 해인(海印)을 찾아 쾅쾅 언 한겨울 속으로 떠나셨다. 입관하기 전 내 품에 안고 잘 가시라는 인사를 드렸을 때의 어머님 뺨의 차가움이 이따금씩 생생하게 살아난다. 내 뺨이 기억하고 있는 깜짝 놀랄 정도의 냉기는 삶과 죽음의 거리가 가까우면서도 그만큼 까마득하다는 걸 절감시켜 준다.

머지않아 우리 내외 역시 이곳에 삶의 마지막 닻을 내리리라.

삼각산은 거실 창문에서 조금만 북쪽으로 고개를 내밀면 멀리 실루엣처럼 서 있는 모습을 한눈에 볼 수 있다, 안개로 뒤덮여 꿈 같은 모습으로, 때로는 초록에 휩싸인 하얀 얼굴의 요정처럼, 혹은 눈부신 설경으로 다가서며 휘감겨드는 삼각산 세 봉우리에 반해서 이사한 처음 얼마동안은 웃음을 입에 물고 살다시피 했다.

햇빛 밝은 날엔 산이 통째로 아파트 앞마당까지 내려와 있을 때가 있다. 그런 날엔, 산 말고는 아무 것도 눈에 띄는 게 없었다. 백운대, 인수봉, 만경대. 세 봉우리에서 묻어나는 품격은 마음 깊이 존경하는 분 앞에선 어눌해지는 예의 습관대로 맞닥뜨릴 때마다 말을 잃어버리곤 한다.

삼각산은 당당하면서도 신령스럽고 과묵하다. 해가 떠오

르는 새벽이나 일몰의 시간 마주하고 서면 가슴 안쪽 저 밑바닥에서부터 기도가 절로 솟구친다. 산은 간곡한 간원을 품고 올려다보는 나를 말없는 가운데 한참씩 품어주곤 한다.

요즘 들어 혼몽한 낮잠에서 깨어났을 때처럼 눈에 띄는 세상사 모두가 현실감이 없고 물에 비친 그림자처럼 조금씩 흔들려 보일 때가 더러 있다. 내가 기억하고 있는 과거가 실재했던 사실인지 아니면 긴 꿈이었는지조차 헷갈린다. 때에 절고 얼룩 투성이가 되어버린 우리네 삶도 행주처럼 가끔은 비누 풀어 넣고 폭폭 삶아서 말갛게 행굴 수 있는 새하얀 무명이랬으면 좋겠다.

노래를 통해서 상처를 치유 받았다기보다는 상처로부터 한결 홀가분해졌다고 말할 수 있겠다. 문제는 혼자만 상처를 입었다라고 믿는 일방적인 피해의식이다. 사람과 사람 사이에 일어난 일인데 어떻게 일방적으로 받기만 했을까. 아랫사람이기에 조금은 더 받았을 가능성은 보이지만 결코 일방적이지만은 아니었을 거라는 지극히 상식적인 결론 앞에서 나는 늘 당황스럽다.

중앙무대에서 사람답게 제대로 살아보지도 못한 채 우물쭈물 하다가 삶의 변두리로 내몰린 분노, 젊어서부터도 특정 항목의 미션을 받아보지 못한 채, 영원한 방관자로 평생을 살아야 했던 억울함에 매몰된 시어머니를 좀 더 따뜻하고 진정어린 손길로 품어드렸다면 혹시? 하는 의문이 들

때쯤이면 어디서부터 다시 시작해야 좋을지, 조바심으로 안절부절못하고 만다.

극한상황 종료 후, 모든 기억이 서서히 상식선으로 돌아와 있을 즈음해서 속내로부터 일어나는 이런 류의 센티멘트는, '기억'에 의해 번번이 뒤통수를 얻어맞고 나서야 숙지근해졌다.

아파트 뒷문을 나서면서 이내 만나지는 해등로(路)에는 머지않아 신설동까지 경전철이 가설될 거란다. 해등로는 내 아파트를 중심으로 왼쪽 아래로는 시루봉로와 만나게 된다. 오른쪽의 오름길은 언덕을 넘어 하늘 한가운데로 솟아오른 삼각산 아래 우이동까지 이어진 그림 같은 언덕길이다. 내가 이 동네에서 제일 아끼는 해등로에는 '전차가 오가는 샌프란시스코의 큰 길'이란 우리 내외와 나를 좋아하는 몇몇 친구들만 불러주는 이름 하나가 더 있다.

오늘따라 지는 해의 잔광으로 해등로 뒤로 삼각산의 뚜렷한 음영이 더할 수 없이 웅장하다. 인간의 언어로는 표현해 낼 수 없는 완벽함에 조물주의 걸작이라는 찬사가 다시 쏟아진다. 그 하자 없음 앞에 나는 기꺼이 무릎을 꿇는다.

'타인이 하는 말에 귀 기울여서 들을 수 있는 영혼의 귀,
내 가슴도 열어 보일 줄 아는 여유.'

산정에서 내려오는 바람결에 언젠가 읽고 마음 안에 접어 넣은 글귀가 펄럭인다. 나는 옷깃을 여미고 산의 속삭임에 귀 기울인다. 해가 너무 눈부신 때문이라고 혼잣말을 하면서 어느 틈에 볼을 타고 내려오는 눈물을 손등으로 훔친다.

이 언덕길을 넘어 삼각산까지 오르내릴 수 있고 없고는 '당신'의 몫임을 다짐한다.

지금이라도 머리에 꽃을 꽂은 관광객을 실은 전차가 내려올 것 같은 '전차가 오가는 샌프란시스코의 큰 길 해등로'에는 계절마다 색깔을 바꾸는 은행나무가 지금은 초록색으로 도열하고 있다.

나무는 죽어서 제가 평생 서 있던 흙속에 제 몸을 썩힌 영양분을 남긴다고 한다.

할 수만 있다면 나도 나무처럼 죽고 싶다.

남은 사람들 가슴에 아무 흔적도 남기지 말고 오직 좋은 영양분이 될 수 있도록 잘 썩힌 깨끗한 죽음을 맞고 싶다.

삼각산 동쪽 자락 아랫동네, 작고 오래된 이 아파트에서 무고하게 잘 살다가 말이다.

그냥 있다

사람이 아름다워

신도시로 거처를 옮긴 뒤로는 지하철 타는 기회가 부쩍 늘었다.

시간대에 따라서 달라지는 풍경이나 색깔이 지하철을 애용하게 하는 매력이기도 하다. 직장인들이 주류를 이루는 치열한 젊음의 아침과 달리 꽃단장을 한 초로의 할머니나 아낙네들의 점심나들이 틈에 어중간한 자세로 끼어 앉은 할아버지들의 주눅든 얼굴이 듬성듬성 보이는 낮의 모습은 색다르다.

달콤한 향내가 일렁이는 전철 안으로 선풍기 커버라든지 고무장갑 아니면 강력 접착제를 파는 행상들의 쉰된 목소리가 튀어 오르고 그 사이를 헤집고 심심찮게 하나님을 믿으라는 피끓는 절규도 지나간다. 부단한 이 소요 속에서 유독 허리를 꼿꼿이 세운 채 문고본 등을 탐독하는 초로의 신사들은 IMF가 양산한 조기 명퇴자들임에 틀림없다.

오후 세네 시가 지나면서 지하철은 다시 조금 젊어진다.

학교나 유치원으로부터 아이들이 돌아올 시간에 미처 못 맞춘 젊은 엄마들은 연신 휴대폰으로 아이들 챙기기에 바쁘다. 어디 어디에 있는 간식을 챙겨 먹으라는 둥, 엄마가 가기 전에 가방 잘 챙겨서 무슨 무슨 학원 가는 것 잊지 말라는 둥, 엄마들은 다급한 마음에 자기가 얼마나 큰 목소리로 전화를 하고 있는지 눈치채지 못한다. 엄마를 따라 외출했던 더 어린 것들은 그런 엄마의 방심한 틈을 놓치지 않고 저지레가 한창이다. 신발을 신은 채 시트에서 제자리 높이뛰기를 하다가 그도 싫증이 나면 신명을 내어 위로 아래로 지하철 안을 뜀박질로 치닫는다. 그런가 하면 까치발을 한 채 언제 열릴지 모르는 출입문에 얼굴을 맞대고 시서 쏜살같이 사라져버리는 흐린 불빛 뒤로 캄캄한 입을 벌리고 달려드는 유령 같은 터널에 정신을 몽땅 빼앗겨버린다. 더러는 손가락으로 연신 침을 찍어내어 검은 유리창에 그림을 그리기도 한다. 그런 아이들을 헤집고 또 걸인들은 하모니카를 불거나 아예 찬송가 테이프를 어깨에 맨 채 목발이나 지팡이를 더듬거리며 동냥을 다닌다. 나는 아이들이 행여 걸인들의 목발이나 지팡이를 쓸어안고 나뒹굴지나 않을까 노상 불안하지만 애써 무심함을 가장한다.

이윽고 도시 위로 어둠이 내려앉아 밤이 되면 지하철 안은 숫제 재래시장 바닥이 된다.

갖가지 무스 냄새와 스킨로션 냄새, 새날을 향해 흘러 넘치던 아침의 활력과 신선함 대신 하루를 힘겹게 살아낸 사람들에게서 베어 나오는 피로와 삶의 시금털털함, 정직한

그냥 있다

땀 냄새로 지하철 안은 터져 나갈 것만 같다.

아주 가끔씩 나도 이들 속에 묻혀 늦은 귀가를 하곤 한다. 오늘만 해도 그렇다.

객기로 받아 마신 몇 잔 술에 기분 좋게 젖은 나는 손잡이에 몸을 실은 채 지하철 안의 군상들을 살핀다. 사람들은, 내가 마주하고 선 어두운 유리창 안에서 가지가지의 행태로 시시덕거리거나 혹은 상념에 젖어있다. 모두들 하나같이 나의 또 다른 모습에 다름 아니다.

피로로 뒤범벅이 되어 절인 배추 같은 얼굴을 한 이도 보이고 한 잔 술에 얼큰하게 취해서 옆 사람 어깨 위에 염치없이 머릴 얹고 잠이 든 사람도 비추인다. 스포츠신문에 코를 박고 열심인 사람도 있다. 낮은 목소리로 소근대는 청년들, 연신 킬킬거리며 욕지거리를 주고받는 어린 학생들. 초록색 머리칼을 덮어 쓴 얼굴 없는 사내. 쉴새 없이 핸드폰으로 메시지를 날리고 있는 아가씨까지.

"그래도 그렇지! 남으라고 만류한 사람은 말할 것도 없고 그런다고 체면 안면 몰수하고 슬그머니 주저앉는 인간은 또 뭔가!"

요즘 현안이 되고있는 총리직 잔류를 놓고 흥분하는 장년 남자의 목소리도 요란하다.

그 시끌벅적한 시장 바닥 한 귀퉁이서 복사꽃 같은 사랑이 조심스럽게 돋아나는 것을 나는 또 놓치지 않는다. 마주 보고 선 젊은 연인들은 아무 소리도 듣지 못 하고, 그 누구도 눈에 들어오지 않는다. 그윽한 눈길 속에 눈으로 주고받는 속삭임은 두 사람에게만 들린다. 살풋이 사랑하는 이의 허리를 돌려 안은 청년의 강인한 팔뚝으로 자랑스런 힘줄이 돋아나고 청년의 귀밑머리를 쓸어 넘겨주는 아가씨의 손길에선 풀꽃 같은 향기가 은은하게 번져 나온다.

문득 질펀한 지하철 안의 풍경이 사라지고 어두운 들판으로 마을이 나타난다. 마을의 불빛 저 멀리 북한산의 우직한 모습이 말없음 가운데 실루에트처럼 불쑥 다가선다. 우리가 눈치채지 못하는 동안도 항상 우리 곁에 있어 주시는 신의 모습을 거기서 나는 발견한다. 참으로 살아있다는 건 얼마나 큰 축복인가. 그 위에 오늘을 살아갈 수 있는 일용할 양식을 주시는 손길이 있음은 또 얼마나 감사한 일인가. 여기, 지하철 가득히 실려 지금 집으로 돌아가는 이 많은 사람들의 오늘 하루. 그들의 삶의 결을 켜켜이는 알 수 없어도 기쁘고 즐겁고 신나는 일보다는 힘들고 역겨운 일들이 많았으리라는 짐작이 든다. 그러나 어쩌랴. 아무리 원대한 희망이라도 공들인 오늘이 없고서는 다다를 수 없는 것을.

맹인 성악가 킴 윅스*의 말이 생각난다.

'내 손을 붙들고 인도해 주시는 분은 나에게 100m 전방에 무엇이 있다고 일러주지는 않습니다. 그분은 그저 내 발 앞에 계단이 있다고만 알려줍니다. 그러면 나는 그분의

그냥 있다

말씀을 듣고 계단에 오르기 위하여 발을 들기만 하면 됩니다. 믿을 만한 안내자에게 나를 맡기고 한 걸음 한 걸음 따라가다 보면 내가 가야 할 목적지에 다다르게 됩니다.'

그 안내자가 반드시 신이어야 한다고 나는 우기지 않겠다. 변치 않을 자기만의 우직한 신념일 수도 있고 자신을 향한 신뢰일 수도, 상대방에 대한 믿음일 수도 있으리라.

지하철은 여전히 달리고 터널 속으로 숨어버린 북한산 자리, 검은 유리창으로 다시 사람들이 수북히 들어선다.

꽃보다 아름다운 사람들. 저마다 오늘 하루 분의 삶을 힘껏 살아 낸 사람들이다. 나는 느슨하게 흘러내린 가방을 추스르며 손잡이를 고쳐 잡는다. 그런 다음, 마음 속으로 한 사람 한 사람씩 차례로 그들 모두를 깊이 안아준다. '누가 뭐래도 사람은 꽃보다 아름답다.'**

*킴 윅스 : 한국 여성으로 6·25동란 때 두 눈을 잃고 고아원에서 자라다 어느 미국인의 양녀가 됨. 그 후 빌리 그레이엄 목사를 도와 선교활동을 함.
**안치환의 '사람이 꽃보다 아름다워'에서

나는 아직도

 잦은 비로 성가시기만 하던 여름이 가는가 싶더니 오늘은 산간지방에 눈이 내린다는 소식까지 들린다. 어제 사온 풋고추를 종일 구멍 내는 일로 하루해를 넘겼다. 한 이틀 소금물에 폭 삭혔다가 고추절임을 만들 생각이다. 굵고 큰 바늘로 2kg이나 되는 풋고추를 한 개 한 개씩, 그것도 고추 한 개마다 대여섯 개의 구멍을 내야하는 일은 지루하고 짜증스러웠다. 식구라고 해야 구십 고령의 시어머님과 우리 내외뿐이지만 늘 밑반찬을 만들 때는 아이들 생각이 앞서 덥석 많이 사 놓고는 습관처럼 후회를 하곤 한다. 요즘 아이들은 우리 시대처럼 짭짤한 밑반찬을 좋아하지 않아서 가져다 먹으라고 해도 달가워하질 않는다. 그나마 다니러 왔을 때 한 번이라도 맛깔스럽게 집어 먹는 모습을 바라보는 기쁨을 잊지 못해서 노상 같은 일을 되풀이 하는 어리석은 나다.

 "이리 줘 봐! 차라리 내가 하는 게 낫겠다!"

 돋보기를 쓰고도 자칫 헛손질을 해서 번번이 애꿎은 손가락을 바늘로 찔러대는 내 꼴을 보다 못한 남편이 내게서

그냥 있다

바늘을 빼앗아 갔다.

"이거 봐! 이렇게 해야지! 거 왜 죄 없는 손가락을 고문하누!"

신명을 내며 풋고추 구멍 내는 일에 코를 박고 있는 남편의 얼굴을 나는 모르는 사람처럼 넋을 놓고 바라보았다. 너무나 낯설었다. 기타노 다케시(일본의 영화감독)의 말처럼 '누가 보지만 않는다면 수 없이 어딘가에 내다버리고 싶은 존재'이었던, 단지 가족이라는 그 중에서도 아이들의 아버지라는 미명 때문에 참고 살아왔던 '한 성질'의 사내, 여북하면 '영타이거(Young Tiger)'란 별명을 한 평생 지고 다녔던 그가 나를 도와 가사를 거든다? 세월의 풍화작용만으로 돌려버리기엔 나의 기억 속에 각인된 그의 옛 모습이 아직 너무 뚜렷하다.

어느 날 너무도 갑자기 남편이 집안에 들어앉았을 때 제일 당혹감을 느꼈던 건 내가 남편의 식성에 대해 별로 아는 것이 없다는 사실이었다. 젊어서는 남편을 위한 식탁을 준비해 본 기억이 별로 없다. 하루 24시간 중 잠을 자는 네다섯 시간만 제외하고는 바깥으로만 나돌던 남편이었다. 연년생으로 낳은 세 아이와 '서울莊'이라고 불려질 만큼 무시로 드나드는 시댁 쪽 친척과 고향사람들 뒷바라지만으로도 허리가 휘청거리던 그 시절, 저 남자의 식성이나 바깥생활까지 챙길 겨를이 내겐 없었다. 그야말로 남편과 결혼을 했다기보다는 시집식구들에게 시집을 온 격인 세월을 40년 가까이 살았다는 얘기다.

게다가 나와 동갑인 남편은 결혼 후에 군복무도 끝냈고 해외유학도 다녀왔다. 지금 생각해도 내가 무슨 평강공주나 춘향이도 아니면서 부재중 남편의 빈자리를 아이 셋에 홀시어머니와 시어머니의 친정어머니이신 시외할머니까지 모시며 지켰는지 모르겠다. 무모할 만큼 겁이 없었던 건지 아니면 남편에 대한 사랑으로 힘든 일을 보람차게 겪어냈다는 건지, 그것도 저것도 이니면 다만 이쩔 수 없는 상황에 떠밀려 그렇게 밖에는 달리 길이 없었다는 건지… 솔직히 잘 모르겠다가 정답이다.

사람들은 누구나 별이 되고 싶어 한다.

내가 아닌 타자에 의해 제 능력을 인정받기를 간절히 바랄 뿐만 아니라 타인의 평가가 바로 자신의 참 모습이거니 여기며 들뜨기도 하고 좌절하기도 한다. 나는 결혼하면서 집안 일 외의 모든 다른 것은 내 의식 안에서 몰아냈다. 시어머님이 마뜩찮아 하는 일은 어떤 일이든 가차 없이 외면해버렸다. 말하자면 시어머님 마음에 별이 되려고 최선을 다한 전업주부였다. 그러나 그 흔한 감기 한 번 마음 놓고 앓아보지 못한 나의 긴장감조차도 '독한 년'이란 평가로 끝나버렸을 때 나는 내 안에서 일렁이는 바람소리에 비로소 귀를 기울이기 시작했다.

그냥 있다

그 무렵쯤 아이들도 상당히 자라서 공부의 절대량이 엄청나게 불어났다. 아이들은 제 공부에 매달리고 나는 초저녁에 먹은 저녁밥이 다 소화되어 다시 허기증이 솟을 때까지 귀가하지 않는 남편을 날이면 날마다 기다리는 일이 지겨웠다.

이화대학 재학시절 학보사 일을 하면서 역부족을 통감하고 진작 인연을 끊었던 글쓰기에 슬며시 고개를 돌린 것은 늦도록 공부해야하는 아이들 옆에서 그나마 소란 떨지 않고 같이 할 수 있는 일이었기 때문인지 모르겠다.

'반상에 나가서 으스대고 싶어서가 아닌, 자기 생활에 칠, 팔십 프로를 문학에 할애할 각오 없이는 아예 등단하지 말라'는 선생님의 다짐을 받으면서 어렵사리 문단 말석에 이름 석 자를 걸게 되었을 때도 기쁨보다는 막막함이 더 컸다.

선생님 말씀대로 반상회 나가서 으스대기는커녕 어느 직업란에도 '소설가'란 명함조차 떳떳하게 내밀어 본 적이 없다. 마찬가지로 부끄럽지 않을 만큼 치열하게 문학에 매달려보지도 못한 채 다시 이십여 년의 세월을 그냥 소진해버렸다. 그야말로 떡도 한 번 제대로 해 먹어보지 못한 채 찹쌀 한 말만 다 없앴다는 옛말대로 노상 시간에 인색을 떨고 안달하면서도 정작 쓰는 일에 목숨을 걸어보지는 못했다는 말이다.

남들 앞에서는 소가 뒷발질 하다 쥐 잡듯 그냥 그렇게 됐다고 말하고 있지만 마흔 네 살에 어렵게 얻은 이 늦둥이, 소설이 나는 한없이 소중하다는 걸 감출 수 없다. 다만 '내일'보다는 '가족'을 우선으로 하는 나의 삶의 순서가 애꿎게도 어렵사리 품에 안은 나의 늦둥이를 잘 길러내지 못한 결과를 낳고 말았다.

가끔, 손톱이 부러지도록 걸레질을 하다가 비 맞은 노인네처럼 혼자 구시렁거린다. 그냥저냥 전업주부만 했으면 중간은 되었을 것을 소설까지 붙들려다가 중도 속한이도 되지 못했네. 어쩔거나! 어찌 할고나!?

나는 아직도 낮동안 마루에서 바장거리던 햇볕이 물러가는 시각이 되면 무엇이라고 이름 지을 수 없는 어두컴컴한 언짢은 느낌이 저녁 이내처럼 마음으로 내려 쌓인다. 그 언짢은 느낌이 문학적인 노스탤지어라면 그럴 듯하겠지만 행여 저녁밥이 늦으면 어김없이 떨어지는 시어머님의 불호령에의 공포에서 시작되었다는 걸 나에게마저 감출 수는 없다. 이 나이가 되면 웬만한 일상사나 희, 노, 애, 락의 인간사로부터도 자유로워질 줄로 믿어왔던 나는 여전한 감정의 부대낌과 맞닥뜨릴 때마다 남모르게 쓸쓸함을 삼키곤 한다.

"어휴! 도대체 엄만 언제까지 그 놈의 세 끼 밥에 매달려 살아야 하는 건데?"

"그 말이 무섭다. 그 놈의 세 끼 밥이 뭐냐! 밥이 얼마나

그냥 있다

중요한 건데 죄 받을라!"

출가한 딸은 아직도 살림에 묶여 사는 엄마의 모습이 신산스러운 거다. 나 역시 입으로는 거친 딸의 말을 나무라면서도 속내로는 일상사에서 벗어날 수 있는 타당한 핑계를 찾는 일에 호시탐탐해 보지만 늘 속수무책이다.

귀찮고 성가시다는 이유만으로 '내다버릴 존재'는 분명 아니기에 나는 때가 되면 세 끼 식사를 준비하고 철 따라, 밑반찬이며 김장을 마련하면서 '가족'들의 입맛 살리는 일에 여전히 골몰하고 있다. 또한 어느 시인의 노랫말같이 '봄이 되면 가슴에 거름을 얹고 썩어가는 봄 흙'처럼 결이 곱게 썩어가리라고 다짐하는 것도 게을리 하지 않는다. 그러나 다짐을 하면 할수록 지칠 줄 모르고 일어서는 속내의 내란 또한 만만치 않다.

고백하자면 나는 아직도 별이 되고 싶다. 언젠가, 주신 생명 다 하여 이 세상을 떠날 때 '이 한 편만은 참으로 아름다운 소설'이라면서 남길 만한 소설 한 편 쓰는 일이 변함없는 나의 소망이다. 내 소설을 읽은 손자 손녀들이 별이 된 할머니를 가슴에 품어 줄 시퍼런 꿈 하나 아직도 간직한 내 앞에서 나의 늙은 영 타이거는 대바늘로 고추 구멍내는 일로 정신이 없다.

창 밖으로 낙엽이 진다.

새로운 시작을 위한 고백

어느 날 문득 끓어오르는 울화 안에 꽁꽁 갇혀 있는 '진정한 나'와 직면하게 된 일은 내게 적잖은 충격이었다. 부당한 대우를 받으면서도 솟구치는 화를 행여 누가 눈치 챌새라 마음속 깊이 구겨 박지르곤 '착하다'는 평가 안에 어설프게 자리 잡은 채 흔연한 듯 살아온 것이 나의 참 모습이라니! 하다못해 한 해를 살다 가는 한 잎 갈대조차도 제 의지대로 서 있을 때 그 모습이 아름답거늘 오로지 타자의 뜻에 따라 종이인형으로 살아올 수밖에 없었던 나에 대한 연민과 자괴감으로 갈팡질팡한 심정이다. 가정의 평화를 지키겠다는 무늬만 그럴 듯한 명분을 붙안고 흘려버린 덧없는 세월 또한 억울하기 짝이 없을 뿐이다.

남편과 나는 종교가 다르다. 우리 두 사람은 그 사실을 서로 확실하게 인지하고 '얼마든지 자유롭게'라는 대전제 아래 관면혼배를 했다. 그러나 막상 생활 속에서 어른들과 부딪혀야 하는 일상들은 우리 내외의 생각처럼 그렇게 수월하질 않았다.

결혼 이듬 해 태어난 첫 아이가 하찮은 감기로 앓아눕자

느닷없이 내 방에 들이닥친 시어머님은 나의 세간을 뒤지며 "묵주나 기도서 아니면 미사수건 같은 것이 있으면 빠짐없이 다 내 놓아라! 그런 것들이 동티를 냈다는구나. 워낙 한 집 안에 종교가 둘 있어서 좋을 일은 없는 거다." 하시며 몹시 엄한 얼굴로 내게 겁을 주셨다. 말하자면 그 일은 내 신앙생활의 수난을 예고한 지엄한 계엄령이었다.

그 이후 내가 당한 원시적인 '박해'의 행태는 낱낱이 되돌아볼수록 심란할 뿐이다. 나는 오직 살얼음판을 건너 듯 늘 나의 삶 앞자리에 서슬이 시퍼렇게 버티고 선 시어머니에게 미움 받지 않으려고 사십여 년을 전전긍긍해 왔다.

여북하면 시도 때도 없이 벌컥벌컥 내 방문을 열고 들어서시는 시어머님의 출현에 노심초사하다가 로사리오 바칠 때조차 묵주를 쓰지 못하고 흰 종이 위에 성모송 한 번에 십자가 하나씩을 그려 넣는 일로 대신하기까지 했을까.

우편물조차도 산책 후에 수순처럼 당신이 들고 들어와서는 가만 있어보자, 그래 이건 에미 네 것이구 또 이건 에비 꺼다 라고 하며 번번이 나누어주기까지 한다. 다정도 병이라고 쉽게 웃어넘길 수만도 없는 처지다. 행여 성당에서 우편물이라도 오는 일이 있을까봐서 내 교적 주소란에는 '절대 전화로 연락하지 말아주세요' '우편물도 보내시면 큰일 납니다' 란 사족을 달고 있어야 한다.

지금이라고 달라진 상황은 아무 것도 없다. 다만 상황은 그대로인데 나의 대처함이 사뭇 결연해졌다고나 말할 수 있을까? 여전히 이 핑계 저 핑계를 꾸며대며 주일미사를 가야하고 주머니 속에서 햇볕 한 번 제대로 받아보지 못한 묵주를 움켜쥔 채 겨우 길 위에서나 아니면 혼잡한 전철 안에서 성모님을 모시는 나의 못남이 이젠 싫어진다. 낯한 조각 안 붉히고 자기의 소신을 또박또박 밝힐 줄 아는 이를 만날 때면 오로지 그 지혜로움이 부러울 뿐이다. 딴에는 죽도록 참느라고 애를 쓰다가 하찮은 일에 무너져버려서는 자칫 '말대답하고' '쫑쫑 대드는' '서울 년'으로 떠밀려 나가떨어지기 십상인 때문이다.

나의 미련함에 생목이 치밀어 오르도록 울화가 치민다. 나에게는 그 억울함을 아는 체 하고 나를 다독거려줄 여유가 없었다. 누울 자리보고 다리 뻗는다고 태산 같은 시어머니와 종교라는 명제를 걸고 한 판 승부를 겨루는 일은 언감생심이기 때문이다.

흔한 일은 아니지만 어쩌다 영적인 힘이 느껴지는 사람을 만날 때가 있다. 이런 구원의 순간들이 없었다면 나의 삶은 진작 파멸했을지도 모른다. 가장 최근에 만난 어떤 사람으로부터 나는 화에 관한 이야기를 들었다. 엄밀히 구분해서 '화, 제대로 내기'에 대해서였다.

'선에 대한 도구로 화를 내라. 그러나 화가 당신을 지배하게 해서는 안 된다. 화를 통제할 수 있어야 하며, 화를 냄으로써 상대방을 뉘우치게 할 수 있어야 한다.'

그냥 있다

결코 실행하기 쉬운 일이 아니라는 것은 알겠다. 그러나 어떤 경우에도 자기 안에서 끓어오르는 화를 겉으로 나타내는 일은 불경스런 짓이라는 강박관념에 사로잡혀 있던 나로서는 묵은 체증이 확 뚫리는 이야기였다. 저절로 이제까지 수없이 내게 상처를 준 시어머니는 물론 나를 끔찍한 환경 속에 그 긴 세월동안 방치해 두었다고 믿어온 하느님한테까지도 엄청나게 화가 나 있는 내게로 눈길이 갔다. 이제껏은 그 존재조차 인정하려 들지 않았던, 들끓는 울화속에 감금된 나의 참 모습을 맞바로 바라보는 일은 무척 고통스러웠지만 이번만은 그리 쉽사리 시선을 돌려버릴수가 없었다.

이제야말로 하느님과 독대를 할 때인 것 같다. 무늬만 하느님의 딸이었을 뿐 실제로는 시어머님의 비위맞추는 일을 삶의 우선순위로 지켜온 '시어머니의 신도'였음을 고백해야 할 때이다.

그러나 안타깝게도 나는 아직 모르겠다. 비겁하게도 자신의 무능은 덮어버리고 이처럼 어려운 처지에 나를 침묵으로 지켜보시기만 한다고 원망해오던 그분께 어떻게 용서를 청하고 어떻게 그분의 참된 자녀로 다시 태어날 수있는지 그 구체적인 방법에 대해서는 알지 못한다. 뿐만아니라 시어머님을 감동시킬 만큼 열정적으로 화를 내는일 또한 만족할 만한 방안을 찾지 못하고 있다. 그러나 오래동안 눈먼 나의 의식은 이미 참는 것만이 능사가 아니라는 사실에는 눈을 떴기에 길은 반드시 찾아내고야 말겠다. 다만 지금 확실하게 말할 수 있는 것은, 어떻게 기도하며 어떻게 화를 내야 할지, 이 두 가지 모두가 나의 절절한 기도를 통해서만 찾아낼 수 있는 샘물이란 사실뿐이다.

당신에 관한 기억 몇 가지
— 김옥길 선생님을 그리워 함

우리는 서서히 젖어들고 있었다.

처음엔 내리는 것 같기도 하고 회색 구름으로 젖은 하늘 때문에 그렇게 느낀 듯도 했던 봄비가 어느 새 제법 비답게 내리고 있었다. 오늘을 위해 성급하게 차려입은 봄옷이 천천히 젖어들면서 한기가 들기 시작했다. 진작부터 솟구치는 짜증을 애써 외면하던 나는 마침내 하늘을 향해 눈을 흘기고 말았다. 신입생을 위한 날이라면서 선생님, 내외 귀빈들의 융통성 없이 길기만한 스테레오 축사는 숫제 고문이었다.

그러고도 얼마를 더 견디던 끝에 더는 못 참겠다는 경종이 내 안에서 울리기 시작했다. 그 위험한 임계의 순간, 동시다발로 경종을 멈추게 하는 구원의 소리가 들려왔다. 그 목소리는 지금까지의 지리지리한 목소리가 아니었다. 천지를 울리는 듯 한 투명한 공명이 있으면서도 느끼하지 않고, 청중을 끌어안는 흡인력과 따뜻함이 알맞게 반죽된 그런 음성이었다.

여러분! 봄이 되어 밭에 파종을 하고 난 뒤에 지금처럼 이렇게 비가 솔솔 내리면 농부가 얼마나 기뻐하는 줄 아십니까? 겨우내 바싹 말라있던 땅으로 빗물이 촉촉이 스며들면 흙은 부드럽게 풀어지면서 방금 제 품에 떨어진 씨앗을 품어줍니다. 파종된 씨앗은 낯설음을 털어내고 흙의 품 안에서 신명을 내어 싹을 틔워 내는 겁니다.

그렇습니다! 방금 전까지 우리는 이화대학이라는 텃밭에 일천 삼백여 명의 새 식구들을 모종했습니다. 지금 이 모종 위로 소리 없이 내리는 봄비는 새 식구들이 얼른 이 이화라는 땅에 착지해서 잘 자라나라는 하나님의 당부이시며 축복이십니다. 우리 모두는 믿습니다. 틀림없이 촉촉이 물을 먹은 모종들은 무럭무럭 잘 자라날 것이고 우리 이화는 더욱 튼실해질 것입니다. 고로 이화 만세입니다.

울림이 좋은 당신의 서글서글한 음성은 삽시간에 운동장에 그들먹하게 늘어 선 '비 맞은 중'들의 불평을 날려 보냈다.

목 부분은 깃 없이 둥글게 파 내리고 고름이 아닌 매듭단추를 오른쪽 가슴에서 여며지게 한 저고리에다 허리 주위엔 잔주름을 촘촘히 잡은 통치마의 당신의 첫 모습은 상당히 낯설었지만 그만큼 신선했다고도 말할 수 있다. 1960년 3월 신입생의 날이었다.

전 총장 김활란 박사의 「여성학」은 한 학기, 당신의 「기독교문학」은 1년 동안 누구나 졸업 전까지는 반드시 이수해야 하는 필수선택이었다.

결혼을 했으면 열심히 재밌게 살 일이다. 외로움을 자초하지 마라. 남편, 시어머니, 시댁 식구들 생일만 챙기지 말고 내 생일도 꼭 지켜라!

결혼식 끝나면 차일피일 미루지 말고 바로 혼인신고 해라! 살다가 어쩔 수 없는 상황에 부딪쳐 이혼해야 할 경우, 반드시 자기 몫의 위자료를 챙겨라. 이 몇 마디는 여성학에서 내가 건진(?) 금과옥조다.

기독교문학 강의에선 당신이 자주 인용하던 성경 몇몇 구절과 당신의 호탕한 웃음소리, 그리고 백여 명이 넘는 수강생들의 이름을 천연스럽게 암기해서 출석을 부르던 암기력과 그 암기력을 둘러싼 크고 작은 에피소드들이 줄줄이 떠오른다. 아닌 게 아니라 당신의 이름 외우는 실력은 직접 경험하지 않고는 납득이 안 갈 정도로 비상했다.

일제강점 36년의 후렴으로 남은 '자(子)' 돌림의 이름자들, 춘자, 명자, 정자, 민자, 추자, 조자… 이 숱한 '자야'들이 같은 학년에 적게는 두세 명, 많을 땐 열 명이나 넘을 때도 있다. 당신은 '자야'들을 가나다 혹은 알파벳 순으로 그것도 아니면 일, 이, 삼의 숫자를 붙여서 불러주었다.

한자로는 金正禮로 표기하는 나의 본명에 대한 기억도 별스럽다. 처음 만난 이들과 통성명을 할 때면 열의 열 명, 모두가 '김정예'라고 부른다. 당신도 맨 처음에는 그렇게 불렀다. 첫 숙제를 제출하면서 나는 본문 후미에다 내 이름자를 설명했다.

'려'에 'ㅣ'를 더한 '례'입니다. 그러니까 김정 '예'가 아니고 '례', 김정례입니다.

노랫말 가사를 읊듯 내 이름자의 발음을 강조했다. 그런 다음주 기독교문학 시간에 나는 그렇게 나댄 값을 톡톡히 치렀다. 'ㄱ'에서부터 시작된 출석 부르기가 '김'으로 접어드는구나 라는 생각을 하고 있던 어느 순간, 나는 펄쩍 놀라 대답 대신 벌떡 일어서버렸다. 순간 친구들의 낭사한 웃음소리로 찰랑거리는 교실을 돌아보며 당신은 보름달 같은 얼굴 가득 웃음을 머금은 채 내게 물었다.

"려에 ㅣ를 더한 김정례! 맞지요?"

졸업 후 결혼해서 아이들 낳은 후까지 몇 번인가 공적 자리에서 부딪치게 될 때에도 남편 일로 잠깐씩 나가 살았던 일본 동경에서건 워싱턴 근교인 노던버지니아에서건 당신의 인사는 늘 한결 같았다.

"아니, 당신! '려에 ㅣ 한 김정례' 씨! 서울 아니고 여기 있었어?"

세상에서 가장 듣기 좋고 관심이 있는 이름은 바로 자신의 이름이라 했던가! 게다가 '려에 ㅣ 한 김정례 씨'라니!

"낙엽 맞느라고 거기들 앉아 있는 거요?"

본관 앞, 해바라기 잔디밭에 모여 앉아 재잘대는 우리 앞을 지나며 당신이 물었다. 아닌 게 아니라 바람이 지날 때마다 우리들 머리 위로 노란 은행나무이파리가 흐득흐득 내려앉던 어느 해 가을 한낮이었다.

"당신들 모두 참 예쁘다. 분홍빛 볼이며 맑은 눈동자까지, 가까이서 보니 더 예쁘네! 얼굴에다 분칠하고 다니지 마러. 투명한 피부를 분으로 텁텁하게 하지 말라구."

그 때는 그 말의 진의를 미처 몰랐었다. 반세기가 훨씬 지난 지금에서야 당신 말에 동의하는 나다.

당신은 1961년 총장이 되었고 난 학보사 기자라는 입장에서 인터뷰 할 수 있었다.

"아니, 당신은 '려'에 'ㅣ'한 김정례! 아냐?" 내 얼굴을 보자마자 이름부터 확인하면서 호탕하게 웃던 당신! 많은 이야기를 주고받았지만 지금 기억할 수 있는 것은 종교에 관한 부분뿐이다.

"종교탄압이라니? 그건 자신의 모교를 스스로 모욕하는 말 아닌가?"

"실무자 입장에서 경험한 사실만 말씀드리는 겁니다."

"그렇다면 정말 우리 학교 안에서 타종교 특히 가톨릭에 관한 포스터를 붙이면 삼십 분도 안 돼서 슬그머니 살아진다는 게 사실이란 말이오?"

"어쩌다 한두 번이 아니라 번번이 그렇습니다. 궁여지책으로 꽈(科) 편지통의 개개인 명의로 연락을 하고 있습니다."

머리를 도리질 하며 난처해하던 당신 얼굴이 또렷이 생각난다.

김옥길 장관의 얼굴은 여전히 웃고 있었다. 그의 입을 통해서 흘러나오는 말은 토씨 하나도 빼버릴 헛말이 없고 뿌리칠 수 없는 강인한 흡인력으로 듣는 이의 심중을 잡아 끌어들였다. 범사에 기뻐하고 감사하며 쉬지 말고 열심히 일하라는 바오로의 가르침을 지표처럼 부르짖던 학교 안에서의 당신 모습이 웃는 얼굴과 오버랩된다.

"교복자율화는 단지 중고등학생들의 제복을 없애고 자유선택을 허용한다는 뜻만이 아닙니다. 이 작은 바람을 통해 규율과 순종에 중점을 둔 채, 암기 위주의 획일적인 가르침으로 창의성과 개성을 살려주지 못해온 작금의 교육에서 벗어나자는 뜻입니다. 이제부터라도 창의성과 개성을 살려주고 개인의 자유와 권리 그리고 민주사회에서의 기본적인 의식구조를 탄탄하게 해줄 민주주의 교육이 절대적으로 필요합니다. 말하자면 일제 강점기부터 오랫동안 내려오던 우리나라 교육계의 보수성이 새로운 시대에 걸맞게 변해야 된다는 말씀입니다."

그러나 학부형들과 시민들의 분위기는 찬성보다는 반대하는 쪽이 훨씬 들끓었다.

그렇잖아도 빈부격차가 심한데 측정의 가시적인 가장 큰

그냥 있다

품목인 입성을 자유화한다니 너무 가혹하다. 가난한 학부형들을 위축시키는 결정이다. 학생들의 방과 후 생활을 가시적으로 통괄할 수 있는 길을 버리는 일이다. 빗발 같은 비난 속에서도 김 장관은 신념을 굽히지 않고 밀고 나갔다.

중고등학교 때부터 교복을 입는 동양 여러 나라에서는 어릴 때부터 자기한테 어울리는 색상이나 디자인을 골라서 입는 일을 교육받지 못한 채 성장한다. 이런 환경에서 성장한 이들은 섬유산업 분야에서 다양하고 고급한 아이디어를 창출하기가 어렵다는 거다. 김 장관은 바로 이런 관점에서 정책을 풀어낼 의도였지만 다양한 계층의 반대가 무섭도록 치열했다.

자유와 창조. 바로 눈앞의 것이 아닌, 지금은 보이지 않지만 곧 보여질 미래라는 시간을 향한 준비를 미리미리 작은 일상에서부터 길들여 가자는 김 장관의 소신 또한 바위처럼 우뚝하기만 했다.

5·17 당시 청문회에 불려 나갔다 온 뒤의 문교부 장관 김옥길도 기억한다. 큰 웃음소리며 모든 일상사가 평소와 다름이 없어 보여도 이따금씩 깊은 침묵과 명상 속으로 빠져버리는 당신을 속수무책 보고만 있어야 했다. 인간 김옥길은 계엄 확대를 반대하는 입장이 분명했지만 국무위원의 일원인 문교장관의 입장으로는 지지하지 않을 수 없었

던 상황을 어떻게 접목시킬 수 있을까.

청문회의 모범답안, '나는 모르는 일이다' '기억나지 않는다'가 아니었다. 당신은 외려 나라의 장래를 걱정하느라 여념이 없었다. 책임을 져야 할 사람은 하나도 없고 과거의 사실을 낱낱이 파헤쳐서 나라 망신이 되면 어쩌나 전전긍긍한 인간 김옥길의 때 묻지 않은 나라사랑은 광주 사태와 계엄 확대를 막지 못한 자신의 과오를 스스로 주장한 거나 진배없다.

본성이 따뜻하고 부드러우면서 격식에 얽매는 일을 싫어하는 소탈한 성격의 당신이 그 수많은 일을 해놓은 것은 엄격하고 결단성이 강한 위에 뛰어난 지도력이 작동되는 공적인 일 앞에서 나타나는 또 하나의 당신의 업적이다.

"서울과 평양이 몇 리나 됩니까?"

북한적십자 대표단 일행이 서울에 왔던 때 당신이 이산가족대표로 가족을 그리는 애타는 마음을 목 놓아 하늘에게 고했던 축사는 피맺힌 탄원이었음을 지금도 기억한다.

평생 대문을 잠그지 않고 살았듯이 언제나 마음을 온통 열어놓고 세상의 온갖 사연 들어주고 맺힌 사연 풀어주고는 배불리 먹여 보내야 직성이 풀리던 당신은 어느 별에서 온 천사였을까. 손님이 오지 않는 집엔 천사도 오지 않는다며 오가는 길손마다 끼니 챙기는 일에 열심이던 당신이 오늘 밤에 별스럽게 생각난다.

기억은 곧잘 우리를 배반한다.

　모든 기억은 세월이란 당의정으로 코팅되게 마련이다. 코팅된 기억은 추억이란 이름으로 곧잘 우리를 센티멘털한 세계로 밀어 넣는다. 세월의 강물에서는 그리도 찬란하게 빛을 내며 바라보는 것만으로도 피돌기가 아기자기하게 빨라지게도 하고 벼린 상처의 쓰라림으로 되살아나던 기억조차도 막상 수면 위로 건져 올리는 순간 햇볕 맞은 미이라 꼴이 되기 일쑤인 것을 우리는 숱하게 겪었다.

　이제 당신은 없다. 분명 과거로 건너가 버린 존재이나 지금을 살고 있는 이들의 의식 안에 면면히 건재하고 있는 당신은 지금도 흑백의 화면 안에서 호탕하게 웃고 있다.

2부

건강해지고 싶으냐

어느 먼 훗날 내게 또 이런 지면이 주어진다면 나는 예쁘고 건강하게 나이 드신 할머니 할아버지가 굽은 허리를 서로 떠받혀 주어가며 마치 집울안이다시피 맞닿은 뒷동산을 오르는, 그런 무지개처럼 아름다운 산행기를 쓰고 싶다.

건강해지고 싶으냐

그저 그러그러한 일상이 게으르게 흘러가던 어느 여름 날 오후, 나는 고칠 수 없는 난치병이 들었다는 진단을 의사로부터 받았다. 그야말로 청천벽력이었다. 그해 내 나이 61세, 동갑인 남편과 함께 85세의 시어머니에게 새댁시절과 다름없이 이틀이 멀다하고 깨지며 살던 영원한 새댁 며느리 시절이었다.

병원 문을 나와 큰 길로 가는 건널목 앞에서 올려다 본 하늘엔 구름이라곤 한 점도 없이 노랗게 귤빛으로 물든 해만 보였다. 그 빛이 눈 속으로 파고들어 나도 모르게 찔끔 눈물을 쏟았다. 길을 걸어가는 사람들의 모습이나 오가는 차들의 분주함 같은 것까지 내가 그런 진단을 받았다고 해서 달라진 건 아무 것도 없었다. 모든 것이 그대로였다. 나는 그 모든 일이 안심스러우면서도 다른 한편 화가 나서 열이 오르기 시작했다.

의사의 진단을 받은 발병 당초에 겪었던 분노와 절망의 시간의 광분한 내역은 한 마디로 지옥이었다. 그 다음에 찾아든 침잠의 세월도 쉽지 않았다. 고마운 것은 그 와중에도 여전히 시간은 흐르고 있다는 대전제다. 십 년 가량의 세월이 지난 지금 감히 말할 수 있다면 두려움이 가신, 감사와 평화의 나날의 계속이다. 자칫 가증스러운 가면 쓰기로 비칠지도 모르겠지만 그것이 내 마음 자리의 현주소임에 틀림이 없다.

침잠의 시기가 지나면서 지나친 자기개방의 단계로 접어든다. 아니, 개방정도가 아니라 노출이라고 해야 할 것 같다. 솔직함의 대명사인 양 누구에게든 나의 현 상태를 알리는 것이 음흉스러운 자기방어에서 벗어나는 길이라는 듯 끝임 없이 쏟아내는 종잡을 수 없는 말의 홍수 속으로 번번이 나와 남을 익사시키곤 했다.

본당 신부님께 갖은 푸념을 늘어놓다가 이렇게 살 바에야 이쯤 해서 이 허접한 삶을 그만 놓아버리고 싶다는 말씀까지 드리고만 날도 그런 날 가운데 하나였다.

지금 이만큼의 안정 속에서 살아가고 있는 힘이 다 어디서 나온다고 생각합니까?

무릎이 달토록 '테레사 건강 지켜주십시오.'라고 애원하며 기도하는 주변 모든 지인들께 미안해서라도 자기 생명을 끝내버리겠다는 애길 어떻게 그리 가볍게 해버릴 수가 있습니까?

신부님 꾸지람에 의기소침해져서 집으로 돌아오는데 옆구리로 찬바람이 솔솔 스며들면서 갑자기 머리가 쪼개지는 것처럼 아파왔다. 나는 두 손바닥으로 머리를 감싸 안고 하늘을 올려다보았다. 구름도 없는 하늘 한가운데 하얀 낮달이 희미하게 걸려 있다. 이런 그림을 언젠가 본 적이 있는 것 같다는 생각이 들면서도 아, 이거였어! 하는 기억이 떠오르기 전에 한 발 먼저 먹먹한 슬픔이 눈물 되어 가슴으로 차올라 왔다.

완전히 잊어버리고 있던 한 기억이 수면 위로 얼굴을 내밀었다.

십년 전 이 박사로부터 파킨슨병이라는 진단을 받았던 바로 그날, 남편을 부르겠다는 그를 한사코 만류한 뒤, 걱정 말라는 당부까지 호기롭게 남기고는 병원을 나서는데 벌써부터 내 다리는 내 의지를 따라주지 않기 시작했다. 나는 병원 담장을 끼고 허청허청 걸어서 간신히 큰 길로 나섰다. 어렵사리 횡단보도를 넘어 늘 드나들던 지하철 출구까지 갔었지만 나는 다시 왔던 길로 되돌아서야 했다.

갑자기, 한 시간이나 깜깜한 터널 속을 달릴 전철 안에 가만히 앉아있어야 한다는 사실이 참을 수 없이 힘든 일로 여겨졌다. 힘들어도 타고 갈 수밖에 없다는 생각만으로도 잘 먹은 점심이 울컥울컥 치솟을 것만 같은 토기까지 치받히는 것이 예사롭지가 않아서 나는 전철 타는 것을 잠시

그냥 있다

접고 안정을 취할 시간을 벌어야 했다.

　두리번거리는 내 시야 안으로 편의점 하나가 들어왔다. 평상시처럼 단정한 자세로 걸으려 애를 써도 넘어질 것처럼 비틀거려지고 땀이 비 오듯이 흘렀다. 나는 어렵사리 편의점까지 걸어가서 문 앞에 세워진 비치파라솔 안으로 무너지듯 들어앉았다.

　더 이상 아무 생각도 떠오르지 않았다. 그냥 내가 앉은 자리에서 고개만 들면 보이는 8차선도로를 오가는 가지각색의 차들이며 사람들을 멀거니 바라보고 있을 뿐이었다. 시간이 천천히 지나가면서 토기도 서서히 가라앉았다. 비치파라솔 안에서 바라본 한낮의 도로는 한껏 과열되어 햇빛이 아스팔트 위에서 전구같이 반짝거리면서 마치 저희들끼리 높이뛰기라도 하는 것처럼 예서제서 연신 튀어 올랐다. 오가는 사람들 아무도 더위쯤에 정신을 파는 이는 없었다. 저마다 삶의 탄력이 전해지는 야무진 표정으로 부지런히 나타났다가 순간에 내 시야를 벗어나버리곤 했다.

　아예 멀리 던져버린 노여움이 어디로 다시 기어들었는지 누군가에게 버림을 받은 것 같은, 아주 비참하고 고약한 기분이 다시 나를 휘감아든다. 나의 모든 것을, 하다못해 머리카락 수자까지 다 안다는 당신께서 어떻게 이런 처사를 내릴 수 있단 말인가. 참 잘 하고 있다면서 등 두드려 칭찬은 못해줄망정 십자가 하나를 더 매달아 주다니… 나는 길 위에 내려 앉아 정신없이 높이뛰기를 하는 햇빛과 눈싸움을 하면서 당신을 향한 노여움을 삭히느라고 땀으로 온 몸을 뒤발하고 있었다.

"저어~아주머니이~"

한 줄기 시원한 바람 같은 해맑은 목소리에 문득 고개를 돌렸다. 웃음으로 나를 바라보는 얼굴이 바로 눈앞에 보인다. 순간 화들짝 정신이 들었다. 내가 지금 남의 영업집 앞에서 무얼 하고 있는 거지? 도무지 얼마동안이나 이렇게 무경위한 짓을 저지르고 있었을까?

"무척 힘들어 보이시는데… 저어 이 물이라도 한 잔 들어보세요. 어머! 이런! 아이스크림이 다 녹아버렸네요. 제가 얼른 다른 걸로 바꿔다 드릴게요."

언제 갖다 놓았는지 탁자 위에 다 녹아 물이 된 아이스크림이 뚝뚝 떨어지면서 연신 내 늘어진 스커트 끝자락을 적시고 있는 게 그때야 눈에 들어왔다.

"아네요, 그냥 두세요. 난 워낙 아이스크림을 좋아하질 않아요."

아니 남의 가게 앞에서 왠 청승이냐고 지청구를 퍼붓는다 해도 할 말이 없을 텐데 그녀의 배려는 너무나 뜻밖이었다. 더욱 이해할 수 없는 건 그런 그녀의 배려가 외려 나를 왜소하게 해준다며 서둘러 그녀와 헤어져 돌아서는 비비꼬인 나의 태도였다.

종점이라서 텅텅 빈 전철이 문을 있는 대로 활짝 열어놓고 출발시간을 기다리고 있었다. 자리를 잡고 앉았다. 찔끔거린 탓에 잔뜩 부어오른 눈자위가 뻑뻑했다. 나는 등을 느슨하게 늘어뜨린 자세로 기대앉으며 눈을 감았다. 좀 전에 망막 안에 얼핏 잡혔던 편의점 아가씨의 얼굴이 동그랗게 떠올랐다. 천사가 있다면 이런 얼굴일 것 같다. 혹시 당신께서 보내신 천사가 아니었을까? 불경스럽게도 병 주고 약 주는 당신의 행위가 마음에 안 들어서 나는 눈이 찢어지도록 당신을 흘겨보았다.

암상스런 고양이가 되어 좌충우돌 했던 처음과 달라 이제는 작으나마 나와 주위를 돌아볼 만한 마음의 공간이 마련되어 있다. 그날부터 오늘까지 살아올 수 있게 기도 가운데 잊지 않고 기억해 주신 지인들은 물론 가까이서 몸으로 도와주신 모든 이웃들, 나 모르는 곳에서 늘 지켜보아 준 익명의 모든 천사들, 나이에 걸맞지 않은 내 투정과 갖은 저지레까지 묵묵히 받아주신 당신께도 이제는 머리 숙여 깊은 감사를 보내고 싶은 생각이 간절하게 솟구친다. 꿈만 같다. 편의점 아가씨가 진짜 천사인지 아닌지는 확인해 볼 수 없었지만 시간이 흐를수록 사형선고보다도 더 고통스러운 진단결과를 끌어안고 미망 속에서 우왕좌왕 하는 내 영혼을 사랑으로 안아준 그녀는 내가 만난 여러 익명의 천사 가운데서도 첫째로 꼽고 싶은 천사라는 확신이 든다.

앞으로도 나는 변함없이 지금의 자세로 살아갈 거다. 예루살렘의 '양 문' 곁에 있었다는 벳자타 못 위로 주런히 늘어선 어느 주랑인가에서 38년 동안을 누워서만 살아야 했던 '반신불수 남자' 생각이 난다. 그 남자에게 물으셨던 것처럼 당신께서는 어느 날 내게도 물어 주시려나?

"건강해지고 싶으냐?"

나의 첫 소원은 조금 다른 곳에 있다. 간절하게 건강해지고 싶기에 아직까지 듣지 못한 당신의 대답을 듣는 것이 우선순위다. 무엇 때문에, 혹은 왜, 그도 아니면, 내가 어떻게 살기를 원하셔서 이 고통의 자리로 나를 밀어 넣으셨는지에 대한 당신의 대답을 들을 수 있는 귀를 먼저 가지고 싶다. 당신의 말씀을 내가 알아듣고, 나의 기도를 당신께서 이해해 줄 수 있는 그날까지 삼보일배(三步一拜)의 심정으로 겸허하게 살아갈 뿐이다.

그냥 있다

세 그루 동백나무

아이들이 아직 초등학교 저학년이었던 천구백 팔십년 초 일본지사 근무를 마친 남편을 따라 우리가족도 삼 년 넘는 객지생활을 접고 남부여대 서울로 돌아왔다. 귀국 직전 남편의 동료들은 송별회를 오오시마 여행으로 열어주었다. 일본의 이즈칠도(伊豆七島) 중 제일 넓고 특산물이 동백기름으로 알려질 정도로 오오시마에는 눈길 닿는 곳마다 동백꽃이 지천이었다. 널브러진 화산재며 화산재를 뒤집어 쓴 진회색의 돌과 선홍의 동백꽃이 빚어내는 분위기가 뜻밖에 엑조틱했다. 지금 되돌아 보아도 낯선 풍광이었다. 그날 우리는 동백꽃에 취해 밤이 늦어서야 도쿄로 돌아갔고 다음날 오전 비행기로 귀국했다.

아파트 주인 스기야마 씨를 다시 만난 건 17년 뒤 그러니까 남편이 다시 도쿄지사로 파견되고 나서다. 서로의 안부를 물으며 반가운 눈물만 흘리던 그녀가 어느 순간 내 손을 잡아 일으켜 세웠다. 나는 비틀대며 그녀가 이끄는 대로 정원으로 나갔다. 넓지 않은 공간이지만 건강한 나무들이 뿜어내는 피톤치드로 그들먹히 촉촉한 공기가 팔 다리에 휘감긴다. 이리 와 봐요. 자기한테 꼭 보여주고픈 게 있어. 등을 펴고 꼿꼿이 선 편백나무들 못지않게 튼실하게 잘 자란 동백 앞으로 나를 끌었다. 이 동백 기억나요? 이거 랑 이것까지?

나는 잊어버리고 있었다. 오오시마에 갔던 날 배에서 내 릴 때 받은 동백모종을 서울까지 가져가서 심겠다고 우기 는 세 아이들에게 왜 안 되는지를 설명해주었던 것이며 아 파트 주인여자 스기야마 씨를 찾아가 모종을 부탁한 일, 동백모종을 받아든 스기야마 씨가 "착한 애들 가엾어서 어 쩌나! 내가 열심히 키울게요. 꽃 피면 보러오겠다고 약속 이나 해요."라던 말까지 그때야 낱낱이 기억이 났다.

평소에 말수가 적어서 얼핏 차가운 인상을 줄 때도 있었 지만 아래 위층에 이웃하며 살면서 도움도 많이 받았고 여 행도 몇 번인가 같이 했던 사이다. 그렇다고 해도 고 작은 묘목을 이렇게 튼실하게 키우는 동안 우리 세 아이들 위로 햇볕처럼 내렸을 그녀의 따듯한 마음이 한없는 고마움으 로 나를 감동시켜 주었다.

같이 있을 때도 그랬었지만 나는 또 한 번 그녀를 통해서 우리가 흔히 고개를 돌려온 일본놈이 아니라 이웃나라의 친구라는 생각이 들었다.

현우 시우 건우 세 아이의 이름표를 목에 걸고 잘 자란 동백나무도 좋은 에너지를 그 나라 위로 뿜어내주며 계속 잘 자라주길 소원해 본다.

그냥 있다

아직은 괜찮습니다

등단 작품 이래 소설이란 이름으로 어쭙잖은 얘기를 써서 발표할 때마다 '수필 같은 소설'이란 평을 귀가 따갑게 들어왔다. 내 나름대로는 그 평의 진의를 '사실과 허구의 간극이 좁고 드라마틱한 반전이 약해서 감동을 덜 준다는 뜻'으로 이해해왔다. 결국 상상의 폭이 넓지 못하고 인간 군상의 캐릭터 묘사에 관한 깊고 세련된 철학적 사유에 더 천착해야겠다는 자기반성을 수없이 해보지만 여전히 나의 소설쓰기는 반성의 수준을 벗어나지 못해 왔다.

2010년 봄, 나는 그야말로 모처럼 수상집 한 권을 엮어 냈다.

지금 생각해 보아도 민망하기 짝이 없게 주변에 수선을 피운 짓거리였다. 당초엔 해묵은 글들이 노트북 안에서 세월의 곰팡이가 퀴퀴하게 슬도록 갇혀만 있는 처지가 너무 딱해서 정리라도 해놓을 심경으로 시작한 일이 거창하게 출간에까지 이어지고 만 것이다.

그때 썼던 작가의 말을 읽어 보면 당시 내가 얼마나 자괴감에 함몰되어 허우적거렸는가에 대한 답이 보인다.

'시공을 초월해서 문학성이 빛난다기보다는 외려 도처에서 볼거지는 엽렵하지 못한 나의 적나라한 모습과 맞닥뜨려 얼굴을 붉히게 되는 내용이 대부분이다. 주인공 뒤에서 마음 놓고 서성이며 온갖 참견을 다 할 수 있는 소설과는 너무나 달라서 몹시 당황스럽기까지 하였다. 도무지 이토록 몰염치하게 나를 들어내고도 세상을 향해 다시 얼굴을 들 수 있을까 하는 민망함에 몇 번이나 쓸어 덮어버리려고도 했지만, 그렇다고 이 글들만 치워버리면 내 못남을 세상으로부터 기꼿없이 은폐시킬 수 있느냐는 변명 앞에 나는 어정쩡하게 손을 놓고 말았다.' — 『내 생애 첫 휴가』「작가의 말」

수필이란 삶의 나이테가 어느 정도 쌓였을 때라야 당당하게 쓸 수 있는 글이라고 말하는 까닭을 수상집을 엮어내면서 절감했다. 그저 닥쳐온 상황에 떠밀려 그때 그때 미봉책으로 썼던 글들이라서 문학성도 처지고 무엇보다도 나의 사생활이 너무 노출된 것 같아서 출판준비를 하다가 몇 번이나 그만 모든 걸 중동무이해버릴까 하는 생각으로 시끌짝하게 들끓던 심정이 지금도 생생하게 느껴진다.

반면에 나를 약간 놀라게 하면서 재밌었던 건 여러 독자들과 미디어들로부터 날아온 단평이다. 대부분이 약속이라도 한듯 '소설 같은 수필'이라고 외치면서 '그동안 발표해온 어느 소설보다도 재밌다'는 거였다. 마지막까지 그토

그냥 있다

록 저어했던 남 앞에 나를 들어내 보이는 일조차 외려 저자의 솔직함으로 여겨주어서 격려의 소리도 상당했다. '고단한 세월조차 넉넉하게 끌어안는 작가의 모습'으로 받아주었을 뿐 아니라 '아름다움으로 기억된다' '혹은 가슴 뻐근하도록 눈물겹고, 때론 영혼이 아! 하고 열리는 듯한 기쁨으로 충만한 작품' '켜켜이 쌓인 삶의 속내를 가감 없이 드러내 보인다' 등 과분한 찬사다발이 매일 날아들다시피 했다.

'소설은 수필같이 쓰고 수필은 소설같이 쓴다'는 말이 맞는다면, 도대체 작가로서 나의 정체는 무엇인가? 그래도 나는 여전히 소설가인가?

2005년 이래 새로운 작품집을 생산해 내놓지 못하고 있다. 이제는 조바심으로 가슴에서 단내가 풍길 정도다. 산고의 진통이 한창일 때는 남편 옷가지며 신발까지 다 내다 버리라고 악을 쓰던 아낙이 그렇게 힘들게 난 아이가 어렵사리 걸음마를 시작할 무렵이 되면 아무도 모르게 다시 새 아기 출산을 꿈꾼다고 한다.

고백하자면 나의 가슴도 새 작품집 생산에 대한 열망으로 진작부터 뜨겁게 달아오르고 있다. 도종환 시처럼 '가슴에 거름을 얹고 썩어 가는 봄 흙' 독자들 영혼 속으로 녹아 스며드는 비타민 같은 작품들을 생산하는 일! 평생 마음 안에 걸어놓고 기도처럼 되풀이 하는 이 다짐대로 완성된 작품 한 편, 한 편들을 모아 새 작품집을 출판할 꿈은 언제나 나의 영혼을 싱싱한 젊음 안에 머물게 한다. 그런 까닭에 나의 기도 또한 언제나 오직 이 한 가지뿐이다.

'괜찮습니다! 괜찮습니다! 소설만 잘 쓸 수 있다면 외로움쯤은 혼자서도 잘 견뎌 낼 수 있습니다. 병고도 잘 참아 받겠습니다. 잘 쓰여 진 소설 말고는 더는 아무 것도 바랄 것이 없습니다!'

시간 밖에서 만난 친구

그날따라 저녁 준비가 늦어서 마음만 바쁘게 허둥대던 참이었다. 그 와중에 누군가 현관문을 두드리는 소리가 들렸다. 누구지? 이 시간에⋯ 미처 생각이 정리도 되기 전에 나는 문부터 열었다.

안녕하세요?

어리둥절해 하는 내게 먼저 인사를 보내온 건 제 엄마에게 손을 잡힌 채 서 있던 사내아이였다. 해처럼 둥글고 창백해 보일 정도로 맑은 얼굴의 사내아이는 곧이라도 눈물을 쏟을 것 같은 제 엄마와 달리 무심하게 서 있을 뿐인데 온 얼굴이 활짝 웃고 있다. 대여섯 살은 됨직했다. 나는 그때까지 허둥대던 부엌일은 새카맣게 잊어버린 채 아이만 쳐다보았다.

저어 민원을 내려하는데 주민들의 서명이 필요해서요.

민원이요!? 무슨 민원이죠?

나는 격한 감정이 묻어나는 음성이며 몹시 화가 난 듯한 아이의 엄마를 조심스럽게 쳐다보며 물었다.

엘리베이터를 교체해 달라는⋯.

엘리베이터라구요? 아, 맞아요! 다른 건 몰라도 엘리베이터는 꼭 바꾸어야 한다고 나두 그렇게 생각하고 있어요!

나의 반색에 아이엄마는 용기를 얻었는지 아직 역력한 눈물자국 위로 다시 흘러내리는 눈물을 주먹으로 훔치며 감정을 추스르려 애를 썼다. 글쎄 이 아이가 오늘 학원에서 돌아오는 길에 엘리베이터에 혼자 갇혔었어요. 알고 계시지요? 요즘 아파트 엘리베이터의 히스테릴요?

어머나! 이 꼬마가 혼자요? 알고 말고요! 세상에 얼마나 놀라고 무서웠을까….

그런데 놀라서 관리사무소로 뛰어간 사람한테 고작 한다는 말이, 말이 아니더란다.

에이! 진정하세요. 사람 목숨이 그리 쉽게 죽어지진 않아요. 보세요! 우리 아파트는요 고작해야 십 층밖에 안 되잖아요. 이 정도 높이에선 설사 맨 위층서 지하까지 한 번에 떨어진다 해도 좀 다칠진 몰라도 죽진 않아요. 하더라는 거였다. 저런, 저런! 고얀 사람들이 있나!

바로 며칠 전 나도 불나간 캄캄한 그 안에 갇혔다가 제멋대로 층간과 층간 사이에서 입을 벌린 그 괴물로부터 엉금엉금 기어 나와야 했던 고약한 경우를 저 예쁜 꼬마가 혼자 만났다니… 이건 정말 민원정도가 아니라 고소감이라는 생각이 들었다.

갑자기 교체까지는 못 하지만 시간이 좀 길어지더라도

그냥 있다

성심껏 제대로 고치겠노라는 다짐으로 시작한 엘리베이터의 수리공사는 시간이 흐르고 또 흐른 후에야 겨우 끝이 났다. 공사는 직접하기도 어렵지만 과정을 잘 모르면서 옆에서 진득하게 기다리는 일도 그리 쉽지만은 않다는 걸 나는 경험했다. 층계를 오르내리려야 했던 다리만큼이나 무겁던 주민들의 마음도 종달이 날개처럼 경쾌해진 걸 알겠다.

어쨌거나 그 사건을 빌미로 나와 시우는 자연스럽게 친구가 되었다. 진작부터 나는 낮에는 조용하기 짝이 없던 위층이 다섯 시가 지나면 문득 콩콩콩 뛰는 소리며 때로는 의자가 넘어지거나 뭔가를 힘들게 끄는 듯한 소리라든지 하여간 사람 사는 냄새가 물씬 풍기는 따듯한 소리가 들릴 때마다 반갑고 어떤 이들이 살고 있을까가 슬쩍 궁금해지기기도 했던 참이었다. 어이구 아이구 잘 한다 잘 뛴다. 움직임이 멈춘 듯 한없이 굼떠진 우리 내외만의 적막을 흔들어주는 역동적인 그 움직임이 그냥 좋았다. 신이 난다고나 할까. 아직 살아있음의 확인이라 할까.

어떤 녀석인지 얼굴 한 번 보고 싶네. 내 추측이 맞는다면 녀석은 아마 어린이 집에 다니는 꼬맹일 거야. 당신 마치 본 것처럼 자신하는데? 생각해 봐요, 언제든지 낮엔 조용하다가 다섯 시가 넘어야 인기척이 들리니까… 게다가 뛰는 폼이 사내애가 분명해요. 아들 하나에 딸 둘 그 위에 손자 넷에 손녀가 둘씩이나 있다 한들 나는 노상 갈증에 시달렸다.

시우는 잊지 않을 만큼 가끔씩 저녁 무렵이면 찾아오군 했다. 조용한 노크 소리에 의아해 하며 현관문을 열면 오기로 약속이 된 친구처럼 시우가 거기 현관 앞에 서 있곤 했다. 때로는 제 키에 반은 될 정도로 잘 자란 배추 한 포기를 가슴에 안은 채 혹은 싱싱한 무며 상치, 치커리, 깻잎 같은 야채는 물론, 평생 들도 보도 못한 주전부리가 든 봉투까지 든 시우가 만화에 나오는 아이같이 커단 눈으로 웃으며 서 있곤 했다.

단발머리 때문일까. 얼토당토한 비약인 줄을 알면서도 시우의 맑은 눈과 머리칼이 아무렇게나 흐트러진 흰 이마를 바라보고 있으면 아폴론의 구애를 거절하다가 끝내 한 그루의 월계수가 되어버린 희랍신화 속의 다프네가 떠오르곤 했다. 시우는 남자아이라기엔 너무 예뻤다. 웃는 얼굴은 또 얼마나 선량한지. 그 아이를 한 번도 보지 못한 사람에겐 설명할 수가 없다. 이거 우리가 농사지은 거예요. 아니면 오늘 드라이브하고 왔는데 거기서요…. 조금은 부끄러운 얼굴로 더러는 자랑스런 얼굴로 가지고 온 선물을 내 앞에 내미는 그 아이를 안아주지 않을 수가 없다.

시우는 또 아주 가끔씩 인터폰을 걸어오기도 했다. 아파트 주차장에서 걸려온 현관 인터폰 스크린으로 키가 모자라서 이마 위 머리만 어룽거리는 화면이 나타나면 나는 남편에게 소리부터 지른다. 당신 차 문 잘 잠갔어요? 허나,

으레 굼뜬 남편의 대답보다는 인터폰 안에서 시우의 목소리가 먼저 튀어 나오곤 한다.

할아버지 차에 불이 켜 있어요. 가끔은 차창이 열려있어요,란 전갈도 온다.

거 손자가 많으니까 이렇게 좋구먼! 무안함을 얼버무리면서 자동차 열쇠를 찾아들고 주차장으로 내려가는 남편의 딴청이 밉살스러운 만큼 시우의 우리를 향한 관심이 고맙고 행복해서 내 마음으론 평화의 강물이 넘쳤다.

같은 라인에 살다보니 심심찮게 엘리베이터에서 부딪치기도 한다.

그 날은 인사는 하면서도 정신이 딴 데 가 있는 얼굴이다. 나는 슬쩍 넘겨짚었다. 늦었니? 네! 어? 네! 어떻게 알았느냐고 묻는 녀석의 궁금증은 생략한 채 나는 다시 검도? 했더니 영어요라는 대답이 수줍게 나왔다. 와아! 멋지다! 시우가 검도만 하는 줄 알았더니 영어두 배우는구나. 녀석의 눈이 자랑스러움으로 빛나면서 엘리베이터 문이 열리자 '다녀오겠습니다'를 외치며 냅다 밖으로 뛰쳐나가는 거였다. 눈에 띄게 쑥쑥 자라는 시우가 물론 대견하면서도 희귀한 원석 같은 시우가 세상의 여느 아이들과 다를 바 없는 보통의 아이가 되기 위한 기본교육과정으로 들어가기 시작했다는 사실이 너무 아깝다는 생각에 가슴이 답답해졌다. 시우야! 네 자유 진폭이 보통의 시간표 안으로 갇혀들면서 좁아지는 걸 알고 있니?

위로부터도 아무런 신나는 인기척이 없는 날이 며칠인가
지나간 어느 날 주차장에서 시우 아빠를 만났다. 요즘 시
우가 기척이 없네요. 녀석이 없으니 한적하고 좋으시죠?
시우 성당에서 하는 피정 갔어요. 녀석이 요즘 제 형보다
도 바쁘네요. 하여간 식구 중에 젤 바빠요. 어쩐지 만날 때
마다 행선지가 다르긴 하더군요. 나는 입속으로 혼잣말을
씹으며 돌아섰다.

주말, 저녁미사를 보고 돌아오니 식탁 위에 낯선 쇼핑백
이 놓여 있다.

누가 왔다 갔어요?

당신 남자친구.

시우가 왔다 갔다고요? 어머나 이게 다 뭐야? 늙은이 둘
만 사는 것 다 알면서 웬 걸 이렇게나 많이….

할머니가 성당에 가셔서 시우 맛있는 것도 못 주겠다.

그랬더니 괜찮아요. 하면서 얼른 부엌만 한 번 둘러 보구
갔어. 나는 혼자 웃음을 깨물며 어제 있었던 일을 떠올렸
다.

외출에서 돌아오는 길이었다. 마침 안에서 나오는 시우
와 부딪쳤다. 녀석은 힘들게 걸어오는 나를 배려해서 문이
저절러 닫히기 전에 내가 들어갈 수 있게 제 등으로 자동
문을 버티고 서 있어주었다. 그야말로 프리패스하는 내게

인사를 남기고 단숨에 달려 나가는가 싶더니 시우는 이내 시야에서 사라져버렸다. 마침내 시우의 삶에도 속도가 스며들기 시작했다는 걸 나는 다시 절감했다. 이 몇 년, 바쁜 일상에 얽매어 숨차게 살아가지 않았던 시우덕분에 오래된 이 아파트에서의 삶이 참 신선하고 즐거웠다는 생각이 새삼 가슴을 쳤다. 세월이 흘러 시우가 아빠가 될 먼 훗날까지 시우는 나를 기억할 수 있을까. 옛날 아빠가 이 세상 시간에 얽매지 않았던 밖에서 만났던 할머닌데… 하면서 제 아이들에게 아득하기만 한 우리네 삶 속에서 서로 바라보며 힘을 얻고 살아온 사이었노라고 이야기라도 해 줄까. 진작 노을이 진 하늘로 하루 일과를 마친 까마귀 한 쌍이 조용히 제 집을 찾아든다.

그분의 손

지난해 늦가을 나는 마침내 그 산을 넘었다.

캄캄한 어둠 속을 잠행하는 내내 나는 극도의 공포와 통증에 갇혀 있었다. 두어 명의 남자가 그런 나는 아랑곳 않고 두런두런 이야기를 나누며 가끔은 내 이름을 부르기도 하면서 구멍난 내 머리 속을 헤집고 있었다. 공포의 찬 땀을 흘리며 나는 '그분' 손을 사력을 다해 붙잡았다. 그리고 나의 병우(病友) 파킨슨에게도 확실하게 내 의사를 전달했다. 네가 알다시피 나는 처음부터 너를 박대하며 투병이란 걸 하지 않았다. 외려 우린 지난 17년 동안을 함께 잘 지냈다. 이젠 나를 놓아 다우. 지금부터라도 자유롭게 내 몸을 내 마음대로 움직이며 살다 가고 싶구나.

단단히 각오는 했었지만 막상 맞닥뜨린 파킨슨 '뇌심부자극수술'이란 절대로 다시 넘고 싶지 않은 끔찍한 고행이었다.

깨질 것 같은 두통 가운데 불현 듯 눈을 떴을 때 가족들의 간절한 눈길 안에 편안하고 따듯하게 누워있는 나를 발견하고야 안심하면서 비로소 수면의 심연으로 빠져들었다. 확실하게 정신이든 날을 만나지거든 저간에 겪은 내 병우(病友) 파킨슨과의 별리(別離)를 「산행기 2」로 쓰리라! 지금은 머리가 너무 무겁고 아프다.

　나의 등단작 「산행기」는 위기를 벗어난 초로의 중년 내외의 삶을 삽화처럼 평이하게 그린 단편이다. '이른 봄 눈 녹은 자리에 돋아나는 풀꽃처럼 결코 화려하지도 걸출하지는 더욱 아닌 소박한 내 이웃, 오가는 길에 전철이나 버스에서 혹은, 엘리베이터 안에서라도 쉽게 스칠 수 있는 이웃의 이야기면서 나의 일상일 수도 있는 삶의 희노애락을 안온하고 정치한 문장으로 풀어 내 보이면서 돌고 도는 인생의 천리를 은연중 말하고 있다.' 심사위원의 말에 비는 구름이 낀 만큼만 내린다면서 앞으로도 충일한 일상을 살아가면서 그 안에서 지혜와 깨달음을 단백하고 진솔하게 이야기하겠노라고 말했던 것도 벌써 32년 전, 내 나이 마흔네 살, 늙은 여자의 객기라고 부끄러워했던, 그 기억이 지금 생각하면 전설의 나이에 경험한 미담으로 생각 든다.

　대학을 졸업하던 해 나는 그때까지 소설을 쓰겠다던 내밀한 소망을 매정하게 접어버렸다. 꽤 잘 나가던 모 여성 종합지의 콜에도 사양할 만큼 나는 글은 아무나 쓰는 게 아니다. 중고등학교 시절 백일장에 한두 번 합격했다고, 문예반 선생님께 칭찬 받은 몇 번의 기억을 붙안고 매달릴 일은 아니라고 담백하게 마음의 문을 닫아버렸다. 결혼해서 15년 동안 나는 착한 며느리 착실한 독자로 참하게 살았다. 적어도 1983년 조선일보 신춘문예 당선자 19세의 김인숙을 지면으로나마 만나기 전까지는 말이다. 그녀는 당선작 「상실의 계절」로 깊은 수면 속에 갇혀있던 내 영혼을 흔들어 깨웠다. 나는 신년 연휴가 끝나는 날 동아일보 문화센터로 달려갔다. 그리고 일 년 반 뒤인 1984년 7월 어느 날 월간문학으로부터 당선축하 전보를 받았다. 어디서 나온 체력이었고 어떤 신명이 씌었었는지 한 달에 한 편씩 단편을 써내어 문우들과 작품 품평회를 갖곤 했다. 하루 한 시간만 자고 견딜 체력이기를 바랄 정도의 소설을 향한 짝사랑은 대단했다. 글을 쓰지 않고 그냥 흘려버리는 시간이 사금을 물살에 휩쓸려 떠내려 보내는 것만큼이나 아까웠다.

열정은 남편의 장기해외근무발령으로 서리를 맞았다. 김 선생은 가지 마세요. 이제 겨우 문인들 사이에 당신 이름이 회자되고 있는 터에 자릴 비우지 말아요. 가족들만 보내요. 이삿짐을 챙기는 나를 강하게 말리던 문우 L, 자기 생활의 80프로를 문학에 할애할 자신이 없으면 등단하지 말라하신 엄한 선생님의 말씀까지를 뒤로 한 채 '모든 게 자기 할 탓이지' 혼자만 잘난 척 하며 오기로 가고 오는 여섯 번의 이삿짐을 싸고 푸는 십여 년 동안 나의 문학은 미아가 되어버렸다. 언젠가는 맛있게 떡을 해먹겠다고 수 없

그냥 있다

이 다짐만 하다가 귀한 찹쌀 반 말만 모두 섞이고 만 가난한 농부의 아내 꼴이 되고 말았다.

한생을 살아가노라면 넘어야 할 산이 어디 한두 개 만일까. 그럼에도 첫 산행과 너무나 다른 이번 같은 뇌심부 전기자극 수술 같은 산행은 앞으론 절대 사양하겠다. 세월이 다시 흘러가버린 어느 먼 훗날 내게 또 이런 지면이 주어진다면 나는 예쁘고 건강하게 나이 드신 할머니 할아버지가 굽은 허리를 서로 떠받쳐 주어가며 마치 집 울안이다시피 맞닿은 뒷동산을 오르는, 그런 무지개처럼 아름다운 산행기를 쓰고 싶다.

3부

나는 누구인가

그때 당신 얼마나 당당하고 맑았는지 알아? 내가 말 안 했던가. 독일병정 같다고. 안 그래도 물어보구 싶었는데 웬 독일병정이야? 남편은 짓궂은 얼굴로 웃기만 한다. 아이 참 뭔데? 당신말구는 유행이 한참 지난 옷을 그토록 당당하게 입고 다니는 사람을 난 본 적이 없어.

나는 누구인가

아직은 밝은 빛이 온 누리에 가득하다. 방금 석양이 넘어 간 하늘은 노을이 내려앉은 바다를 보는 것 같다. 바람이 구름이라도 슬쩍 밀라치면 조용히 파도의 흔들림에 같이 움직여주는 바다를 보는 느낌이 더 든다. 하늘바다를 더듬 던 시선을 삼각산 쪽으로 돌려 본다. 삼각산은 오늘도 역 시 장관이다. 아름답다. 바라보면 볼수록 신비하다. 석양 에 물든 우람한 세 봉우리가 바라볼수록 듬직하다.

하늘이 차츰 무채색으로 바뀌어 갈 때쯤 내 시야로 한 여 자가 들어왔다. 여자는 바로 내가 서 있는 창 아래를 지나 관리사무소 쪽으로 걸어간다. 여자의 앞으로 수굿한 등과 머리 위에 모자가 낯익다. 리드비나자매임에 틀림없다. 저 녁미사에 가는 길일 거라는 짐작이 든다. 오늘도 혼자길이 다. 선생님은요? 집에. 이젠 못 걸으셔. 그동안 은총 중에 이 나이까지 무탈하셨잖아! 바로 어제 이맘 때 주고받았던 얘기다.

자매님은 요즘 좀 어떠셔? 추울 때보단 아무래도 좀 가 볍지요. 그렇구나. 하두 더워서 올 여름엔 넌더리를 냈는데 데레사한테 도움이 된다니 참아야지.

타인의 삶이란 아무도 알 수 없다. 무심히 보며 지나칠 때는 열 사람이면 열 가지 노래를 제 각각 부르며 신바람 나는 삶을 호기롭게 사는 것처럼 보이지만 한 발짝만 안으로 들어가 보면 나름대로 크고 작은 십자가 하나씩을 등에 짊어진 채 편편한 얼굴로 살아가고 있을 뿐이다.

본시 두 몸 한 쌍으로 태어난 사람들처럼 꼭 둘이서 나란히 나다니던 모습이 눈에 익어 아무리 저 자매가 엽엽한 얼굴로 다녀도 혼자 걸어가는 모습이 너무 쓸쓸해서 가슴이 먹먹해진다. 때가 되면 떠나야 하는 삶의 지엄한 섭리가 새삼 무겁게 다가선다. 나 같았으면 입을 열기도 전에 얼굴부터 마주 바라보기 민망하도록 비쭉거리며 눈물 콧물을 흘리느라고 분명 아무 말도 못했을 것 같은데 성숙된 모습으로 현실을 받아들이는 모습이 보기에도 무척 아름다웠다. 할아버지가 얼마나 버틸 수 있을지, 그나저나 이 단지 안에서 앞으로 더는 두 분의 아름다운 산책 모습을 보지 못할 것 같은 예감에 비애가 가슴으로 스며든다.

남편과 혼례를 치른 지도 내년으로 50년이다.

때가 되면 이 남자와는 헤어지리라!는 비장한 각오를 비상약처럼 늘 가슴에 품고 살았던 젊은 날의 결기는 제풀에 숙지근해져버렸다. 유난스레 바람이 불던 어느 늦은 가을날 오후 길가 상점 대형유리창에 비친 남편과 나를 우연히 목격한 적이 있다. 지는 해의 잔광을 등에 진 채 그이는 내 쪽으로 나는 그이 쪽으로 수굿이 기운 자세로 걷고 있는 둘의 모습이 눈에 들어오는 순간 눈이 찌르는 듯 아프면서 뜨거워졌다. 그이가 늘 입버릇처럼 되뇌이던 우리는 동료야! 인생길을 함께 걸어가는 친구라고! 한 말이 그날따라 유난히 가슴에 와서 콕 박혔다. 남편도 같은 느낌을 받았던 듯싶다. 거 오늘 보니 살아있는 피사의 사탑이더군. 우리 두 사람 말이야. 저녁 식탁에서 불쑥 그 말을 할 정도로 그날의 비주얼은 우리 내외의 마음에 싱싱한 감동을 안겨주었다.

결국 둘이서 함께 여기까지 살아온 거다. '미운 정 고운 정 그 놈의 정 때문에(너덜너덜 해어진 이 유행가 노랫말만큼 적절한 표현을 찾지 못하겠다)' 그러나 납득할 수 없는, 횡포라고 밖에는 달리 더 표현할 수 없는 시어머니의 히스테리에서 나를 전혀 감싸주지 못하고 수수방관만 한 젊은 날의 남편의 무성의함은 아직도 의문덩어리로 시간의 더께 속에 묻혀 있다.

남편과 나, 둘만의 생활을 시작한 지도 올 해로 7년째다. 허접한 설명을 붙이자면 50여 년 결혼생활 중에서 처음으로 누려보는 자유로 가득 찬 시공간이다. 입으로는 삶의 끝자락을 마무리할 그림을 그리고 색칠해 갈 두 사람만의 시간과 공간이라고 말은 하면서도. 처음 얼마동안은 어색

하다고 할까? 어쨌든 편편치 만은 않았다. 갑자기 바뀐 분위기에 지금처럼 익숙해지기까지는 나는 물론 남편까지도 시간이 숙성될 상당한 공백을 거쳐야 했다. 기가 강하지 못한 나는 아직도 모멸의 기억들을 다 털어버리지 못하고 어린애같이 흉몽에 시달리곤 한다, 그럴 때마다 일어나 앉아 나를 부축인다. 너는 자유야. 더는 누구의 눈치를 볼 필요가 없어요! 넌 네 의지대로 살아가는 자유인이야.

그러저러한 우회를 해가며 우리 내외는 더딘 보폭으로나마 새 틀에 익숙해 갔다. 높은 자리 낮은 자리 가릴 것 없이 비리로 시끌버끌 몸살을 앓는 세상사나 북한의 핵 놀음으로 밖이 어수선하고 불안한 기류 속에서도 결혼 후 처음으로 젖어보는 따스함 속에서 평화로운 일상이 모래톱같이 쌓여가는 나날에 나는 감사할 뿐이다.

엄마만 건강하면… 결코 자상하진 않지만 충직한 지킴이 남편, 곡진한 세 아이들의 사랑과 관심, 과분한 자손연금, 너나없이 무릎이 닳도록 기도해주는 형제들, 친구들, 아픈 건 좋은데 보고 싶을 때 언제든 볼 수 있게 죽지는 말고 옆에만 있어달라는 밉지 않게 짓궂은 친구. 아프지 않았더라면 행여 이 진주들을 전혀 알아차리지 못하고 지나쳤을 것을. 보석보다 더 빛나는 모두의 기도 한가운데서 날마다 새 감사의 기도를 시작하곤 한다.

"주님! 부디 오늘 밤 제 영혼을 거둬 가 주소서. 아멘."

내 기도의 끝자락은 한결같다. 가끔은 마지막 '아멘'을 말하기 직전 "나는 누구인가"를 묵상한 후에 아멘으로 마무리하기도 한다.

'나는 누구인가?'

독일 병정

살아오는 동안 내가 입었던 옷들이 만국기처럼 펄럭이며 내 뒤를 좇고 있는 상상을 해 본다. 끔찍한 악몽이다. 지구 도처에 쓰레기를 폐기한 것 같아서 마음이 묵직하다. 심란한 것은 이 엄한 자기반성 후에도 옷장 안에 옷은 시간과 더불어 다시 조금씩 늘어간다는 현실이다. 마치 뷔페에 가서 다 먹지도 못할 음식을 욕심껏 접시에 담다가 내 앞에 놓았을 때처럼 옷장을 열어볼 때면 내 속이 부대낀다.

아주 가끔은 완전히 내 의식 안에서 잊어버리고 있던 기억을 떠올리며 미소짓게 하는 옷도 있기는 하다. 민들레꽃 빛깔의 노란 민소매 블라우스를 떠올리는 순간 나는 침부터 꿀꺽 삼켰다. 석류를 깨물었을 때처럼 새콤한 침이 고이면서 새콤달콤한 기억 하나가 나를 달뜨게 했다. 막상 그 한가운데 있을 때는 그것이 무엇인지 눈치 채지 못했던 천방지축의 젊은 나날. 나는 그 이전에도 그 이후에도 다시는 그렇게 예쁜 설레임을 만나지 못한 채 이렇게 할머니가 되고 말았다.

'노란 셔츠의 데레사에게' 바로 어제 받은 편지처럼 내 이름을 부르는 소리가 들리는 것같이 오랜만에 가슴이 뛸 것 같다.

또 하나, 해마다 입학철이 오면 생각나는 옷이 있다. 얇고 조금 다크한 진달래 색깔의 점퍼스커트와 짧은 볼레로 가디건. 대학입학 축하로 구두와 가방까지 풀 세트로 작만해 준 작은언니의 정성이었다. 옷이 너무 내 마음에 들어서 행복했고 언니의 박봉으로 마련하기엔 과분한 선물이었기에 고마움에 벅차서 울먹이며 받아 안았던 기억은 늘 나를 인생신입생으로 되돌려 준다.

1970년 오사카박람회를 다녀오면서 남편이 일본 백화점 미스코시에서 트렌치코트를 사왔다. 일상 안에서 내가 알고 있던 그와는 너무 다른 남편의 선심이 놀랍기도 했지만 그 코트를 사면서 있었던 에피소드가 더욱 한 몫을 했다. 허리를 벨트로 잘록하게 강조해주면서 아랫부분은 미니 후리아스커트로 제법 큐트한 디자인의 코트를 앞에 놓고 망설이는 남편에게 백화점 점원은 무엇이 문제냐고 묻더란다. 허리가 있는 옷이라서 안 맞으면 어쩌나 싶다는 대답에 그녀는 부인의 체형이 나하고 비교해서 더 날씬하냐 아니면 살이 찐 편이냐고 또 묻더란다.

아가씨와 비슷한 몸매인 것도 같은데 자신이 없다는 남편에게 그렇담, 사양하지 말고 자길 한 번 안아보라고 하더란다. 그녀의 밉지 않은 권유대로 남편은 결국 그녀를 안아보기까지 했다는 것. 당신 안았을 때 하고 느낌이 비슷했어. 꼭 당신 사이즈 더라구. 그녀의 귀엽고 열정적인 세일 혼을 우리 내외는 오랫동안 기억했다

코트는 내 맘에 들었다. 남편이 모르는 여자를 중인환시리에 안아 보는 일을 감수하면서까지 사다 준 그 코트를 오래오래 즐겨 입었다.

한 생을 살다보면 딱히 나쁜 일이 있었던 것도 아닌데 몹시 힘들게 넘겨야 했던 때가 있다. 내 경우 1987년이 그랬다. 그 해 봄, 큰딸 아이가 원하는 대학에 무사히 합격해서 온 집안이 환호했지만 그 환호성이 채 잦아들기도 전에 서둘러서 예고된 이별을 감행해야 했다. 큰딸을 Y대 기숙사에 맡기고 막내딸과 아들만 데리고 남편이 지국장으로 일하는 워싱턴으로 갈 때만 해도 Y대가 그토록 학생시위 한가운데 있는 줄은 몰랐다.

올 여름 더위가 110년만에 가장 심했다, 라고들 하지만 내게는 그 해 1987년 여름의 체감온도만은 못했던 것같이 여겨진다.

악머구리처럼 워싱턴 천지를 새카맣게 뒤덮으며 울어대던 시케이더와 쳐다만 보아도 눈물이 쏟아질 것 같던 큰아이 얼굴이 수순처럼 떠오르면서 새삼 눈물겹다.

하루도 빠짐없이 일어나는 시위 속에서 어렵사리 한 학

기를 넘기고 워싱턴에서 겨우 상면한 여름방학은 왜 또 그리도 빠르게 지나가버렸는지… 지난 번 입학 때 겪었던 첫 번째 이별은 합격과 입학의 설렘으로 다소 희석될 수 있었다면 한 학기동안 혼자 사는 외움과 화염병, 최루가스로 절다시피 된 서울행이 기쁨일 수 없다는 걸 잘 알면서도 아이의 등을 떠밀어야 했다. 그 형벌의 아침 큰딸아이와 나는 집을 나와 덜레스공항에서 서울행 비행기에 탑승하기까지 차마 눈을 마주치지 못했다. 훗날 큰딸 아이는 말했다.

아빠를 내가 모르나? 안 가겠다고 버틴들 아빠의 대답은 안 들어도 뻔하고. 참새머리로 고작 궁리해낸 게, 일단 LA까지만 가자. 거기까지 가서 되돌아 온 딸을 설마 아무리 아빠라도 다시 서울로 내쫓지는 안 하시겠지, 라고 생각한 거지. 근데 비행기 옆에 앉은 미국 할머니가 연신 꿀쩍거리는 나를 보구선 가만 두질 않더라구. 무슨 일이냐 내가 도와주고 싶다 하면서 손수건까지 꺼내주며 날 달래더라구. 부모의 말은 하느님의 말씀이다, 라는 말은 나를 감동시켰고 '위화도 회군이 아닌 LA회항'을 포기하고 서울로 진로를 돌렸다는 거다.

우리는 삶의 굽이굽이 도처에서 이따금씩 익명의 천사를 만나 도움을 받으며 살고 있다는 사실을 자주 간과한다.

아이를 보내고 기승을 부리는 열일곱 살 매미, 시케이더

울음소리에 등을 떠밀려 차에 오르자마자 나는 눈물을 쏟기 시작했다. 공항에서 집으로 오는 길 내내 이 모든 아픔이 남편 때문이라는 듯 운전을 하며 연신 나를 달래는 남편을 쥐어박기까지 하면서 이성을 잊은 여자처럼 기진하도록 통곡을 하였다. 이미 그 며칠 전부터도 화염병이 난무하고 앞이 안 보이는 위에 체류탄 개스까지 연신 터지는 속으로 아이를 보내야 한다는 생각에 나는 거의 이성을 잃고 있었다.

그렇게 며칠씩이나 밤잠을 설친 위에 악을 쓰며 울기까지 했으니 머리 속이 횅하면서 어느 순간 잠이 들듯이 혼절해버렸나 보다.

집에 도착해서도 머리가 횅한 게 아무 것도 현실감이 없고 난삽한 꿈을 꾸고 난 것처럼 다리가 후들거렸다. 다시 큰아이의 부재가 쓰릿한 현실로 다가왔다.

당신도 어서 씻어요.

샤워에서 나온 남편의 조금 과장된 부드러운 음성에 나는 얼른 자세를 고쳐 앉았다.

어서 씻구 나와서 그것 좀 입어봐!

아까 돌아오는 길에 세븐코너에 날아서 다녀왔지, 마침 울보애기가 깨지도 않구 잘 자주어서! 그러더니 손가락 집게로 내 납작한 코를 어렵사리 잡으며 뽀뽀까지 하는 거였다. 당신은 평생 늙지 않을 거야. 나이가 암만 먹어두 막내딸 떼쟁이는 벗어나질 못해요. 하두 서럽게 울기에 난 차창 밖으로 쇼핑백 채 내던져버리면 어쩌나 했지.

젊어서는 꽤 티격태격했던 우리였것만 이젠 멍석을 깔아주어도 기력이 모자란다. 서로 기 살리며 사는 우릴 보면서 우리가 웃는다.

바로 며칠 전, 남편에게 당했다기보다는 전혀 몰랐던 아무 생각 없이 지난 이야기를 나누다가 무안함에 얼굴을 붉히고 말았다.

몰랐어 당신?

당신 옛날에는 유행 같은 건 안중에도 없었어! 무얼 입든지 자신만만했었다구!

모르시는 말씀을! 나이 들어서 초라하게 입고 다니면 불쌍하다고 동전 던져주는 세상인 것 몰랐어요!

옛날 젊어서는 당신 월급에 맞춰 사느라고 그랬지.

그 옛날 말고 더 옛날에. 우리 데이트하던 때 당신을 얘기하고 있는 거야, 정말? 나야 예나 지금이나 단정하게 입고 다녔지 뭐! 근데 왜 그 애길 생뚱맞게 지금 하는데?

그때 당신 얼마나 당당하고 맑았는지 알아? 내가 말 안했던가. 독일병정 같다고. 안 그래도 물어보구 싶었는데 웬 독일병정이야? 남편은 짓궂은 얼굴로 웃기만 한다. 아이 참 뭔데? 당신말구는 유행이 한참 지난 옷을 그토록 당당하게 입고 다니는 사람을 난 본 적이 없어. 게다가 누가 행여 손가락 하나라도 건드릴까 봐서 단추 한 개 풀어놓는

법도 없고. 당신이 입었던 옷은 하나같이 하이넥이었잖아… 어머! 그때 입었던 옷들은 대부분 큰언니 하사품이라서 고급이었지 구식은 아니었는데… 기가 한풀 꺾인 목소리로 내가 중얼거렸다. 아무리 하사품이라도 세월이 지나면 구식이 되는 거야. 그래도 콩꺼풀에 덮인 내 눈엔 예쁜 독일병정으로만 보이더라.

5남매의 막내인 나는 언니 둘에 오빠가 둘이었다. 세 자매 중 큰언니의 미모는 출중해서 한복이든 양장이든 옷 태가 우아했다. 말하자면 큰언니는 늘 예쁘다. 큰언니가 입은 옷은 다 근사하다. 큰언니의 소품은 다 멋지고 고급스럽다. 절대에 가까운 이런 확신 속에서 큰언니가 물려준 옷을 입으면 으레 나 또한 큰언니처럼 예쁘리라는, 멋있을 거라는 자신감은 지나놓고 돌아보았더니 나만의 허상이었다는 걸 남편 모르게 인정하며 얼굴을 붉혔다.

아무리 훌륭한 디자이너의 작품이라 해도, 혹은 거금을 내고 장만한 옷이라 해도 입는 사람의 정서와 영혼의 교감이 없는 옷은 생명력이 빛나지 않는다는 걸 새삼 절감했다. 문득 "옷을 잘 입는다는 것은 결국 남이 쳐다보지 않게 입는 것이에요." 빛바랜 기억 속에서 생각지도 못한 고교 가사선생의 음성을 들으며 이 연륜에서야 비로소 깨닫는다. 이번 깨달음이야 말로 다시는 잊지 말았으면!

장마 시작하던 날

영화가 끝나고 앤딩 크레딧마저 모두 올라가버린 후에도 나는 자리에 그대로 앉아 있었다. 『본 투 비 블루(born to be blue)』. 재즈 뮤지션 쳇 베이커의 한 생을 열연한 에단호크의 연기는 무한 감동이었고 베이커의 삶은 신산스럽기 짝이 없다. 천부적인 음악성은 빛났지만 그 은총을 발아시켜 재즈 황제로 등극하는 일까지도 고난의 행진인데 계속해서 그 자리와 이름을 지킨다는 건 얼마나 촘촘한 자기관리와 체력이 필요한가를 절감하였다.

미리부터 세상일에서 손을 놓고 오로지 건강에만 매달려 살아가는 작금의 내가 부끄러워 어둠 속에서 얼굴이 화끈거렸다.

밖에는 비가 내리고 있었다.

며칠 전부터 온다던 장마가 드디어 시작된 걸까. 비 내리는 모양새도 시대에 따라 조금씩 바뀌는 것 같다. 요즘 내리는 비는 계절에 상관없이 거개가 소나기처럼 내린다. 지금도 마침 한소끔 쏟아낸 뒤에 빗살이 숙지근해지면서 아

그냥 있다

직 우산 위로 빗방울 듣는 소리가 끝이지 않았는데 성마른 해가 잠깐씩 얼굴을 내밀었다. 좋은 영화를 보고 나와서 쾌적해진 거리를 걷는 내 모습에서 평화가 읽힌다. 햇빛이 눈부시게 튀어 오르는 가로수 이파리들도 물기 촉촉한 엉덩이를 신나게 흔든다. 갑자기 도시 전체가 깨끗하고 조용하기까지 하다. 먼지와 함께 소음까지 빗물 속으로 스며들었나. 거리는 우산들의 행진으로 그들먹했지만 평소보다 한결 조용했다. 부디 올해만은 반가운 이 비 때문에 걱정이 생기고 하늘을 원망하는 일이 없이 무탈하게 지나가기를 바라는 기도가 절로 솟구친다. 자연이여! 하늘이여! 바다여! 땅이여! 오래 참을 줄 아는 그대들이 인간의 경박함을 이해하고 넘어가 주게나!

버스가 아파트 단지로 내려가는 마지막 언덕에 이르면서부터 내 호흡은 저절로 깊고 느슨해진다. 여기서부터는 일상 기온이 시내보다 2도쯤 떨어진다고들 한다. 확인되지 않은 사실이지만 이 주위가 그만큼 청정지역이라는 말이다.

삼십여 년도 더 전에 산 하나를 둘로 쪼개어 양쪽 날개에 작은 산(동화책 속 뒷동산)을 하나씩 안배하고 그 산자락 아래로 아파트 단지를 꾸민 마을이 여기다. 두 산과 양쪽 아파트를 이어 주는 구름다리가 언덕길 가운데 쌍문교란 이름으로 그림처럼 예쁘게 걸려있다. 좀 짧은 게 흠이지만 아름다운 이 언덕길이 끝나는 곳, 정류장에서 버스를 내렸다.

큰 산 작은 산이 팔을 곁은 채 야트막하고 오래된 내 아파트를 감싸고 있다. 그 곳에 살고 있음이 뿌듯하고 고맙다. 다만 소리쳐 묻고 싶은 말 한 마디는 오늘도 이 세상에 속한 것이 아니라는 감탄이 절로 터져 나오는 산. 아파트의 높이가 지금보다 5층 정도만 낮았어도 신비한 북한산을 좀 더 자세히 살필 수 있었을 것을! 산을 바라볼 때마다 아쉬움이 인다.

문을 열고 집으로 들어서면 으레 거실 통유리창 크기의 수채화 한 폭이 나의 귀가를 반겨준다. 나 역시 마주칠 때마다 새로운 감탄이 뛰쳐나온다. 사랑스럽고 행복하다. 우리집 어딘가에 그림솜씨가 대단한 우렁각시라도 살고 있는 걸까.

수채화는 계절, 날씨에 따라 그 주제가 바뀐다. 오늘은 분명 비안개가 자욱이 내린 숲을 보여주리라. 뜨거운 차를 마시며 쳇 베이커의 블루했던 삶과 그래서 더욱 빛나는 그의 재즈와 트럼펫 연주를 함께 즐길 생각이다.

그냥 있다

잘 자란 한 그루의 주목 같은 친구

김정자 선생. 나와는 열세, 네 살에 만나 지금까지 평생을 함께 늙어가는 문자 그대로 막역한 친구 사이다. 중학교를 거쳐 고등학교까지, 다시 같은 대학 같은 과에서 동문수학을 했다. 비록 학교를 졸업한 뒤엔, 더더구나 각자 가정을 가지고부터는 학창시절만큼 자주 만날 처지가 아니었지만 아무리 오랜만에 만나도 두 사람 사이로 강물처럼 유장하게 흐르는 그리움 안에 함께 발을 담그고 있다는 걸 매번 목 아프게 느낄 수 있어 우리의 우정은 건재할 수 있었다.

과묵한 친구다. 그런 때문인지 그녀 옆에 있으면 언제나 잘 자란 나무 아래 서 있는 것처럼 마음이 편안해지면서 제 몫의 삶을 충일하게 살아가는 견고함에 기대고 싶어진다. 언제나 시선을 하늘에 둔 채 올곧게 살아가는 나무처럼 그녀는 뜰뜰하다. 나는 그녀가 섣불리 누구에게든 고개 숙이는 모습을 본 적이 없다. 자신이 위치한 주변의 타자들과 지나치게 엎어져 끈끈한 관계 속에서 허우적거린 적도 없고 그렇다고 냉담하게 벽을 쌓아놓고 성취욕에 이성을 잃어버리고 고독한 사투를 벌이는 성품도 아니다. 그저 오늘이 어제 같고 어제가 오늘과 다름없는 담담함이 그녀의 숨결을 따라 맑은 공기로 퍼져 나와 그녀가 머무르는 곳은 어디나 청정지역이다.

한 마디로 그녀는 땅속 깊이 튼튼한 뿌리를 내려 잘 자란 한 그루의 주목 같은 친구다. 여느 꽃처럼 꽃잎이 화려하지 않고 골똘히 눈여겨보아야 연황색 꽃이 보이는 주목은 정원 조경수로 널리 알려져 있지만 10년을 길러도 정원수로 심기에는 좀 작다는 느낌이 들 성도로 생장 속도가 대단히 느린 나무다. 그러나 가을에 빨갛게 익은 주목 열매의 별스런 아름다움은 다른 침엽수들과는 완연하게 대비가 된다.

우리들이 아이 낳고 기르며 자신의 성장에서 이미 손을 놓았을 때부터 그녀는 10년 후, 20년 후 아니 30년 후에도 허망한 노년과 맞닥뜨리는 일이 없도록 피나는 노력을 남모르게 계속해 왔음에 틀림없다. 생장속도는 느리지만 다른 침엽수와는 다른 빨갛게 잘 익은 별스런 열매를 가진 주목처럼 그녀의 맑은 영혼에서 빚어진 70여 점의 작품들에서는 빛이 난다. 도무지 이렇게 격조 높은 작품을 생산해 내기까지 얼마나 긴 세월을 고뇌하였을까. 좌절의 고통으로 넘어진 적은 없었을까.

결혼 당시 우리들 기준으로는 상당한 단계의 피아노 실력자라서 나는 그녀가 그 쪽 공부를 좀 더 깊이 해나갈 줄

그냥 있다

로 기대하고 있었다. 나의 이 막연한 기대를 뛰어넘어 십수 년 전 어느 날 세종문화회관 전시장으로 초대받았을 때 그 신선한 충격은 지금까지도 생생하다. 우스운 얘기로 알 만한 사람은 모두 알고 있는 그녀의 악필이 어떻게 하면 저렇게 환골탈태의 변신을 할 수 있을까에 대해서 심각하게 갑론을박하는 우리들에게 예의 말없음 가운데 숫진 미소로 대답을 대신할 뿐이었던 그녀의 모습이 문득 떠오른다.

그런 그녀이기 때문에 넘어진 자리에서 다시 일어나 던져버렸던 붓을 다시 찾아 들고, 분명 몇 번인가의 '시작'을 되풀이 해왔을 거라고 유추해보는 가슴이 뻐근하다.

아무도 상상할 수 없는 아름다운 칠순잔치를 연 그녀에게 뜨거운 박수를 보낸다. 타고난 예술적 감성으로 일필휘지의 작품들을 만들어 냈기 때문이 아니라 좋은 작품을 생산해 내려는 의욕만 들끓던 욕망이 몇 차례의 실패와 좌절로 오히려 거품이 빠지고 말갛게 씻겨진 후에 마침내 그녀의 영혼같이 맑고 귀한 이런 작품들을 생산해 낸 것이라고 짐작이 된다. 그녀만의 확고한 예술관이 보이는 자신만만한, 자유로워 보이면서도 원칙을 충실하게 지킨, 부분은 섬세하면서도 전체는 균형이 그럴듯하게 어우러지는 완성도 높은 작품들을 생산해 낸 그녀의 뚝심은 진심으로 갈채를 받아 마땅하다.

두 사람이 모이면 두 번째에, 세 사람이 모이면 세 번째

에, 이렇게 늘 뒤에 서기를 좋아하고 과묵하기까지 한 그
녀의 인품은 자칫 목소리 큰 사람만이 판을 치는 요즘 같
은 세상에선 간과되기 십상이겠지만 전시된 70여 점의 작
품들에게서 풍기는 향기는 그 어떤 함성보다도 강하게 사
람들의 심금을 흔들어줄 것이다.

또한 그녀의 예술은 물론 오늘의 그녀를 있게 한 남편,
친구들 사이에선 영원한 연인상으로 알려진 그분의 남다
른 '아내사랑'과 '외조'에도 칭송과 갈채를 보내드린다.

별이 삼형제

오늘 작은오빠 장례를 치렀다.

투병기간을 거치는 동안 오래 준비된 이별이었지만 늘 그렇듯이 죽음이란 맞닥뜨릴 때마다 당황스럽고 낯설다. 그 뿐이랴! 매번 벼린 칼에 벤 것만큼이나 숨을 쉴 수 없도록 고통스럽다. 웰빙이 있다면 웰다잉이 있다며 가는 이도 아름답게 보내는 사람도 밝은 마음으로 우와하게 보내야 한다고 미리부터 해온 수없는 다짐도 허사로 나는 역시 이번에도 그리 하지 못했다. 정작 사랑하는 사람을 다시는 만날 수 없는 절벽에 부딪쳐 본 사람이라면 목숨을 놓고 돌아서는 일, 죽음에 대해서 그리 쉽게 말할 일이 아니란 걸 새삼 뼈저리게 체험했을 뿐이다.

아버지 엄마가 계시고 큰오빠가 진작부터 가 있는 퇴계원 가족묘원에 또 다시 작은오빠마저 묻고 돌아온 오늘, 선홍의 핏물이 드는 상처 위로 옹이 하나가 새로 돋아 올랐다. 5남매가 자라서 짝을 이뤄 열이 되던 때의 높푸르게 빛나던 기상과 열망으로 제 몫을 다 했을 뿐만 아니라 이웃에게 마중물이 되어 살아온 자랑스러운 기억은 남은 이들 가슴에 화석으로만 남았다. 이제는 동그마니 세 명만 남았다.

　이미 추석 전에 추수를 끝낸 올벼 그루터기가 발 담그고 선 논바닥 안으로 초저녁 별들이 하나 둘 내려앉는다. 바람에 빗물이 흔들릴 때마다 덩달아 부딪치는 투명한 별들의 소리 안에서 문득 이 동요를 건져 올렸다.

　날 저무는 하늘에 별이 삼 형제
　반짝반짝 정답게 지내이더니
　웬일인지 별 하나 보이지 않고
　남은 별만 둘이서 눈물 흘린다

　아픔도 없고 고통도 없다는 '그 나라'에서 나를 따라 이 동요를 읊조리며 내 눈물을 훔쳐주는 오빠의 야윈 손길을 행여 놓치지 않으려고 나는 조심스럽게 끌어안았다.

　　　　　　　　　　　　　　　　　　　그냥 있다

길 위의 두 돌부처

길 위의 두 돌부처 벗고 굶고 마주서서 바람비 눈서리를 맞도
록 맞을망정 인간의 이별을 모르니 그를 불워하노라 — 정철

시조 「길 위의 두 돌부처」와의 만남은 줄잡아도 반세기
가 넘는 세월 저쪽, 그러니까 중학교에 입학하던 1955년
이었다고 기억한다. 기대와 긴장이 들끓던, 교복이 나오기
전까지 입고 다니던 자유복만큼이나 다양한 아이들 속에
서 의연하게 정착하려고 딴에는 아무도 몰래 안간힘을 쓰
며 성장통을 앓고 있었던 나날이었다.

지는 모란 꽃잎이 교정을 어지럽힐 즈음해서 나에게 뜻
밖에 친구가 생겼다. 오직 혼자만 치마저고리 차림이라서
입학 첫날부터 눈에 띄었던, 흘러내린 단발머리로도 다 가
리지 못한 하얀 얼굴의 그 아이로부터 뜻밖에 친구가 되어
달라는 프로포즈를 해온 것이다. 나는 당황했고 부끄럽고
버겁기까지 했지만 성숙한 그 아이의 사고에 압도당할 수
밖에 없었다. 키는 나와 비슷했지만 사고가 깊고 세상을
향한 시선이 따라잡을 수 없을 만큼 넓었던 친구다.

「길 위의 두 돌부처」는 그 즈음 친구로부터 건네받은 시조다.

"사랑하는 사람들에겐 왜 꼭 악마의 저주가 따라 붙는 걸까."

작자미상이라면서 시조가 적힌 종이를 내 앞에 내밀며 한숨처럼 뱉었던 친구의 혼잣말이 아직도 들리는 것 같다. 고백하자면 작자미상이라는 친구의 말을 철석같이 믿은 나는 이 시조가 송강 정철의 작품이라고는 언감생심 상상도 하지 못했었다. 아버지가 병사한 후에 자기와 여동생을 숙부 집에 맡겨놓고 재가한 어머니를 향한 애증을 넘어 그리움에 함몰된 친구는 이 세상에 이별을 있게 만든 신을 원망했다. 길 위의 두 돌부처는 그런 까닭에 친구의 선망의 대상이었다. 나 또한 눈서리 비바람을 맞을 만큼 맞았건만 이별을 모르는 두 돌부처가 대견해서 지금까지도 결혼하는 젊은이들에게 자주 전문을 보내줄 만큼 아끼는 시조다.

이 원고를 쓰면서 비로소 정철의 작품임을 확인했고 오래 잊고 살아온 친구를 기억해냈다. 사람을 만나는 인연과 다를 바 없이 책 혹은 시조 한 구절과의 만남 역시 예사로운 일만은 결코 아닌 것 같다.

홈 스위트 홈

오늘 아침도 까치 내외는 둥우리가 있는 옆 가지에 나란히 올라앉아 굿 모닝을 노래한다.

성채 같은 제 둥우리를 완공시킨 뒤부터 까치 내외의 목소리가 한결 드높아졌다. 아닌 게 아니라 상수리나무 우듬지에 확실하게 자리 잡은 둥우리는 바라보는 것만으로도 포만감이 들 정도로 안정감 있고 튼실하다.

어머, 예쁘다. 까치집이잖아! 하는 감탄 한 마디로 그냥 가볍게 보아 넘길 수가 없다. 보통은 삼사 일이면 완성된다는 둥우리를 얼추 2월 중순 경부터 3월 초까지 저 까치 내외가 얼마나 열심히 지었는가를 남편과 나는 낱낱이 보아왔다.

세심천이란 약수터가 있는 공원으로 들어가는 입구 쪽, 우리 거실에서 마주 보이는 숲으로 작년 봄까지만 해도 까치집이 4개나 있었다.

옛날엔 그 동네 전체의 까치집 숫자를 헤아려보는 것으로 생활의 안정도 혹은 민심을 파악했다고 한다. 그만큼 까치집이 주는 여유롭고 따뜻한 느낌은 예나제나 다른 것으로 대치가 안 되는 사람들이 느낄 수 있는 절대순수의 감정인가 보다.

작년 여름 태풍의 여파로 까치집 네 개가 가뭇없이 쓸려가버렸다. 그 사실을 까치 내외는 장마의 혹독함과 함께 아직까지도 기억하고 있기라도 한 것처럼 튼실하고 크고 통풍이 잘 된 쾌적한 집을 짓는 일에 골몰했다. 재난을 미리 막아보려는 까치의 그런 배려 때문인지 흔히 보아왔던 저간의 둥우리들보다 훨씬 크고 튼실한 까치집이 탄생된 것이다.

그동안 말로는 숱하게 들어왔고 또 나무에 매달린 까치집도 수없이 보아왔지만 이 둥우리는 확실히 좀 달라 보인다. 그것이 처음부터 완공될 때까지 아침마다 그 공사현장(?)을 남편과 함께 지켜보면서 노상 감동의 도가니였던 나 개인적인 감상이라고 한다면 딱히 반박할 과학적인 근거는 물론 없다.

손가락 길이 보다 약간 길어 보이는 나무 가지를 한 번에 한 개씩만 물어 나르는 거며 짧은 것은 안으로, 긴 것은 바깥테두리로 구분을 해서 둥우리를 키워 가는 판단과 솜씨가 제법 놀라웠다. 누가 아둔한 사람을 '조두' '새대가리'라고 폄하했을까. 까치로 보면 억울할 것 같다. 긴 나무 가지를 물고 올 때 행여 다른 나뭇가지에 걸려서 떨어뜨리거나 부러뜨리지 않게 하려고 까치가 얼마나 정교한 몸놀림으로 숲을 빠져나오는지를 지켜본 이라면 내 말에 동조해

　　　　　　　　　　　　　　그냥 있다

줄 거다. 우리 내외는 싫증내지도 않고 몇 번씩이나 같은 이야기, 자기가 목격했던 까치의 슬기로움에 대해 이야기를 주고받았는지 모른다.

벽지 한 장 바르지 않은 까치집에는 바람과 햇빛은 마음대로 드나들어도 빗물은 스며들지 않는단다. 어느 수필가는 '제비집은 얌전하고 단아한 가정 부인이 매만져 나가는 살림집이요. 까치집은 쇄락하고 풍류스러운 시인이 거처하는 집이다.'라고 말할 정도로 까치집은 신기하다.

우리들에게도 쾌적한 내 가족만의 둥우리를 작만하기 위해서 허리지도록 노력하며 살았던 젊은 날이 있었다는 사실이 문득 그리움과 아픔으로 가슴에서 무지개로 피어오른다.

집, 내 집, 내 가족이 함께 사는 집. 함께 음식을 나누어 먹고 자기 속내를 내보일 수 있는 편안한 공간, 서로의 상처를 내보이며 위로 받고 위로해 주는 치외법권의 공간. 사랑하는 사람과 한껏 사랑을 나눌 수 있는 축복의 공간. 특별한 재난을 만나지 않았다면 젊은 날의 그런 치열한 노력이 있었기에 저마다 그럴듯한 둥우리 하나씩 마련해서 지금을 살아가는 것 아닐까.

함께였던 나의 큰딸, 막내딸도 이제는 제 둥우리 따로 마련해서 무탈하게 나름 잘들 살고 있다. 역시 잘 살고 있지만 아들의 심중은 좀 다르다. 아들은 기회 있을 때마다 나와 남편이 살고 있는 둥우리와 저희 식구들 것을 하나로 만들자고 간원한다. 겉으로 내세우는 이유는 손주들의 인성교육은 아무래도 할아버지 할머니가 맡으셔야 한다는 것이지만 건강이 시원찮은 엄마가 아들의 영혼을 움켜쥐고 있다는 아픈 속내가 보여서 나는 들을 때마다 눈물겹다.

언제든지 손주들 마음대로 볼 수 있고 고단한 일상사는 아들 며느리에게 넘겨주고 그냥 우리 내외는 여생을 저 창밖에 까치처럼 노래만 하며 살란다. 기특한 권유이지만 고맙지는 않다. 몸이 아주 건강하지는 못 해도 아직은 저녁잠이 달도록 아침부터 저녁까지 꽉 찬 내가 세운 일정으로 고단한 하루를 살고 싶다. 아들아 너는 너의 둥우리를 지키고 엄마와 아빠의 둥우리는 멀리서 지금처럼 지켜만 보아주렴!

남편과 나는 다 차려진 아침식탁에 앉을 생각도 없이 까치 노래에 혼을 온통 빼앗긴 채 언제까지나 거실 창가에 나란히 서 있다.

그냥 있다

가끔은 노래가 되어

'사람이 산다는 것은 서로의 가슴에 기쁨, 슬픔, 혹은 위로의 씨앗을 심는 일' 이라고 노래한 시인에게 나는 공감하면서 남은 세월동안은 매일 아름다운 일몰이 되도록 노래 부르는 마음으로 가겠다는 다짐에 힘을 준다.

가끔은 노래가 되어

살아오면서 귀가 아프도록 들어온 역마직성이란 지청구를 냉장고에 붙여진 갖가지 스티카 정도로 여기며 국내외를 휘지으며 드나들던 내가 날개를 접고 들어앉은 때가 아마 사오 년 전쯤이지 싶다. 장승 닮은 남편 눈에도 그런 내가 어지간히 적조해 보여서였을까. 사진이 많이 들어간 여행안내서, 지도, 성지순례 등의 책을 기회 있을 때마다 사 들였다. 나는 책을 통해 터키도 샅샅이 돌았고 예루살렘도 원 없이(?) 순례했다.

올 여름은 산티아고를 순례하는 일에 푹 빠져서 더위도 그다지 성가시지 않았다. 순례의 첫날 새벽부터 장대비가 억수로 쏟아졌지만 리 호이나키는 개의치 않았다. '산티아고 데 콤포스텔라(별이 뜨는 들판 혹은 땅끝이라고도 알려진 스페인의 갈리시아 주 맨끝 도시)'까지는 멀고도 먼 길이다. 적어도 한 달 이상은 이 카미노 위를 꾸준한 보폭으로 열심히 걸어야만 도달할 수 있는 거리이다. 몇 번인가 왕래한 경험자들과 어울려 순례의 길을 동행하면 훨씬 쉽기는 했을지

　　　　　　　　　　　　　　그냥 있다

모르겠다. 그러나 그는 자기 명상 속에서 홀로 걷고, 보고, 생각하고, 홀로 먹고 잤다. 비록 65세라는 나이가 장애물이 될 수 있을지도 모르지만 평생 꾸준하게 챙겨온 체력이 든든하지 않은가! 걸을 수 있다는 결기가 리 호이나키의 온 몸에서 읽히면서도 속내로는 기력이 소진되지 않게 '길을 헤매지 말고, 힘을 아끼면서'를 다짐하는 일 또한 간과하지 않는 섬세함도 보였다.

문득 빗발이 성겨진다 싶더니 어느 순간 완전히 그쳤다. 말 그대로 빛의 속도로 햇살이 퍼지며 빗물이 뚝뚝 듣는 나무 이파리들이 얼마나 싱싱하고 아름다운지! 조금 전까지 굵은 빗방울이 머리와 어깨를 둔탁하게 때리듯 쏟아지던 일이 꿈이었나! 밝고 해맑은 아침이 갑자기 누리에 가득 펼쳐졌다. 스쳐가는 농촌 마을의 높고 낮은 구릉지들 사이로 드넓은 벌판이 펼쳐지는 듯하다가 다시 산과 숲이 나타나면서 화려한 성당과 수도원을 맞닥뜨리기도 하고 경우에 따라서 그 안에서 오래 전 성인들이 남긴 성물들을 찬찬히 살펴볼 기회를 누리기도 했다.

때론 터벅터벅 카미노를 걸으며 전통 신앙과 유년의 기억, 부모와 자식에 대한 회고, 자연에 대한 사색, 현대문명의 자연파괴, 로사리오와 성모의 희생, 자신에게 던지는 예수와의 관계가 시사하는 의미를 조심스럽게 들어내 보여준다. 눈에 띄는 모든 사물이 사유의 발판이 되어 끝없이 이어지는 생각, 생각이 깊어지면 사유로, 마침내 도달하게 되는 결론, 흔적도 없이 잊고 살아온 한 시절에서 기억 혹은 역사, 사건의 뭉치를 찾아내는 일은 순례자가 받는 '선물' 중 보람된 선물이다.

내게도 종이가 닳도록 오백여 쪽의 책장을 넘기고 다시 넘겨가며 작자와 함께 보낸 6, 7월 두어 달이 값지고 소중하다. 그가 비를 맞으면 나 또한 비에 젖은 것처럼, 돌부리에 걸려 넘어지면 같이 넘어진 마음으로 여태까지 살아온 나 자신을 객관적으로 떠올려보았다. 내 기억의 밭에 한 그루의 나무로 뿌리내렸거나 한 소절의 노래로 남은 기억도 더러 찾아낼 수 있었다. 내 의지와는 상관없이 나를 스쳐간 수많은 사람들을 떠올려보다가 나는 내심 적잖이 놀랐다.

막상 미진하고 심지어 억울하다는 느낌으로 살아온 것 같은 기억의 보자기를 풀어내고 하나하나 끄집어내어 샅샅이 살펴보았더니 어쩜 고마운 이웃이 그렇게 많았고, 행복했던 시절이 원망과 미움으로 헐떡이며 암울하던 때보다 훨씬 더 많다는 사실에 감사함과 더불어 자괴감을 감출 수 없었다.

여기까지 살아오도록 조마조마함 속에 갇혀서 마음 놓고 큰 소리로 웃었던 적이 없었다는 암울한 기억부터 표백해야겠다.

더위가 제법 뜨겁게 여문 그해(1950년) 유월의 마지막 일요일 정오쯤 나는 신작로 한가운데서 아이들과 어울려 신명을 내며 줄넘기를 하고 있었다. 신작로라고는 해도 아이들의 놀이터로 쓰일 만큼 차량통행이 뜸하던 시절이다. 그 기억에 이어 곧바로 계속되는 그림은 길가에 도열한 어른들의 박수를 받으며 흙바람 속으로 황급히 달려가던 트럭들의 행렬이다. 영문도 모른 채 혀를 끌끌 차며 깊은 한숨을 내뱉는 어른들 틈에 끼어 박수를 치던 우리 아이들에게 트럭에 소복하게 들어앉은 오빠들은 '공부 열심히 해야 해' 같은 다짐을 절규하듯 외치면서 유월의 강렬한 빛 속으로 달려가버리곤 했다.

맨발로 줄넘기를 하고 사방치기를 하면서 해지는 줄 모르고 놀던 신작로는 갑자기 북쪽으로 달려가는 군용 트럭의 둔중한 소요와 설명할 수 없는 긴장감으로 공기가 팽창되었음을 알았다. 우리들이 그려놓은 사방치기 그림 위로 트럭의 크고 넓적한 바퀴 자국이 난삽하게 찍힌 신작로를 멀리서 바라보며 다시는 이 신작로 위에서 맨발로 뛰어놀지는 못 할 거라는 막연한 체념이 들었다. 그 때문이었는지는 확실하지는 않지만 언제부턴가 나는 눈물을 흘리기 시작했다. 나중에야 안 사실이지만 그 트럭의 행렬은 이미 남침한 북한군들에게 쫓기던 우리 군의 필사적인 저항이었다.

좀 전까지 까르륵거리며 함께 어우러져 놀던 친구들도 보이지 않았다. 무엇이 어떻게 라고 또박또박 설명 할 수는 없었지만 숨 쉬는데 필요한 공기의 절대량이 오빠들이 타고 간 트럭을 따라 가버리기라도 한 것처럼 숨이 차고 시야가 어둡고 흙먼지만 난분분했다. 어른들의 경직된 표정도 무섭고 무거웠다. 곧장 엄마가 있는 집을 향해 나는 숨차게 뛰었다. 내 유년의 마지막 기억이다. 일상 안에서 무심히 부딪칠 때마다 세월의 물살에 많이 희석되었다 해도 얼굴을 뒤덮던 뜨거운 흙먼지 바람에 숨이 턱 막히던 기억은 늘 새롭다.

그 전쟁은 오늘까지도 끝나지 않은 채 엉거주춤 멈춘 상태이다. 생각해 보면 거의 평생 끝나지 않은 전쟁의 공포를 가슴 밑바닥에 쟁여둔 채 살아온 징한 삶이다. 습관적으로 판문점을 흘깃거리며 뿌리 깊은 불신과 불안을 아주 잊어버리지는 못하고 있다. 그런 소요 속에서나마 희망도, 봄날 꽃다지처럼 가슴에서 수줍게 피어나는 사랑도 꽃피우며 여기까지 아름답게 살아올 수 있었던 건 힘들 때마다 기댈 수 있는 엄마, 성모 어머니라는 언덕이 든든하게 버티고 있기 때문이라는 걸 나는 새삼 깨닫는다. 리 호이나키의 뒤를 좇아 산티아고를 두어 달 동안 순례한 선물이라고 해도 좋겠다.

가끔 아니 아픈 후로는 자주 나를 안아주면서 말을 건네본다. 괜찮지? 물을 때마다 활짝 웃는 얼굴을 먼저 보여주는 혹은 그럼, 괜찮고 말고 답해주는 나의 나가 고맙다.

'사람이 산다는 것은 서로의 가슴에 기쁨, 슬픔, 혹은 위로의 씨앗을 심는 일'이라고 노래한 시인에게 나는 공감하면서 남은 세월동안은 매일 아름다운 일몰이 되도록 노래 부르는 마음으로 가겠다는 다짐에 힘을 준다. 그리하여 먼 훗날 남편, 아이들, 나를 아는 세상의 모든 사람들이 나를 미소와 함께 떠올릴 수 있다면 얼마나 멋진 환생일까!

발을 씻어주는 의미

"신문 고만 보고 얼른 씻고 나와요."

"으응."

그러나 코대답만 할뿐 남편은 조간신문에 코를 박은 채 씻을 생각 같은 건 전혀 아니 하고 있다는 걸 나는 안다. 여전히 느긋한 자세로 변기 위에 걸터앉아 신문 기사사냥 에만 온통 정신을 쏟고 있는 것이 버스럭거리는 신문지 소 리만으로도 내게는 뻔히 보였다.

"얼른 나와요! 아침 다 식겠어요!"

열이 오를 정도로 기다리고 또 다그치고 하여 겨우 식탁 에 나와 앉은 남편의 모습은 오늘도 변함없이 부스스하다.

"당신, 샤워 안 했어요?"

"했어!"

"근데 그 머리가 왜 그래요?"

"어제 했잖아."

노상 어제 했단다. 오늘도 어제 했다 하고 어제도 어제 했다 하고, 그리고 그 어제도 어제 했다고 하는 나의 남편! 이것이 매일 아침 식탁에서 벌어지는 우리집 시트콤의 고정 레퍼토리다. 일단 한 번 입은 옷은 갈아입으려 하지 않고 씻는 일을 질색하는 남편이다.

신혼 때조차도 그랬다. 남편이 모처럼 일찍 퇴근한 어느 저녁, 나는 설거지를 하는 동안 마음먹고 물 한 세숫대야를 연탄불에 덥혔다. 40년 전 주택의 편의시설은 열악하기 그지없어서 지금처럼 수도꼭지만 틀면 더운 물, 찬 물이 마음먹은 대로 쏟아지던 시절이 아니다. 찬물이나마 편히 쓸 수 있는 수도가 있었던 것도 아니어서 펌프질을 해야만 원하는 물을 받을 수 있던 그야말로 '호랑이 담배 피던 시절'의 이야기다.

"오늘 당신 호강 좀 시켜주려구요…"

뜬금없이 방에까지 세숫대야를 들고 온 나를 놀라서 쳐다보느라고 남편은 힘겹게 들고 선 물을 받아줄 엄두도 내지 못했다.

"호강?"

"그래요! 당신 오늘 하루 종일 애썼으니까 내가 발 시원하게 씻겨 줄게요. 그 양말 좀 벗구 발 이리로 내놔 봐요."

처녀의 옷을 벗기기가 그렇게나 힘들었을까! 그날 나는 뾰족이 입술도 내밀어보고 눈도 흘겨주면서 겨우 남편의 발 한쪽을 씻어줄 수 있었다. 헌데, 씻긴 발에 물기를 닦으면서 나머지 발을 내놓으라고 하는 내게 남편은 너무나 정색을 하면서 이렇게 간청했다.

"이 쪽은 담에 씻자!"

이따도 아니고 내일도 아닌 기약 없는 담에 씻자는 나머지 발을 주먹으로 때리고 고집어가며 씻어주었던 기억이 오늘 아침 새삼스럽게 기억나는 건 곧 다가올 부활절 때문이리라.

해마다 사순절을 끝내고 부활절을 앞둔 파스카삼일은 노상 나를 흥분시킨다. 그 가운데서도 나는 늘 성 목요일 저녁에 있는 '발씻김 예식'이 눈물겹다.

"주님, 주님께서 제 발을 씻으시렵니까?" 예수님께서 대답하셨도다. "내가 너의 발을 씻어주지 않으면 너는 나와 함께 아무런 몫도 나누어 받지 못하리라." — 요한 13,6-8

"주님이며 스승인 내가 너희의 발을 씻어 주었으니, 너희도 서로 발을 씻어 주어라." — 요한 13,14

발이란 사람 몸의 가장 끝부분으로 지표면과 가까워서 세속에 물들고 때 묻기 십상이다. 그런 발을 씻겨주는 일은 그 사람의 있는 그대로를 다 받아들이는 사랑이면서 섬기는 일이다. 자청해서 제자들의 발을 씻겨주신 예수님은 분명 현실적으로 별로 영악스럽지는 못하셨던 것 같다. 그런 예수님의 모자람(?)이 왜 나를 감동시키는 걸까. 허리를 굽혀 제자들의 발을 한 사람, 한 사람씩 씻겨주시는 그분의 모습은 내 기억 안에 늘 눈물겨운 모상으로 각인되어 있다.

나야말로 올 성 목요일에는 새로운 마음으로 식구들의 발을 씻어주고 싶다. 모두 제 둥우리를 지어나간 아이들은 말고라도 칠십여 평생을 내 곁에서 함께 살아준 것에 감사하면서 아무리 사양을 한다 해도 이번에야말로 남편의 발을 꼼꼼히 오래오래 씻어주고 싶다. 시어머님의 발도 씻어드리고 싶다. 아흔셋이라는 세월이 무색하리만치 아직도 서슬이 시퍼런 시어머님. 어지간히 힘든 시집살이에 이골이 나기도 했지만 40년 동안 미운 정, 고운 정 다 들어버린 시어머님께 이제 그만 내 발에 묶어놓은 족쇄 좀 풀어주시어 하느님 만나러 가는 길이 자유롭게 해달라는 소원을 속삭이면서 그분의 바싹 야윈 발을 용서로 씻어드리고 싶다.

거꾸로 가는 생체시계

국내 연구진이 생체시계를 거꾸로 돌려 '역분화줄기세포'를 개발해냈다. 이 줄기세포는 파킨슨병 환자의 몸에서 채취한 체세포를 거꾸로 분화시킨 것이다. 역분화줄기세포는 다시 신경세포나 근육세포 등 우리가 원하는 조직으로 분화시킬 수 있기 때문에 난치병 환자의 세포치료에 이용할 수 있다.

배아를 이용하지 않았기 때문에 우선 윤리논란에서 자유롭고, 자신의 세포를 이용한 것이어서 이식 거부반응도 없다는 장점까지 가진 유용한 세포다.

연세의대 생리학 교수 김동욱 박사는 한 인터뷰에서 '이 체세포를 분화시키면서 왜 병이 생기는지 구체적으로 연구할 수 있음은 물론이고 신약개발에 획기적으로 기여할 수 있다고 밝혔다.'

이 신경세포는 도파민을 분비한다. 파킨슨병의 관건인 도파민을 분비하는 신경세포의 개발은 파킨슨병의 완치도 멀지 않았음을 알리는 승전예보라 할 수 있겠다.

그냥 있다

들었지, 여보! 절대 포기하지 마! 넉넉잡아 5년만 참으면 된다잖아!

남편은 사뭇 의기충천해서, 역분화줄기세포 기사가 게재된 신문을 깃발처럼 내게 흔들어 보인다. 벌써 그이의 손안에는 얼마든지 필요한 만큼의 도파민이 분비된다는 신약이 쥐어져 있기라도 한 것처럼 웃음이 얼굴 가득하다. 부실한 아내를 생각해, 오다가다 귀동냥으로만 들어오던 줄기세포에 남편 혼자 상당한 기대를 걸고 있었던 것을 알겠다.

정작 당사자인 나는 왜 나의 회복에 대한 확실한 청사진이 없을까! 서른여덟 해 동안 예루살렘의 '양 문' 곁에 있었다는 벳자타 못 위로 주런히 늘어선 다섯 주랑 가운데 그 어느 주랑인가에서 누워서만 살아야 했던 한 불구 남자 생각이 난다. 행여 치유의 은사가 천사의 손길로 내려와 못의 물이 출렁거릴 때마다 누군가 자기를 안아서 물속에 넣어줄 손길을 간절히 기다려 왔던 남자.

"건강해지고 싶으냐?"

그런 그에게 물으셨듯이 당신께서는 어느 날 내게도 물어 주시려나? 아니, 이미 그동안 수십 번도 더 물어왔을지도 모를 일이다. 들을 귀가 없어서라기보다는 듣고 싶지 않았던 내 의지가 당신의 음성에 귀멀어져서 듣지 못 했을 거라고 나는 짐작해버린다. 나는 평소와 달리 벌써 저만치 앞서 가는 남편에게 애꿎은 퉁명을 부리는 것으로 당신을 향한 '노여움'을 희석시킨다….

　"당신도 참! 5년이면 내 나이가 몇이유? 그때까지 살아 있는 것만도 끔찍한데 그때 신약을 먹은 효험으로 건강해 져서 언제까지 살아 있으라구? 맙소사! 그거, 잘못 먹은 보약같이 악담이란 것 알아요?!"

　당신께서는 왜 나에게 고칠 수 없는 병을 주셨을까?

　나의 화두는 십 년 전이나 지금이나 여전히 처음 그 자리에 머물러 있다. 어떤 이유에서건 명명백백 부당한 처사라면서 이빨을 드러내놓고 전의를 내보이던 그 맨 처음의 분노가 물먹은 화초처럼 생생해지면서 가슴의 통증도 그냥 그대로 되살아나는 걸 보면 달라진 건 겉으로 보이는 모습일 뿐, 생각엔 변함이 없다는 걸 알겠다. 내 등을 두드려주며 조금만 더 힘을 내라! 내가 널 보고 있지 않느냐! 라고 격려를 해주어도 주저앉을 정도였는데 십자가 하나를 더 얹어주니 얼마나 외롭고 고독했을까, 당신의 관심과 사랑 밖에서 혹독한 생활을 견디며 살아가야 하는 여자. 생각만으로도 내가 너무 가여워서 목이 뻑뻑해진다. 당신께서 포기한 여자, 벌 받은 사람. 이런 죄명으로 화형을 받은 내 가슴의 상처에선 아직도 뜨거운 김이 솟아오르곤 한다.

　이제 '거꾸로 가는 생체시계'를 내게 보여주면서 '건강해지고 싶으냐?'고 물으셔도 나는 '저의 뜻이 아니라 당신의 뜻대로 하소서.'라고 밖에는 드릴 대답이 없다. 애초부

터 내 의지는 불필요한 것이었으니까. 이런 나는 당신의
의지에 반기를 든, 이 하늘 아래 첫 반역자로 기억될 것이
라는 것도 물론 나는 알고 있다.

희수 해에 다시 쓰는 이정표

— 나의 인생 나의 문학

월간문학에서 신인상 당선을 알리는 전보를 받은 것은 1984년 6월 하순이었다. 지금이라면 날렵하게 카톡으로 전해올 소식이지만 전보로 합격통지를 받았다. 아지도 어전히 가슴 언저리가 찌릿해 오는 시공을 초월한 마법의 우편물이라 할까. 내가 평생 받아본 가장 두렵고 기쁘고 감사한 꽃다발이었다.

문제는 소설을 쓰는 선배 가운데 공교롭게도 동명이인이 있어서 사무적으로 불편하다면서 개명을 하든지 필명을 지어 보내달라는 주문이었다. 난데없는 필명이라니? 난감했다. 당선소감을 써놓고도 남편과 나는 온갖 사전을 들춰가며 골몰한 끝에 '예나'라는 이름 하나를 건져 올렸다. 글을 쓰는 사람에겐 너무 가볍지 않을까 하는 우려가 들었지만 소설가가 되었다고 갑자기 목에 힘주지 말고 예나 이제나 한결같이 겸손하라는 남편의 해석에 동의하고 말았다. 당시로는 그다지 흔치 않은 이름이었지만 요즘은 오가며 눈길 머무는 곳마다 '예나'가 지천으로 널려 있어 보통명사가 되어버렸다.

그냥 있다

허긴 처음부터 보통명사로 태어난 내가 아니었던가.

1941년 동짓달 초나흘, 겨울비가 가만가만 내리는 오후 4시 쯤, 나는 5남매의 막내. 있으나 마나한 미미한 존재로 세상에 태어났다. 아들 둘에 딸 둘. 아름다운 조합에 더는 필요치 않은 덤으로 낀 존재가 아닐까. 이런 내 생각에 형제들은 동의하지 않았다. 자칫 우울해지기 십상인 겨울비였지만 새 아기를 태운 요람이 바로 그 비를 타고 내려왔다는 엄마의 해석을 진심으로 받아들인 온 가족은 환호하며 반겼다면서 외려 47세인 아버지와 41세인 엄마는 당시의 풍속도에 맞추어 밖으로는 노산을 부끄러워하면서도 속내로는 당신들 생애의 마지막 작품인 나를 온전한 사랑으로 품어주었다는 거였다. 나는 집 안에서만이 아니라 온 동네의 막내로 그 '막내'라는 완장만으로 친구들과 선생님의 과보호 속에서 생각이 없는 맹한 아이로 커 갔다. 엄마는 늘 고지식하다는 말로 덮어주려 했지만 그 변명만으론 다 쓸어 덮지 못할 만큼 늘 세상보다 한 발짝 늦은 행보로 삶을 일관해 온 맹추 막내가 나의 실체이다.

열 살 때 6·25전쟁이 일어났다.

피난지에서 2년여 만에 돌아온 서울은 막상 시골보다 더 낯설었다. 한 학기면 두세 번씩 교무실로 불려가서 군인들에게 보낼 위문편지를 해가 지도록 수십여 통씩 대필했던 지겨운 기억 대신 쓰기를 마치고 집으로 가는 길에 만나곤 했던 달빛 젖은 운동장이며 그 운동장 둘레에 성글게 서 있던 플라타너스 넓은 잎 사이로 보이던 별들의 기억이 새삼 떠올랐다.

1953년 휴전이 된지 일 년 후 중학을 거쳐 나는 고등학생이 되었다. 공부에 전념했던 기억은 거의 없고 내용에 관계없이 읽을거리만 있으면 누가 뭐라 하던 얼른 읽고 싶어서 안달이 났다. 수업시간 특히 대수·기하 시간에 선생님한테 뺏긴 소설책만도 십여 권 정도였지만 그걸 찾으러 간 적은 한 번도 없었다.

2학년 봄. 집에서 그리 멀지 않은 곳에 있던 소년원에서 감화 중인 한 소년을 아주 자연스럽게 알게 되었다. 소년과 나는 소년원 바로 앞에 있는 채소밭으로 운동 겸 작업 나오는 시간을 이용해서 몇 번인가 어렵사리 만났다.

그 해 가을에 '교내 문예작품 현상모집'에서 최우수상을 받은 「응달」은 그 소년의 이야기이면서 내가 처음으로 쓴 단편소설이기도 하다. 상을 받으면서 제일 먼저 소년에게 미안한 마음과 심사위원장인 당시 S대 문리과대학 중문학과를 졸업한 신예로 일컬어지던 한문 선생님의 작품평이 너무 과찬이어서 외려 당사자인 내가 무안했던 기억이 새삼스럽다.

4·19의거가 일어난 1960년 이화대학 도서관학과에 입학, 2학년이 된 61년에는 이대학보사에 공채로 새내기 기자가 되었다. 글로 옮겨놓고 보니 엄청 신나는 청춘이었겠

구나 싶지만 실제로 나의 봄은 그렇게 달콤하지만은 않았다. 4·19의 소요가 가라앉기도 전에 5·16까지 일어난 나라 안은 그야말로 격동의 연속이었다. 서대문에서 신촌까지 걷는 일은 다반사였고 운이 좋은 날이라야 통학 길에 트럭이라도 얻어 탈 수 있었다.

도서관학은 그 즈음 국내외에서 새롭게 급부상한 분야로서 4년 동안의 본인 크레딧에 따라서 학교에 남을 수 있을 거라는 비전을 제시한 터라서 나름 꿈을 안고 택한 전공이었다.

세상사가 아이러니컬한 것은 막상 그 꿈을 유보하고 관심의 방향을 바꾼 것은 갑인 학교가 아니라 을인 나의 의지였다. 학보사 일은 취재를 할 때부터 기사를 작성하고 지면을 편집해서 조판을 거쳐 마지막으로 인쇄된 신문을 펼쳐들었을 때의 성취감까지, 시시한 연애에 비할 바가 아니었다. 힘이야 들었지만 나는 이 일을 4학년 1학기까지 신명을 내며 계속했다. 5·16 시절에는 비상근무 허가 도장이 찍힌 팔뚝을 내밀어 보이며 통금검문소를 통과해야만 귀가할 수 있는 시간까지 잘라내고 손질해서 내보낸 기사들이 또 삭제되어 막상 군데군데 허옇게 부스럼자국이 난 학보를 받아들었을 때는 가슴이 뜨거워지면서 솟아오르는 분노가 쉽게 조절되질 않았다. 맹한 나에게는 매우 낯선 경험이었다.

나는 또 학보사 기자로 일하면서 글을 쓰겠다고 마음먹

4부 가끔은 노래가 되어

은 사람이 갖추어야 할 덕목에 대해 심각하게 고민했다. 걸출한 글쟁이가 되려면 첫째 문학을 사랑하는 진득한 심성을 기조로 무궁무진한 지식이 있어야 하고 그 지식에 결박당하지 않는 자유로운 영혼을 가진 이라야 한다는 것, 큰 지식은 자기 안에서 용해되어 간결하고 소박한 글로 풀어내야 읽는 이의 심성에 닿을 수 있다는 걸 절절히 경험했다.

1963년 12월 졸업을 하면서 모 여성잡지의 특채권유를 마다하고 전공을 따라 국립도서관을 택한 것도 소설을 쓰기엔 내게 부족함이 너무 많다는 내 안의 소리를 외면할 수 없어서였다. 좌고우면하지 않고 나는 착실한 사서(司書)가 되었다.

어느 날, 학보시절 취재하러 드나들었던 학과의 주임교수가 애제자라면서 오척(五尺은 좀 넘으려나?) 단신의 청년과 함께 자료검색을 하러 도서관에 들렀다. 청년의 얼굴은 작은 키가 그리 결격사유가 안 될 정도로 단아했고 음성은 미성이면서 탄력이 있었다. 동료들 사이에선 와이티(YT, young tiger)로 불려진다는 이 남자는 소위 여자를 만나 데이트를 해도 어디 데려갈 줄도 모르고 때가 되어도 무얼 먹일 생각도 없이 여름날 베짱이처럼 풀밭에 누워 해가 지도록 노래만 불렀다(훗날 결혼 후에 들은 얘기지만 나를 데리고 이곳저곳 다니기엔 주머니 속이 너무 허술했었다는 것). 국립국군공원묘지에서, 삼청공원에서 들었던 그의 수많은 노래들. 그

가운데서도 '가고파'와 '박연폭포'는 이제라도 심하게 바람 부는 날이면 아직 그곳을 지키고 있는 몇몇 오래된 나무들의 흥얼거림으로 들려오지 않을까 싶다.

YT의 청혼멘트 "네 손가락에 다이야반지는 못 끼워줄망정 자랑스러운 여인으론 만들어 줄 자신은 있다."라는 호언장담을 전폭적으로 받아 안았다기보다는 어쩌면 그럴지도 모르겠다는 반신반의의 심경에서였다. 1967년 늦가을에 결혼. 15년을 참한 아낙네로(적어도 곁에서 보기엔) 열심히 살았다

남편을 따라 온 가족이 떠났던 동경에서의 4년 가까운 객지생활을 끝내고 돌아온 그해 5월 꼭 한 번 아무도 모르게 한 눈을 판 적이 있긴 하다. 여성문인회가 개최한 백일장에 참석, 산문 「저녁식탁」으로 입선을 한 일이다. 응모자가 너무 많아서 식장 안으로 들어가지도 못 하고 바깥계단 아래서 엉거주춤 서 있다가 내 이름이 불려진 다음에야 간신히 식장 안으로 진입하여 강신재 선생한테서 상장을 받을 수 있었다. 그날 뵌 강 선생의 미모가 지금도 선하다.

이듬해 1982년 정월 초하루 조선일보는 세상을 향해 나팔이라도 불듯 19세 김인숙의 신춘문예 당선소식을 외쳤다. 엄한 시어머님과 세 아이들을 핑계 삼아 애써 외면하고 살아온, 소설을 향한 나의 열망 위로 휘발유를 끼얹은 모양새였다. 신년 연휴가 끝난 1월 4일부터 D신문사 문화센터에서 소설작법공부를 시작했다. 1년 반 동안은 글을

쓰는 일과 연애하듯 살았다. 작가라는 월계관이 내 이름 위에 놓여진다는 상상만으로도 가슴이 뻐근해지곤 했다. 내게는 너무나 절박한 소망이었지만 시간의 절대량이 노상 모자랐다. 잠을 줄이는 것밖에는 세 아이들과 남편 게다가 시어머니까지 어느 쪽도 소홀히 할 수 없었다. 지금 생각해도 내 인생에서 가장 시간의 옹색함에 짓눌렸던 때가 아니었나 싶다.

'창작동인' 이야기를 빼놓을 순 없다. 강승원 회장을 필두로 이성문 김호운 이원규 최병탁 홍성암 김관숙 곽의진 고시홍 김예나 등 열세 명의 동인들이 모여 열세 번의 동인지 출간, 최장수 동인회로 인정받을 수 있었던 건 강 회장의 카리스마와 김호운의 따듯함, 이상문의 부지런함과 친화력의 이원규 집념과 의리 위에 남은 동인들의 열성적 참여에서 나온 힘이 아니었을까 싶다. 김관숙이 미국으로 떠난 뒤 나중에 합류한 김선주까지 모두들 제 몫을 하는 작가들이었다. 여전히 맹한 이 늦깎이 신참만이 기라성 같은 선배들의 후광으로 빛났을 뿐이었다. 곽공(곽의진)은 왜 그리도 서둘러 피안으로 떠난 걸까. 아직도 모임에 나가면 '큰언니이' 하고 안겨들 것만 같은 곽공, 그 '실팍한 궁뎅이'가 그립다.

돈황모임 이야기를 꺼내기도 전에 내 얘긴 하지 마! 난 과객이었을 뿐이니. 용우 김이 뾰족한 입술을 모은 채 손사례를 친다. 입 다물고 어서 잔이나 비워! 유금호 선생의 핀잔. 저 인간은 먹다죽은 귀신에서 환생한개비여! 누구 꼴만 보면 멕이질 못해서 안달이라니까. 질세라 김용우 과객의 반격. 아 그, 형들 좀 조용히 마실 수 없습니까? 술잔을 입에 쏟아 넣고는 고개 숙이는 만상 교주(유만상), 책 두 권만 출판하면 먹고살 수 있다던 '간숙이(김관숙)'도 미국으로 가버리고. '글쎄 난 안 하려구, 안 하려구 했는데'의 김선주는 여전히 선전 중이나… 이제 교주의 부흥회도 오래 전에 끝나고 해가 지고 있다.

아직 나는 세간에서 회자될 정도의 작품을 상제하지 못했다. 앞으로도 그럴 것 같다. 동인이면서 등단 동창인 이원규 선생의 충고대로 동경이다 워싱턴이다 해외 길을 떠나는 남편을 따라 나서지 말았어야 했다. 나의 후회를 YT는 매도한다. 모두가 그때마다 고민하고 심사숙고 끝에 택한 최상의 선택이었던 사실을 잊어서는 안 돼. 당신 시케이더— '열일곱 살 매미' 만난 사건은 잊어버린 거야?

문장이 정치하고 안온하다는, 벌써 고인이 되신 오학영 선생의 칭찬 한 마디에 의지하여 글쓰는 일을 계속해 왔다. 등단하던 해였던가. 문학사상에 게재된 「강물은 어디서나 흐른다」란 단편을 KBS라디오 독서교실에서 방송한 적이 있다. 그때 진행자인 강류일 선생과 장석주 시인은 '입때까지 이런 유의 책을 선택해 본 적이 없었어요. 정갈하고 맑은 문장이 일본 어린이들의 정서표현과 맞는 것 같

　　　　　　　　　　　　　　4부 가끔은 노래가 되어

아요.'라는 평가까지도 칭찬으로 간직하고 있다.

이런 기억도 있다. 아침 식탁에서 어제 밀어두었던 서울서 온 우편물을 뒤적이던 내가 갑자기 바로 맞은편에 앉은 남편을 성마르게 불렀다. 이거 혹시 나 아닌가? 여보! 여기 좀 읽어봐요. 뭔데 그렇게 버벅대누? 내가 내민 문학사상의, '제22회 이상문학상 대상 심사 경위' 기사에 얼굴을 묻는다. 당신 맞구먼. 이렇게 이름 석 자만 간신히 매달려 있어도 영광인가? 본심에 오른 작품이라잖아. 허긴 그 많은 작품들 속에서… 여기 이 「어두운 물소리」가… 언제 보낸 거지?

남편이 두 번째 동경 근무 중이던 1998년 4월의 어느 아침 이야기다. 시어머니는 고향으로, 세 아이들은 새 둥지 틀어 나가고 둘만 동경 아카사카에서 살고 있을 때였다. 그날 남편이 출근하자마자 나는 식탁 의자 위에 올라서서 거실 높이 붙여놓은 채 앉으나 서나 누워서까지 읽고 또 읽던 역대 이상문학상 수상자 명단을 뜯어내어 박박 찢어버렸다.

그 후 귀국해서도 나는 여전히 현재의 지금 여기서 사는 일을 우선순위로 삼는 삶에 시간을 다 소진시켜 왔다.

최근 2년 동안 나는 나 자신을 포함한 세상을 멀리 떨어져서 관조하는 훈련을 열심히 했다. 마음의 갈피갈피까지도 정리를 했다. 집에 칩거한 채 바깥세상과의 연결고리도 한 개 또 한 개씩 끊어나갔다. 그나마 몇 개 지니고 있던 공적 자리도 모두 내놓고 하늘을 나는 새처럼 가벼운 마음, 자유로운 몸으로 오랫만에 아주 조용히 살아왔다. 그러면서 목숨이란 게, 병이 있다거나 그만 살겠다는 인간의 뜻만으론 어떤 결론도 얻지 못한다는 걸 새삼 깨달았다.

요즘 나는 스스로 생각해도 삶의 대견한 새 이정표를 계획하고 있다. 못 다 쓴 소설을 계속 써 가겠다. 내 글의 전형처럼 안온한 글을 써서 읽는 이들을 편안한 세계로 이끌어주겠다 라는 랜드마크를 구상 중이다.

씁쓸한 해프닝

내가 부모님한테서 받은 이름자는 정례(正禮)이다.

이 이름은 발음하기가 어려운지 처음 만나서 통성명을 할 때 단번에 제대로 알아듣는 사람이 많지 않다. 대개는 '점례'라고 하기가 일쑤고 '정레' 혹은 '정예'라고 부르는 이도 부지기수다. 그렇기 때문에 언제나 부연설명이 필요하다.

"정례, ㄹ에 ㅕ, ㅣ예요. ㅇ에 ㅕ, ㅣ가 아니고요."

입때껏 살아오면서 이렇게 귀찮은 경우를 숱하게 맞닥뜨렸으면서도 나는 내 이름을 사랑한다. 무엇보다도 흔하지 않아서 좋다. 내 나이 또래라면 대부분 '자'로 끝나는 이름들을 가지고 있다. 무슨 자, 무슨 자… 재학시절 출석부를 때마다 나는 늘 개성 있는 이름을 지어주신 아버님께 내심 감사하곤 했다.

연세가 오십을 넘긴 지긋하신 분이라면 누구라도 작명가 '김봉수'를 기억할 수 있을 거다. 이 글을 쓰면서 수소문하여 보았더니 아직도 내자동 언저리에서 영업을 계속하고 있기는 하나 나이가 들면서 쇠퇴해진 기(氣)와 영감으로 옛날처럼 성업을 이루지는 못하고 있다는 이야기다.

내 나이 스물일곱 시절, 나는 결혼을 앞두고 친구와 함께 이 작명가를 찾아간 적이 있다.

대대로 이어오는 가톨릭집안에서 자란 나는 그 때까지 점쟁이나 무당을 만난 적이 한 번도 없었기 때문에 잔뜩 긴장하지 않을 수 없었다. 게다가 당시는 그의 명성(?)이 장안에 화제였기에 분위기가 사뭇 서슬 푸르렀다.

인적사항을 적어 비서에게 접수시키고도 얼마를 지루하게 기다리던 끝에 점심식사를 끝낸 그가 들어왔다. 앞이마가 톡 튀어나오고 하관이 좁은 사내의 얼굴은 재사라고 부를 수는 있을지언정 결코 지혜로운 인상은 아니었다. 사내는 들어오자마자 차례를 기다리고 있던 첫 번째 사람에게 호통부터 치기 시작했다.

"아니, 결혼도 하기 전에 잠부터 자면 어쩌려구?"

당사자는 얼굴이 홍당무가 되어 안절부절했고 방안 그들먹하게 기다리던 사람들은 확인되지 않은 이 말의 의미를 심심풀이로 즐기고들 있는 얼굴이었다. 나는 울컥 화가 나서 자리를 박차고 일어섰다. 이런 모욕을 나라고 당하지 말라는 법이 있나! 귀한 돈 내가면서 망신당할 것 없다는 게 그때 내 생각이었다.

"어이! 어디 당신 좀 이리 와 봐."

서슬 푸르게 일어섰던 나는 그의 손가락질에 체면이 걸려 비츨 비츨 사람들을 헤집고 그의 앞으로 나갔다. 비서가 재빠르게 내 인적사항을 그 앞에 대령했다.

"어디 보자. 김.정.례라. 차암, 기가 막히고 코가 막힌다. 원 세상에! 주어다 기른 자식인가! 부모가 돼가지구 어떻게 이런 이름을 자기 딸한테 지어주누?"

내 기우대로 김봉수는 가당치도 않은 말을 거침없이 내뱉기 시작했다.

"이 이름자 가지구는 저기 무교동에 나가서 술집을 차려두 단골손님 하나 없을 이름이야. 정. 례. 젠장맞을! 맨날 예의만 바르게 차리다가 돈은 언제 모누? 이 ○○○이 사귀는 사람야? 어이구, 주제에 사람 하난 제대로 골랐네. 내가 ○○○라면 김정례한테 장가 안 든다."

화가 난 나는 숨을 몰아쉬며 눈을 부릅뜬 채 그를 노려보았다.

"날 보구 화 내지 말구 그런 이름 지어준 부모님한테 가서 따지라구. 일부러 찾아와서 기다린 성의를 생각해서 내가 충고 하나 해주겠는데(여기서부터 그의 목소리가 사뭇 은근해졌다) 이 ○○○란 청년, 당신에겐 과분한 사람이야. 그러니까 절차 생략하구 당장 오늘 밤이라두 워커 힐에 가서 잠부터 자두라구. 그렇게 해서라두 이 사람 붙잡으란 말야!"

어떻게 해서 그 집을 나왔는지 기억이 없다. 아무리 친구가 이끌었다해도 결국은 동조한 내가 자초한 일이기에 내 발등을 찧고 싶을 정도로 불쾌했던 기억만 아직도 선명하

　　　　　　　　　　　　그냥 있다

다.

　그 이듬해 겨울, 그가 내게는 과분하다고 했던 ○○○와 나는 결혼했다. 그리고 17년 뒤 문단 말석에 소설가라는 이름으로 어렵사리 문패를 달게 되었다.

　등단한 뒤 한국문인협회에서 제의를 해왔다. 이미 등단한 선배 소설가 중에 김정례(貞禮 한자 표기는 달랐지만)가 있어서 사무상 혼동의 우려가 있으니 당선소감 보낼 때 필명을 새로 지어 보내달라는 거다. 하룻밤 새에 작명이라니 난감했지만 남편과 나는 머릴 맞대고 사전을 찾아가면서 고심했다. 고심한 만큼 이거다 싶은 이름자를 찾아내지 못한 채 밤이 깊어갔다. 마침내, 남편이 결론을 내렸다.

　"예나 제나의 '예나'. 괜찮지 않아? 부르기도 쉽고 의미도 아름답고. 의미? 당신 소설가 됐다구 갑자기 목에 힘주지 말구 예나 제나 변함없이 겸손하라는 내 당부도 포함시켜서 말야."

　나의 제2의 인생은 그렇게 해서 시작되었다. 마흔 네 살, 팔월의 일이다.

　그 날 밤, 준비해둔 당선소감에 처음으로 '김예나'란 이름을 적어 넣으려던 나는 어느 순간 소스라치게 놀라버렸다. 너무나 불쾌해서 아예 내 과거의 모든 파일에서 삭제해버렸다고 믿었던 해묵은 기억 하나가 거짓말처럼 또렷하게 되살아나서 내 뒤통수를 소리나도록 후려치는 게 아닌가.

"어이구 골치 아파라! 그 주제에 또 나이 마흔 살만 지나면 글 쓴네하구 바쁘게 몰려다니겠구먼. 어이구 골치야!"

부르르 화를 내면서 작명소를 뛰쳐나오는 내 등을 왁살스럽게 밀어내던 그 작명가의 비아냥거림을 십수 년이 지난 그제야 떠올리면서 나는 실소를 금할 수 없었다. 소가 뒷발질하다 쥐 잡듯 된 말, 안 된 말, 수 없는 사람에게 수없이 지껄여버린 말이 우연히 내게 맞아떨어진 것뿐이다.

그가 그토록 비웃던 '정례'라는 이름을 가지고 나는 얼마나 바람직하게 살아오고 있는가. 도무지 내 인생에 영향을 미칠 수 있는 사람이 나 말고 누가 있단 말인가.

J.하비스가 말한 대로 '예'와 '아니오'를 분명히 말할 수 있는 용기, 넘어지면서 뒤를 살피지 않고 앞을 보는 자신감, 없는 길도 새롭게 만들 수 있는 집념, 가슴속에는 욕심이 아닌 꿈을 간직한 채 설사 실패를 하더라도 체념하지 않고 '다시 한 번 해보자'는 끈기를, 말보다는 행동으로 자기를 보여주고 항상 사람을 귀하게 여기는 따뜻한 마음을 가지고 이 세상을 살아가면 도무지 안 될 일이 무엇이란 말인가.

사람이라면 누구나 꿈을 갖게 마련이다. 그러나 누구나 그 꿈을 이루고 성공하는 건 아니다. 나는 타고 난 사주팔자가 좋아서, 혹은 이름자가 좋아서 저절로 뭔가가 되리라

그냥 있다

는 실없는 미신만 믿은 채 앞서 말한 모든 것들을 감수하는 노력이 없이는 모든 꿈이 공상으로 끝나는 건 불을 보듯 뻔하다.

　인생의 낙조가 깃들 무렵에야 아, 덧없는 인생! 어쩌구하는 탄식을 해도 이미 때는 늦고 만 것이다. 볼썽사나운 늙은이라고 손가락질이나 받게 될 뿐이다.

　거듭 말하지만 나는 내 운명의 창조자이면서 집행자라고 단언 할 수 있다. 단 나무의 꽃이 피려면 햇볕이 필요하듯 그분의 보살핌이 선행해야함을 물론 나는 잊지 않고 있다.

5부

월요일 아침을 노래함

나는 초등학교 3학년생인 손녀아이를 마음속으로 힘껏 끌어안았다. 그
아이의 말랑말랑한 체온이 내 가슴을 따뜻하게 뎁혀 준다. 아이가 아이
답지 않은 것은 바람직한 일이 아니다. 지식의 보고가 될 필요는 더더욱
없다. 아이야! 부디 맑게 그리고 천천히 자라다우! 네가 웃는 곳이 바로
하느님 나라란다.

월요일 아침을 노래함

월요일 아침 청소를 한다.

거실로 방으로 부엌으로 날개를 접고 내려앉은 비행기가 수북히다. 비행기민이 아니다. 바다로 나가시 못한 배 또한 여기 저기 널려 있어서 조심해서 걷지 않으면 자칫 배를 좌초시킬 듯싶다. 어쩔까? 쓰레기통을 들고 다니며 그것들을 부지런히 주어 담던 나는 문득 집어올린 배 안에서 또랑또랑하게 들려오는 손자 목소리에 주춤 손길을 멈춘다.

"할머니! 이거 할머니 꺼! 내가아 할머니 이뻐서 선물 주는 거야."

생색을 내며 연신 비행기며 배를 만들어다 주던 손자 녀석의 넙데데한 얼굴이 목소리 안에서 피어오른다. 나는 움찔해서 쓰레기통 대신 바구니를 찾아내어 비행기와 배를 주워 담는다. 제법 큰 한과바구니로 배와 비행기가 소복하다.

"야 하! 당신 부자네! 이거 비행기가 몇 대야? 어이구 배두 이렇게 많아?"

찻물을 끓이려 부엌으로 가려던 남편이 식탁 위에 올려 놓은 바구니를 들여다보며 감탄을 한다. 비행기를 타고 하늘을 날아올라서, 배를 타고 바다를 건너서 더 넓은 세상을 향해 내닫고 싶은 아이의 신명이 남편의 감탄소리와 함께 새삼스럽게 나를 힘이 나게 한다.

기운을 내어 물걸레질을 해나가던 내 발길을 이번에는 문짝마다 깃발처럼 펄렁이는 손녀의 '작품'이 다시 붙잡았다. 내 아이를 셋이나 길렀으면서도 손녀아이가 처음 연필을 들고 그림이란 걸 그려냈을 때 감격이라니!

"엄마! 요즘 애들 다 그래요. TV만이 아니라 인터넷이 있어서 아이들이 죄다 감성만 자랐다구요. 엄마 손주들 절대로 천재 아니니까 감격하지 마세요. 저런 정도의 애들은 어딜 가든 쌔구 쌨어요!"

딸아이가 아무리 손사래를 쳐도 나는 그것들을 차마 휴지조각으로 버릴 수 없었다. 나는 손녀의 낙서를 한 장, 한 장 문짝에 붙였다. 그 뒤부터 아이는 그림만 그리면 내게 들고 와서 붙여달라고 했다. 학년이 높아지면서 아이는 이야기가 곁들인 그림을 그리기까지 한다.

이제 아이는 아예 내게 부탁 같은 것은 하지도 않고 제 작품(?)은 의례 얼마 동안은 문짝에 장식해두는 거려니 여기고 마음 내키는 대로 아무데나 여백을 찾아 붙여놓고 간다. 처음에는 단순히 안쓰러워서 시작한 이 일을 계속하면서 가끔씩 나는 이제까지 전혀 몰랐던 아이의 속내를 발견하고 깜짝깜짝 놀라곤 한다. 아닌 게 아니라 나무처럼 쑥쑥 커가는 아이의 영혼과 마주하면서 나도 모르게 옷깃을 여미며 긴장을 할 때도 더러 있다.

아이가 어제 그린 수양버들의 연두색 이파리에선 벌써부터 봄이 묻어난다.

마음대로 밖에 나가 뛰놀 수 없는 겨울이 아이는 몹시 지루한가 보다. 수양버들 옆으로는 봄 들판이 널려 있다. 들판 안에 꽃다지처럼 피어난 아이의 글을 나는 읽어 내려간다.

들판이 들썩들썩 / 어린 양들도 덩실덩실
하늘이 껄껄 웃으면 구름은 좋아라고 / 이리저리 폴짝폴짝
우리가 하하 웃으면 / 어른들도 호호 웃고
우리가 신날 때마다 / 지구가 하, 하, 하,

구름이 바람 따라 / 뛰어다니면
하느님이 쳐다보시고 / 허, 허, 허!

아이가 들은 지구의 기운찬 웃음소리가 그 순간 내게도 들리는 것 같았다. 아이들이 신이 나서 지구가 웃는 세상이야말로 바로 하느님이 계시는 곳이 아닐까. 그 안에서 이따금씩 하느님의 너털웃음소리까지 들을 수 있는 곳이라면 바로 우리 모두의 이상향인 천국일 것이고.

손녀아이의 그림과 글을 읽어나가며 한껏 정색을 하고 있던 나는 마지막 줄에, 하느님이 쳐다보시고 허, 허, 허의 아래에서 발견된 '2005년 1월 7일, 친정집에 와서'란 대목에서 웃음을 터뜨리고 말았다. 외갓집이란 말 대신 제 어미가 하는 대로 외할머니네를 친정집이라고 쓴 손녀의 아이스러움에 어째선지 마음이 한없이 놓였다.

　나는 초등학교 3학년생인 손녀아이를 마음속으로 힘껏 끌어안았다. 그 아이의 말랑말랑한 체온이 내 가슴을 따듯하게 뎁혀 준다. 아이가 아이답지 않은 것은 바람직한 일이 아니다. 지식의 보고가 될 필요는 더더욱 없다. 아이야! 부디 맑게 그리고 천천히 자라다우! 네가 웃는 곳이 바로 하느님 나라란다. 나의 간절한 기도는 아이가 그려놓고 간 연두색 수양버들 가지를 흔들어 놓고 빛 가운데로 퍼져나간다.

쥐똥나무의 뚝심

그 숱한 나무 이름들, 헤아릴 수 없이 많고도 많은 꽃 이름 가운데 하필이면 '쥐똥나무'로 태어났을까. 나의 비웃음에도 아랑곳 하는 법 없이 쥐똥나무로서의 어엿한 생을 세세연년 대차게 살아내는 쥐똥나무는 나의 귀한 친구이면서 엄한 스승이기도 하다. 수목원에 모모한 기라성 같이 훤칠하게 잘 생긴 나무들 속에서 눈 마주친 쥐똥나무는 내 아파트 정원에서보다 더 해맑은 윙크를 보냈다.

나는 해마다 이 쥐똥나무의 봄맞이가 감격스럽다. 맞닥뜨릴 때마다 차라리 경이롭다. 가슴이 훤히 열리면서 추위도 잠시 잊은 채 나를 그 앞에 풀썩 주저앉게 하고야 마는 쥐똥나무의 변신에 나는 늘 감사와 찬탄을 쏟아내곤 한다.

나는 쥐똥나무에게서 자존감 혹은 자기사랑을 배운다.

고백하지만, 어느 겨울날 내 생애 처음으로 만난 쥐똥나무의 몰골은 초라하다 못해 애처롭기까지 해서 차마 똑바로 바라볼 수가 없었다. 그분이 창조하신 세상의 만물 가운데 이렇게 가여워 보이는 나무가 있다니⋯ 츳츳. 나는 사양하지 않고 아파트 정원에 울타리목으로 심어진 쥐똥

그냥 있다

나무를 업신여겼다. 그 이후 거의 일 년여를 눈길 한 번 주지 않은 것은 물론 아예 쥐똥나무의 존재자체를 잊다시피 살았다.

침묵의 아우성으로 보는 이마다 절로 감탄이 튀어나오게 해주는 목련꽃에 눈멀고, 라일락 향에 후각이 마비되는가 하면 갓 태어난 손주처럼 보는 눈이 즐거운 밤 대추 감이 아파트 부녀회원들의 사랑으로 편지함 속에 가을 냄새와 함께 살풋 들어 앉아있는 모습에 환호하면서 겨울을 넘겼다. 그리고 다시 어렵사리 찾아온 봄이 꽤 숙성하여 여름이 시작되는 6월 어느 날 무심히 산책길에 나섰던 나는 콧속으로 스며드는 알 수 없는 향기에 저절로 발길을 멈추었다. 그리고 하얀 트럼펫 모양의 꽃이 나를 낮은 소리로 부르는 걸 들었다. 나는 한참을 말을 잊고 말았다.

군락지까지는 둘러보지 못 했지만 그동안 아파트에서 보아왔던 위상대로 국립수목원 안에서도 쥐똥나무는 제 앞가림은 하는 것 같았다. 6,7년 전엔 '국립수목원의 6월의 나무'로 뽑히기도 했었다는 해설원의 설명을 들으며 마치 칭찬을 들은 게 나인 것처럼 가슴을 쩍 펼치며 하늘을 올려보았다.

그저 살아갈 뿐이지

어제 늦은 밤부터 내리기 시작한 비가 아침까지도 그저 그만한 기세로 여전히 내린다. 아침을 든 남편은 내가 설거지를 다 끝내도록 창 앞에 서서 앞산 나무들을 닥치는 대로 희롱하고 달아나버리는 바람의 짓거리를 지켜보고 있다. 들고 있는 찻잔에서 희미하게 올라오던 김이 사라진 지도 한참 되었다. 밤새 비에 젖은 낙엽들이 제 무게를 견뎌내지 못하고 연신 힘겹게 땅으로 주저 내려앉는다. 아직 나무 몸에 남아있는 낙엽들은 빗물로 색깔이 오히려 선명하면서 물기가 자르르 흘러 평소엔 볼 수 없는 아름다움을 빚어낸다.

까치네 둥지에선 기척이 없다. 이 비에도 먹이사냥을 나갔는지, 아니면 새끼들이 다 떠나서 횡한 둥지 안에서 부부까치가 마주 앉아 연신 날개를 털어가며 까만 눈동자를 서로 들여다보고 있는 건지 도무지 조용하기만 하다.

새끼들이 떠난 둥지에서 두 내외만 살아가는 일이야 까치네나 우리네나 다를 게 없는 듯싶다. 아, 말을 하는 순간 때때로 아이들의 왜자김과 반가움으로 이 작은 아파트가 팽창하며 하늘에라도 날아오를 것 같은 충만한 시간이 떠오르면서 까치들에겐 절대로 그런 일이 일어나지 않는다는 데 생각이 미친다. 까치들과 비교를 하다니! 당신께서 노하실라!

"나한테 뭐라 했소?"

내 혼잣말에 말을 걸면서 나를 향해 돌아선 남편의 얼굴이 생뚱맞다. 나와 같은 공간에 함께 머문 흔적은 찾아볼 수 없고 낯설음만이 가득하다.

방금 전까지 먼 먼 곳을 휘돌아온 듯 초점이 맞지 않은 눈길로 나를 멀거니 바라보고 있던 남편은 부리나케 서재로 들어가버린다. 나는 우두망찰 서 있다가 거실 여기저기 널브러진 아침신문을 한데 모아 바구니에 담으면서 눈으로는 다시 마루로 나오는 남편을 좇았다. 아직도 꿈속에서 걷듯 허청허청 서재에서 나오는 남편의 손에 LP 한 장이 들려 있다. 넋 나간 사람 같다.

기억 안에서 영영 지워 진 줄로 여겼던 'Somewhere my love'가 남편이 들고 나온 LP에서 흘러나오고 나서야 나는 그의 영혼이 아침 내내 헤매다 온 곳이 대충 짐작이 갔다.

…

you'll come to me out of the long-age

warm as the wind, soft as the kiss of snow

…

올해 저 세상 사람이 된 Andy Williams는 수십 년을 LP

안에 갇혀만 있었던 걸 잊어버리기라도 했는지 여전히 부드러운 목소리로 이뤄지지 않은 사랑의 슬픔과 갈망을 아프게 노래한다. '당신은 오랜 시간의 세월을 넘어 내게 돌아올 거야'란 구절에선 심장을 붙안고 길바닥에 쓰러지면서도 점점 멀어져가는 라라의 뒷모습을 뒤따르던 지바고의 애절한 눈이 생생하게 떠오른다.

"느닷없이 웬 닥터 지바고에요?"

"창밖이 너무 그림 같아서 감탄하다가 갑자기 지바고 생각이 나서…."

"군의관으로 일하다가 우랄산맥 속으로 숨어들어 갔을 때요?"

내 기억에 놀라는 남편에게 나는 한 술 더 떠서 자가발전까지 한다. '들판에 지천으로 핀 수선화며 바람과 새새거리는 키 큰 나무 이파리들을 올려다보며 감탄하던 장면도 멋지지만 봄이 오기 전 유리창에 핀 얼음꽃을 손톱으로 긁어가며 찬찬히 살피던 모습 기억나요?' 머리를 흔들면서 남편은 '당신한텐 못 당해'라고 백기를 들 듯 두 손을 들어 보인다.

우리는 편안하게 서로 기대 앉아 오래 묵은 앤디의 노래를 몇 번이나 반복해서 들었다. 살다보면 잊혀지지 않는 기억도 있고 떠오를 때마다 눈물이 고이는 기억도 있다. 도무지 얼마를 더 살아야 그런저런 모든 것들로부터 자유로워질 수 있을까.

지금 내게 어깨를 빌려주고 있는 이 남자, 반세기 가까운 세월 동안 서로 '여보, 당신' 하며 살아온, 나의 세 아이의 아버지이기도 한 이 사람과도 여기에 이르기까지 얼마나 낯설고 생소한 시간을 넘겨야 했던가. 그런 순간마다 내 목으로 넘어오는 녹물보다 더 역한 쓴 물을 되삼키며 견디어 내려고 얼마나 안간힘을 썼는지.

"우리는 서로가 서로의 동지야! 동지 알지? 컴래드(comrade). 종속관계가 아니라는 말이야. 이 한 생을 뜻을 같이 하는 친구가 되어 서로 의지하고 도우며 열심히 살아가자구."

세상에는 자식으로 다리를 놓고 사는 부부가 있는가 하면 같은 학문을 함께 탐구해 가는 부부도 있는데 우리는 동지 부부로 살아가자, 라며 나의 동의를 구하면서 결혼 초에 남편이 한 이 말은 실생활 안에서는 그리 빛을 발하지 못했다. 남편의 아내가 아니라 누구누구의 며느리로 살아왔던 세월 안에 '동지'라는 말이 들어설 자리는 없었다는 말이다.

바로 엊그제 평소 몹시 흠모했던 문단선배의 영결식에 다녀왔다.

경직되지 않은 분위기 속에서 식이 진행되고 지인, 문단 선후배들이 한 가지씩 들려주는 고인과의 추억담들이 잇따르면서 슬픔으로 그득했던 실내는 어느새 구수한 인정과 사람냄새로 출렁거렸다. 꽃보다 향기롭고 아름다운 사람. 바로 그런 사람의 삶 속에서만 피어나는 꽃의 향기로 자칫 영결식이란 의례를 잊어버리고는 평소 그랬던 것처럼 선배와 우리들이 함께 어우러진 즐거운 자리로 착각이 들 정도였다. 아닌 게 아니라 선배는 다만 우리들 눈에만 띄지 않을 뿐이지 앞으로도 면면이 우리들 의식 안에 건재하리라는 확신이 내 안에서 일었다.

나는 한 가지라도 놓칠세라 이런저런 추억담을 모두 소중하게 끌어안고 집으로 돌아왔다. 쓰러져 투병을 시작하기 전까지의 선배의 일상이 면면이 묻어나는 추억담들은 선배를 잃어버린 상실감을 부드럽게 달래주었다. 소박하면서도 아니다! 싶을 땐 눈물이 쏙 빠지도록 호통칠 수 있는 강직함까지 엿보여서 더욱 실감이 났다.

그러면서 혼자 고개를 갸웃거렸다.

우리와 더불어 살지도 않을 뿐더러 유명을 달리하고서도 그에 관한 기억을 떠올리기만 해도 마음이 따듯해지면서 위로를 받고 새로운 도전을 향한 용기까지 솟구치게 하는 인품은 어떻게 만들어지는 걸까.

젊어서는 육칠 십까지 무탈하게 살다보면 알게 모르게 저절로 쌓여가는 게 인품인 줄로만 여겼다. 아니었다. 우리 삶 안에서 아무 것도 저절로 되는 것은 없다는 것밖에는 나는 아직 답을 찾지 못했다.

앤디의 노래가 끝났다.

남편은 아침내 헤매던 시베리아를 털어버린 홀가분한 얼굴로 LP를 들고 다시 서재로 들어간다. 이제 들어가 책상 앞에 앉으면 점심때나 나오리라. 나는 한껏 게으른 자세로 퍼져 앉아 창밖으로 시선을 돌렸다. 허공에서 맴돌던 나뭇잎 하나가 바람에 가뭇없이 날아가버린다. 그 순간 나는 이명처럼 울리는 지바고의 목소리를 들었다.

"그저 살아갈 뿐이지."

시골집으로 내려가겠다는 지바고를 너무 답답해 하면서 '도대체 그 시골구석에 가서 무얼 할 거냐'고 다그치는 친구에게 지바고의 대답은 지극히 간결했지만 울림이 깊다. 아직까지도 잊지 않을 정도로 이따금씩 내 영혼을 일깨워주곤 한다.

그저 살아갈 뿐이지! 나이 들어갈수록 '그저 살아가는 일'이 점점 힘든 일이라는 걸 절감하게 된다.

'사람은 가슴마다 라파엘을 지니고 있다'고 말한 마르크스는 정치혁명보다는 시인 혹은 철학자가 더 어울리지 싶다. 아닌 게 아니라 가슴에 라파엘을 품은 채 내 몫의 남은 삶을 마지막까지 묵묵히 살아가는 일 말고는 이제 내게 남은 숙제는 없는 것 같다. 후대까지 남기고 갈만한 인품은 없어도 내가 '꽃보다 아름다운 사람'인 것이 새삼 자랑스럽다.

작은 푸념이 몰고 온 태풍

이를테면 그 일은 조선일보를 통한 '작은 필화사건'이었다.

이야기의 시작은 그해, 그러니까 동경특파원으로 파견된 남편을 따라 4년쯤 나가 살다가 귀국한 1981년이었다. 같은 해 7월 18일 이른 아침, 나는 아파트 경비원한테서 손님이 찾아왔는데 직접 올라가라고 해도 마다하면서 그냥 아래서 기다리고 있다는 뜬금없는 전갈을 받았다. 분명 생뚱맞은 일이지만 워낙 술에 얽힌 사연이 남부럽지 않게 풍부한 남편과 살고 있는 나는 보나마나 작취미상의 어느 술꾼이 유유상종하는 남편을 찾아왔으리라는 지레짐작을 하고 아파트 아래로 내려갔다. 한데 두 손을 가지런하게 앞으로 모은 채 구십도 각도로 내게 정중한 인사를 하는 이는 뜻밖에도 남편이 아닌 나를 찾아온 손님이었다. 어마지두 나 또한 답례를 하면서도 통 짐작이 가지 않는 손님을 힐끔거리며 탐색하는 내게 그가 명함을 내밀었다. 아닌 밤중에 홍두깨라더니 내가 사는 동네의 우체국장님이시다.

"실은 어제 밤부터 비상이 걸렸습니다만 차마 그 밤중엔 찾아뵈올 수가 없어서 밤새 뜬눈으로 날 밝기만을 기다렸다가 이렇게 달려왔습니다. 어떻게 사과를 드리면 노여움이 풀리실지 난감합니다. 제가 부덕해서 아래 사람을 잘 건사하지 못한 죄입니다. 그 사람, 좀 팩팩거리긴 해도 우리 우체국 안에선 그중 신실한 젊은입니다. 부디 노여움 푸시고 젊은 사람 하나 건져주십시오."

건져 달라니? 언제부터 타인의 생사여탈권이 내게 주어졌단 말인가. 아니, 잠깐. 우체국장님이 지금 '우리우체국'이라고 했었나? 그렇담 혹시? 손님이 내 앞에 흔들어 보이는 신문을 무례하게 낚아채 펼쳐드는 내 손이 떨렸다.

그즈음 나는 조선일보에 '주부일기'를 쓰고 있었다.

중학에 들어간 큰딸 이야기는 「2.5춘기의 딸」로, 남편의 코골이는 「우리집 소야곡」으로, 흐뭇한 세상인심은 「살만한 세상」 등으로 말 그대로 주부의 시선에 들어온 나와 이웃의 이야기가 대부분이었다. 그날 아침 나의 일기는 「잔돈 2원」이었다.

'… 내가 그 담당자에게 화를 냈던가, 일을 방해했던가, 부당한 요구를 했던가, 그냥 나는 당연한 말을 했을 뿐인데 왜 이렇게 언짢은 기분으로 돌아와야 하는 걸까….'

8천5백32원의 소액환을 찾으러 우체국에 간 나는 2원 때문에 직원과 작은 실랑이를 벌인 끝에 일원짜리 동전 8개를 내놓은 내 앞에 담당 직원은 던지듯이 10원짜리 동전을 내주고는 문을 요란스럽게 밀어붙이면서 사무실 뒤로 나가버리는 걸 목격한 나는 기가 찼다.

'10원짜리 동전을 어렵사리 집어 지갑에 넣으면서 나는 우체국 안에 있던 여러 사람들의 시선을 뜨겁게 느껴야 했다. 무엇보다도 내 뒤에 선 사람들에게 바쁜 시간을 빼앗은 것 같아서 미안하기 그지없었으나 아무리 생각해도 내가 무엇을 잘못했는지 모르겠다.'

'일기'를 끝까지 다시 읽어 내려갔지만 과연 이름 없는 주부의 이 작은 푸념이 어떻게 한 우체국을 비상사태로 몰아붙일 수 있었는지 나는 납득힐 수가 없있다. 하지만 이 이른 아침, 우체국장이 직접 찾아온 것으로 미루어 볼 때 사단이 난 것만은 분명한데 그렇다면 그건 조선일보라는 미디어공룡의 위력 때문일 것이라고 나는 마침내 결론을 내렸다.

그 사건은 내게 글을 써서 지상에 발표하는 일은 아주 큰 일이며 그런 까닭에 어떤 경우에도 객기는 금물이라는 깨달음을 저울추처럼 내 의식 안에 심어준 작은 필화사건이었다.

텅빈 충만

새삼스러울 것도 없는 말이지만 언행이 일치한 삶을 산 다는 일은 결코 말처럼 쉽지는 않다는 것을 나이가 들어갈 수록 절감하게 된다.

사람의 팔자는 독 안에 들어가서도 못 피한다는 옛말을 절로 떠올릴 만큼 나는 이 나이까지 살아오는 동안 남달리 자주 이사를 하며 살아왔다. 그 일이 정말 어느 점쟁이의 말처럼 내가 타고 난 역마살 탓이었는지, 여기저기 떠돌아 다녀야 하는 직업을 가진 남자를 남편으로 만난 때문인지 (이것 역시 팔자라 할 수 있지만) 판단이 헷갈릴 정도다.

결혼생활 37년 동안 여섯 번의 국제이사와 일곱 번의 국 내이사를 했다. 그 때마다 이를 깨물고 하는 다짐이 '간결 하게 살아야겠다'이었지만 나는 여전히 이사할 때마다 이 삿짐센터 사람들에게서는 물론 가족들한테서까지 질시의 눈총을 따갑게 받아왔다.

그나마 아이들이 출가하기 전까지는 식구가 많아서 그렇 거니 여겼다. 하긴 요즘 같은 핵가족 시대에 시어머님과 아이 셋 그리고 우리 내외, 말하자면 3대가 한 집안에서 사는 터이니 이런저런 살림이 많게 마련이라는 변명이 설득력 있게 들리기도 했다. 문제는 아들딸들이 모두 제 짝을 찾아 집을 떠나고 난 뒤에도 세간이며 잡동사니들을 별로 줄이지 못한 나의 우유부단함이다. 입으로는 '다 없애버릴 거야!' '단출하게 살 거야' 등등, 심지어는 '텅빈 충만감' 어쩌고 그럴 듯한 소릴 달고 다니면서도 여전히 그 모든 것들을 나는 여전히 끼고 산다. 물론 나 나름대로의 이유가 있기는 확실히 있다.

타인의 눈에는 한낱 헐어빠신 의자이거나 찬장일지 놀라도 내게는 그 모든 것 하나하나에 잊어버릴 수 없는 기억이 켜켜이 스며 있다. 그 간절한 기억은 바로 내가 살아온 삶의 내용이기도 해서 막상 던져버리려 하면 이제까지의 삶을 모두 부정해버리는 처사가 아닐까 하는 아쉬움이 앞을 가로 막아선다. 뿐만 아니라 내게는 그토록 소중한 그 물건들이 객관적으로는 별 영양가가 없어선지 우리집 문밖으로 나가기만 하면 골칫덩어리 고물쓰레기에 불과하다는 사실이다.

그런 어느 날 나는 텔레비전에 나온 법정스님을 만나게 되었다.

표표히 산길을 오르는 노승의 서두르지 않는 걸음걸이에는 세속의 어떤 것에도 얽매이지 않고 연연해하지 않는 자유로움과 절제된 감정이 절로 베어 나왔다.

그냥 있다

그 날 스님은 버리고 비운다는 것이 얼마나 지혜로운 일인가를 말없음 가운데 오로지 그분이 이제까지 살아오신 모습으로 담담하게 보여주었다. 묵은 것을 비워 내야만 새것이 들어올 자리가 생긴다는 것, 과거를 끊어버려야 새로운 미래를 설계할 수 있다는 것을 낙엽과 새순을 예를 들어 말씀하셨다.

"우리가 무엇인가를 가지게 되면 거기에 붙잡히게 되지. 말하자면 내 쪽에서 외려 가짐을 당하게 된다는 말이야. 그렇기 때문에 가진 것이 적으면 그만큼 홀가분해요. 매인 데가 없으니까 텅빈 상태에서 충만감을 느낄 수 있는 거죠."

내 쪽에서 외려 가짐을 당하게 된다는 말씀이 돌팔매가 되어 아프게 나에게로 날아들었다. 내가 충격을 받은 것은 실제로 내가 겪었던 뼈아픈 경험이 스님의 말씀을 들으면서 새삼 살아났기 때문이다.

내가 가지고 있는 대부분의 가구들은 원래 살 때부터 중고품이었다. 그 중고품들이 우리집에 와서도 30여 년이 족히 넘었으니 고물 중에도 고물인 셈이다. 그 가운데 어느 것이 좋고 어느 것이 나쁘다고 우열을 가리긴 힘들다. 그래도 가장 아끼고 좋아하는 것을 굳이 고르라고 한다면 70년대 후반 일본에서 산 스페인제 가죽 콘솔 석 점을 고르겠다. 처음 살 때부터 아이들이 결혼하게 되면 한 점씩 나눠주리라고 맘먹고 장만한 물건들이다. 그러나 모든 것이 그렇듯이 그것들 또한 내가 계획하고 마음먹은 대로 처리되지 못 했다.

사연인즉 결혼할 때 혼수로 한 점씩 싸들고 간 딸 둘이 어느 날 약속이나 한듯 내게 사정을 했다.

"엄마! 부탁이야. 부디 애들이 웬만큼 자라서 말귀 알아들을 때까지만 이걸 좀 맡아줘요. 애들이 장난감을 던지고 연필로 북북 긋고 다닐 땐 심장이 오그라드는 것 같아요."

아들아이조차 공부 끝내고는 그대로 미국에 주저앉아버렸으니 그 콘솔만이 아니고 며느리가 해온 혼수의 반 넘어까지 내가 끌어안고 있는 형편이니 말해 뭣하랴!

나이가 들대로 든 다른 가구들도 마찬가지지만 이 가죽장들은 유난히 사람의 손을 탄다. 조금만 건조해도 갈라져서 꼭 사람의 살갗처럼 예민하게 들고일어나기 때문에 노상 저만 받들어달라고 성화를 부리는 성질 괴까다로운 아이 같다. 스님의 말씀대로라면 내가 가진 장식물이라기보다는 외려 그 가죽장들에게 내가 가짐을 당하고 있는 꼴이다.

"이거 앉아도 아직 안 무너집니까?"

찾아간 기자는 뜰 한가운데 놓인 낡은 나무의자를 한 손으로 흔들며 스님에게 물었다.

"괜찮아요. 내가 이 곳에 (불일암) 와서 최초로 만든 의자예요. 처음엔 부엌에서 불 때는 장작으로 만들었더니 지압은 되는데 궁둥이가 아프더라구. 그래서 나중에 이것만 갈았어요."

스님은 의자 바닥을 당신 손으로 쓸어내린다. 의자는 간소하고 간소하게 살고 싶은 스님의 마음을 그대로 보여준다. 출가승이 되지 않았으면 목수가 되었을 거라는 스님. 스님은 다시 어느 날 바람같이 이 암자를 떠날 것이다(이 글을 쓴 몇 해 뒤에 스님은 홀연 강원도 산골의 어느 버려진 외딴집으로 실제로 떠났다). 비가 오나 눈이 오나 스님의 빈자리를 언제나 지키고 있을 의자는 등받이가 덜렁덜렁 하도록 낡았지만 의자를 만든 주인의 기품을 그대로 물려받은 듯 의연하다.

부자는 남이 갖지 않은 것을 많이 가진 사람이 아니라 필요한 것이 적은 사람이라지 않은가. 그런 의미에서 법정 스님이야말로 이 시대에 으뜸으로 손꼽힐 부자가 아닐까. 삶의 공식이 있는 건 아니지만 스님이 한 세상을 건너가는 셈법이 경이롭다.

문득 내 의식을 훑으면서 오로라보다도 강렬한 빛이 지나간다. 일체유심조(一切唯心造). 그동안 충분히 즐기면서 잘 썼고 한때는 그것들을 가지고 있다는 사실만으로도 넘치는 자랑스러움으로 흥분하기도 했었지만 모두가 젊어서 얘기다. 어디 늙은 것이 가구뿐일까. 더 이상 세간에게 가짐을 당하고 휘둘릴 만큼 나 또한 젊지 않다는 걸 외면한다고 숨겨질 일이 아니다. 가구들이 손때로 길들여졌고 젊은 날의 모든 기억들이 점점이 깃들여진 나의 삶의 증언 그 자체라는 각별한 의미를 부여한 것은 마음의 요사스런 조작이었을 뿐이다. 그냥 낡고 허접한 세간일 뿐이다.

놓아버리자. 남은 시간은 횐 손으로 가는 거다.

약초를 가꾸듯 가난을 가꾸며 평생 잠꼬대를 할 정도로 입으로만 부르짖던 '텅빈 충만'을 이번에야말로 몸으로 실행해 보자는 각오로 나는 옷섶과 함께 마음의 섶을 야무지게 여몄다.

앞으로 남은 내 삶 가운데 적어도 두 번은 더 이사를 해야 비로소 죽을 때까지 살 수 있는 내 집으로 정착이 될 것 같다. 그렇다면 이번에야말로 입으로만 부르짖던 '텅빈 충만'을 진정으로 실천해 봐야 할 때가 아닐까.

그 일을 실천하기 위해서 선행되어야 할 일이 있다. 더 이상 눈치 채지 못한 것처럼 외면만 하고 있을 수는 없는 그 일이다. 바로 마음속 켜켜이 그들먹하게 자리 잡고 있는 이 세속 모든 것들에 대한 미련과 집착을 먼저 떨어버릴 일이다. 어떻게 다스려서 어떻게 떨어버릴까가 여전히 남은 나의 화두이다.

좋은 땅은 만들어진다

아이들을 모두 성가시킨 지도 벌써 십수 년이 넘는 세월 저 쪽의 일이 되었다. 요즘은 결혼의 양태도 많이 달라졌지만 나만해도 구석기시대 사람이라서 모든 결혼절차를 아주 전통적인 예식으로 치렀다. 셋 가운데 막내딸은 친구의 중매로 성사가 되었다. 신랑감이 영세까지 한 교우라는 중매잡이인 친구의 말은 처음부터 내 마음을 사로잡기에 충분했다.

아직 4학년 끝 무렵인 막내딸은 이것저것 까탈을 부리기도 했지만 정작 당사자를 만나본 뒤로는 예정된 일을 진행시키는 것처럼 무난하게 일이 진척되었다. 딸아이가 졸업하는 대로 혼배예식은 신랑이 영세를 받았던 동네 성당에서 올리기로 했다.

막상 혼배성사를 앞두고 자세히 알게 된 신랑의 신앙생활은 섭섭할 정도로 나의 기대와는 거리가 멀었다. 말하자면 무늬만 가톨릭신자였다. 더군다나 부모님은 무종교시고 그 성당에서 운영하는 유치원을 다녔던 사위가 중, 고등학교 시절 여동생과 둘이서만 성당엘 다녔는데 그나마 지금은 휴면 중이라는 거다.

"공부하기 싫으니까 내가 거절하지 않을 법한 핑곗 대고 나한테서 피난 간 거란다. 무슨 대단한 신앙심이 있어서가 아니라 거기 가면 여학생들도 많구 하니까 그냥 연애 걸러 다닌 거지 뭐."

꾸밈이 없는 안사돈이 딸에게 한 말을 건네 들으며 나는 내심 심란하기 짝이 없었지만 딸아이는 성경책 단정하게 가슴에 끌어안고 다니는 '범생'보다 외려 인간적이잖아, 어쩌고 해가면서 벌써부터 사위간의 편을 드는 거다. 한 가지 다행한 일은 그동안 안사돈이 아들이 휴면 중인 성당에 몇 년씩이나 꼬박꼬박 교무금을 내고 있었다는 거다. 덕분에 혼배성사를 허락받을 수 있었는지도 모르겠다.

결혼을 계기로 진정한 가톨릭인으로 거듭 날 것을 다짐한 것도 잊었는지 그동안 아들 둘을 낳아 다시 제가 다니던 유치원엘 보내면서도 막내사위는 성당에 나갈 기미가 통 보이질 않았다. 어떻게 할려구 그래? 나로서는 정말 하기 어려운 말을 꺼낼라치면 그때마다 아, 네! 나가야죠. 언제나 대답만은 흔쾌했다. 허지만 여전히 약속했던 크리스마스가, 부활절이 몇 번이나 그냥 지나가고 있었다.

하느님 하시는 일을 누가 짐작이나 할 수 있을까?

2년 전, 막내딸네 시댁에는 대단한 지각변동이 있었다. 늘 무병하시던 사장어르신이 이름 다른 병으로 자리에 누우

시더니 쾌차하지 못하시고 6개월 만에 유명을 달리하셨다. 입원하시면서 어쩌면 쾌차하시기 힘들 거라는 소식을 들은 뒤부터 나는 마음이 바빠져서 혼자 갈팡질팡하는 심사였다.

"충분히 말씀이 통할 수 있는 분이니까 직접 뵙고 말씀 드리는 게 좋을 것 같은데."

남편의 말에 힘입어 어느 날 나는 병원으로 찾아갔다. 당신의 상태를 환히 아시면서도 너무도 혼연한 태도에 감탄하며 병자성사 말씀을 드리려는 바로 그 순간 한 떼의 개신교 신도들이 신방을 왔다. 안사돈은 마침 손님이 오셨으니 좋은 말씀일랑 다음에 듣겠노라고 거역할 수 없는 엄한 태도로 사양을 했다. 서둘러 돌아서는 그들을 보면서 사장 어르신은 미간을 찌푸리며 우릴 보고 이러시는 거다.

"종교라는 것을 어찌 저렇게 '떨이 세일' 하듯이 외치며 다니는지 모르겠어요."

결국 그 날 나는 아무 말씀도 드리지 못하고 돌아서야만 했다. 아직 하느님을 받아드릴 만큼 당신의 상태를 심각하게 여기고 있지 않다는 게 그 날 내가 받은 느낌이었다. 그렇다고 그냥 멀찍이 나앉아서 마냥 기다릴 수만은 없었다. 나는 조심스럽게 사위를 통해서 의중을 살펴보는 일을 게을리 하지 않았다.

"내가 그런다고 말씀드리면 대답하시는데 부담을 느끼실 테니까 자네 생각으로 여쭤보게나. 자칫 적절한 시기를 놓치는 우를 범할까봐 걱정이 되서 그래."

마침내 우리는 간절한 기도의 응답을 받았고 자신의 모든 것을 하느님께 맡기신 사장어르신은 요셉이란 새 이름으로 하느님나라의 시민이 되셨다.

그리고 나는 그분이 떠나가신 텅빈 자리, 가슴 저린 슬픔만 고여 있을 거라고 미리 걱정부터 했던 그 자리에서 새롭게 돋아나는 여리고 예쁜 믿음의 새 순을 만나게 되었다.

뉴먼 추기경이 말씀하셨던가? '산다는 것은 변하는 것이고, 완전하다는 것은 여러 번 변하였다는 것'이라고. 십수 년 전 아이들 혼배성사 때 미사수건이라도 함께 쓰지 않겠느냐는 내 제안을 조용히 거절했던 안사돈이 자청해서 교리공부를 하고 영세를 받더니 견진까지 받는 변화를 보여주신 거다. 세상에서 가장 길고도 먼 길이 머리에서 가슴이라고 하지 않던가! 머리로는 다 알면서도 가슴으로 받아들이기엔 너무 총명하다고 지레 접어버리려 했던 내게 안사돈의 변화는 뜻밖의 선물이었다. 첫 영성체를 모신 큰손자가 복사까지 해보겠다고 해서 늦잠꾸러기 에미, 에비에게 비상을 건 일까지, '좋은 땅은 만들어 진다'더니 과연 옳은 말씀이다.

한 생을 사는 동안 우리는 수 없이 변하고 성장하면서 자기의 땅을 좋은 쪽으로 바꾸어 나가려고 노력한다. 고통과 상처를 딛고 일어서 본 사람은 안다. 기도야말로 우리를 변하게 하고 선 자리를 좋은 땅으로 바꾸어주는 오직 하나의 길이라는 것을 확실하게 알고 있다.

나이테는 일 년에 한 줄씩만 는다

뜨겁다.

내가 몸 붙여 살고 있는 여기, 서울이 지글지글 끓고 있다. 절정으로 치닫는 8월의 태양이 뽀얗게 끓어오르는 광화문광장은 여전한 소요의 바다이다. 소요 속에 통나무집 한 채가 부표처럼 노란 리본을 달고 서 있다. 시간으로도 잠재울 수 없는 슬픔. 나이테가 다섯 바퀴나 늘었지만 사람들은 여전히 그날의 소녀 소년들을 잊어버리지 못하고 가슴을 움켜 쥔 채 살아가고 있다. 다시는 만나볼 수 없는 사람, 그 사람과 함께 한 기억에의 단절감 혹은 막막함을 짐작하는 것만으로도 뜨거운 지열이 훅 온몸을 덮친다. 막상 버려진 이들은 죽은 어린 소년소녀들이 아니고 이 세상에 남겨진 저 가족들이 아닐까.

시끄럽다.

언제부턴가 광화문광장은 귀 아픈 거리가 되고 말았다. 사통팔달, 어느 방향으로도 막힘없이 늘 열려 있는 여기, 광화문 네거리. 시끄러워도 너무 너무 시끄럽다. 머리 위로 쏟아지는 태양 열기를 능가하는 성난 무리의 포효는 살

벌하다. 그래서 무섭다. 더위만 견뎌내는 것만으로도 정신이 혼미해질 지경인데 '이 말 한 마디만은 꼭 해야겠다'는 사명감으로 태극기를, 혹은 촛불을 밝혀 든 숱한 우국지사들의 외침으로 광화문은 늘 귀가 아프다. 따갑도록 시끄럽다.

귀 기우려 듣는 이는 없고 저마다 자기 말만 말이라고 목이 쉬도록 목청을 돋우니 시끄러울 수밖에 없다. 너의 슬픔은 내가, 내 억울함은 네가 공유하면서 위로해주고 위로받을 수 있다면 슬픔도, 분노도 사람과 사람의 가슴에 한 줄기 물길을 터놓을 수 있지 않을까.

아무리 발버둥치며 빨리 그러면서도 튼실하게 자라고 싶어도 나무의 나이테는 충일한 일 년을 잘 살아 낸 후에라야 새 나이테를 한 줄 받을 수 있단다.

요즘은 TV를 켜는 일도 두렵고. 짜증스럽다.

그런 뉴스를 들을 때면 이 나라 전체가 후안무치의 사기꾼들과 성도착환자들만 들끓는 이 시대의 소돔인 것같이 여겨진다. 살인의 내용도 소름이 돋는 내용 일색인 뉴스를 접할 때마다 누군지 알 수 없지만 곡진한 목소리가 내 안에서 들려오곤 한다.

"의인이 다섯 사람만 있어도 이 나라를 용서해주시고 여전하신 사랑으로 보살펴주시겠습니까?"

나는 아직 그 질문에 대한 명료한 대답을 듣지 못하고 있

그냥 있다

다. 그러나 조금은 더 인고의 세월을 틀림없이 견뎌내야 할 것 같다! 너무 성급하게 축배를 들었나 하는 의구심이 일 때도 간혹 있다.

아이들의 태어남은 새 순이 돋아나는 봄날같이 빛나는 내일을 기약하는 하느님의 선물이며 환희와 도약이다. 아이들은 곧 눈부시게 자라서 젊은이가 되면서. 노년들과 같이 생활하며 자라난 기억으로부터 멀어진다.

내가 직장이나 가정, 생활주변에서 나름 인정받으며 살아온 노년들 모두가 백수 시대가 왔다고 전부 환호하는 건 아니다. 확실한 신념을 가지고 성실하게 평생을 살아온 그들인데 삶의 양상이 다르다고 지금까지의 삶이 평가절하되고 일상 안에서 자기가 있어야 할 자리가 없어진 상태에서 목숨만 길어진다면 행복할 수 있을까.

그들에게도 그 연령에 마땅한 일자리를 주어야 하지 않을까. 밥이 아닌 자긍심 혹은 자존감을 느낄 수 있는 그런 나라의 백성이고 싶다는 얘기다. 그런데 실제로는 '주눅이 든 노년들이 발길에 차일만큼 거리마다 소복소복하다. 저마다 외롭고 저마다 배고프고 저마다 삭신이 쑤시고 아픈 건 사실인데 가장 목마름은 말이 고픈 일'이란다.

내게 제일 견디기 어려운 일은 저희들의 삶만으로도 지치고 힘든 자식들에게 긴 세월 병치레를 수발 들게 하는 일이다. 며느리 아들딸들에게 효도라는 이름으로 의식은 멀쩡하면서 음으로 양으로 도움을 받는 일이다. 자식들 앞에서 억울한 일을 참아 넘기듯이 한웅큼이나 되는 약을 삼키는 내 모습을 보이는 일은 정말 싫다. 나는 투병이라는 말도 하기 싫다. 병과 싸우다니…! 이만큼 살았으면 마중나온 병을 따라 나서는 것이 수순이 아닐까

　병이 진전되면서 칩거를 해야 했던 처음 얼마동안은 너무 쓸쓸했고 슬펐다. 그러면서 또 생각했다. 혼자 가야하는 죽음의 길은 얼마나 더 쓸쓸할까 눈물은 흐르지 않고 오히려 정신이 말갛게 기리앉으면서 명료해졌다. 시원찮은 손가락을 빙자하여 나름 애정으로 골몰했던 워드작업도 작파하다시피 했다. 평생을 목말라 했던 나만의 시간이 널널하게 뒹굴어 다녀도 더는 나를 위한 시간으로 바꾸어 놓을 수 없는 물리적인 나의 무기력 앞에서 절망했다. 그렇다고 원래 영성이 깊지 못한 세속적인 인간인지라 명상은 더구나 언감생심이었다.

　다행이도 내가 살고 있는 집이 비록 낡기는 했지만 산과 나무를 가까이 할 수 있어 다행이며 구원이었다. 너무 넓지 않아서 오붓한 공간이 내겐 외려 안정감이 있는가 하면 행여 창밖으로 팔이라도 내뻗으면 앞산 나무들에 손이 닿기라도 할 것처럼 산이 가깝다. 거실은 일 년 내내 앞산의 풍경을 그대로 보여주는 사진틀이다. 봄 여름 가을 겨울 사계절의 아름다움을 만끽할 수 있는 이 오래된 아파트가 나는 정녕 마음에 든다.

"아유, 김 선생 이런 말할 건 아니지만 아니 왜 하필이면 그곳으로 가시려구 그러세요!"

펄쩍 뛰며 유감없이 난색을 띠우던 K여사.

"우리 둘째가 시집 간 지가 십 년두 넘었잖아요. 그때 예물로 받은 아파트가 바로 그 아파트에요. 근데, 어떤 줄 아세요? 그 십 년 동안에 단 돈 1백만 원도 안 오른 아파트가 바로 그 아파트에요."

그녀의 쇄된 목소리의 만류가 귀에 쟁쟁하면서도 내 마음 속에는 중개인을 따라가서 목격한 바로 그 아파트 거실의 대형 풍경화뿐이었다. 거실 유리창에 가득 들어앉은 시월의 단풍들. 십 년이 훌쩍 지난 지금까지도 거실 풍경화는 철따라 늘 풍성하게 바뀌곤 한다

공교롭게도 아파트를 계약할 당시, 내 소유로 작은 임대건물이 한 채 있었다. 세금 걱정을 하는 나를 안심시키느라고 부동산 사장이 불쑥 던진 명언 한 마디를 우리 식구들은 가끔씩 기억 속에서 꺼내어 들고 크게 웃곤 한다.

"사모님 세금 같은 건 절대 걱정 않으셔도 돼요. 절대 오르지 않습니다. 이 아파트가 오르면 내 손가락에 장을 지지세요."

중개인이 내던진 이 거칠고 투박한 말 한마디는 고양이 발걸음으로 가만가만 아파트 값이 오를 때마다 우리가족의 즐거운 안주거리로 등장하곤 했다. 심심한데 부동산에

나가서 아저씨 손가락에 장이나 지져볼까나? 라는 우리식 구만 아는 홈 메이드 개그란 말이다.

어느 나라 어느 시대건 어른들의 잣대로 보면 아들 혹은 손자들이 살고 있는 지금이 당신들이 거쳐 온 시절과 비교도 할 수 없을 만큼 기본자세가 없다. 라고 탄식을 하게 마련이다.

그러나 하나하나 대비해서 짚어나가면 어느 때도 말세는 아니었고 어느 때도 인류의 종말이 아니었음을, 외려 세상은 점점 실기 좋은 쪽으로 조금씩이나마 신보하고 있음을 알고 있으면서도 마음을 놓질 못하는 건 노파심 때문일까. 연신 혀를 차면서 뉴스에 골몰하는 남편 옆에서 소동파 시집을 뒤적이다가 플라스틱 물바가지를 찾아들고 나는 말없이 집을 나왔다.

우리 거실에선 팔을 뻗기라도 하면 닿을 것만 같은 앞산으로 들어갔다. 세심천은 바로 산 초입에 있다. 바가지 반쯤 물을 받아들고 조심조심 걸어오는데 어느 틈에 바가지 안으로 열이레 달이 들어와 있다.

아니! 당신이 무슨 소동파라구! 그토록 열심히 듣던 뉴스도 나몰라라 하고, 남편이 반색을 하며 물바가지를 받는다.

나는 여자 '오베'로 살고 싶었다.
프레드릭 배크맨의 소설 주인공 오베처럼 검약하고 시계

처럼 정확하고 기계처럼 우직하게 살고 싶었다. 오베의 노년 모습은 궁상스럽지 않고 외려 당당해서 소설이 끝날 때까지 즐거웠다. 평생 아내 소냐를 통해서만 세상을 살아온 그는 졸지에 아내를 잃고 늙었다는 당찮은 이유로 퇴직을 당하는 억울함까지 겪은 오베는 더욱 완고히 세상과의 담을 쌓고 고독하게 살아간다. 거실 천정에 못을 박아 목을 매려고까지 별스럽게 외통수였던 오베였기에 이웃과의 새 관계를 맺어가며 간혀있던 자기 안에서 당당하게 세상으로 걸어 나오는 모습이 너무 뿌듯했다.

오베를 읽으면서 새삼스레 내 삶을 되돌아보았다. 그러나 여자 오베의 꿈은 접어야 할 것 같다. 그렇다고 그분을 원망하진 않겠다. 늦깎이로 시작한 소설 쓰기는 아직 접지 않았다.

남편이 끓여준 차를 천천히 음미하면서 내심 다짐을 한다.

비록 한 장씩이라도 매일 워드 작업을 계속하다 보면 손가락 신경이 조금씩 조금씩 살아날지도… 그런 희망을 소리 내어 말해 본다. 몇 개나 더 나이테가 늘어나야 할까는 모를 일이다.

6부

잊히지 않는 꿈 둘

사람이 하늘 아래서 아무리 수고한들 무슨 보람이 있으랴! 한 세대가 가면 또 한 세대가 오지만, 그 땅은 영원히 그대로이다. 떴다 지는 해는 다시 떴던 곳으로 숨 가삐 가고, 남쪽으로 불어갔다 북쪽으로 돌아오는 바람은 돌고 돌아 제자리로 돌아온다. 모든 강이 바다로 흘러드는데 바다는 넘치는 일이 없구나.

잊히지 않는 꿈 둘

꿈 하나

아직도 나는 꿈을 꾼다. 꿈을 꾸면서 잠꼬대까지 아주 심히게 해서 지방에서 열리는 문학세미나에 침석할 때나 여행을 다닐 때면 노상 룸메이트에게 미안하고 조심스럽다. 평생 룸메이트인 나의 남편은 세월 따라 면역이 생기기도 했겠지만 베개에 머리를 얹기만 하면 이내 코를 골아버리는 잠버릇 덕분에 나는 그나마 소박(?)만은 면할 수 있었다.

지금까지 내가 꾼 꿈들을 기억 속에서 모두 끄집어내어 한 꼭지씩 짤막한 시냅시스를 만들어 낼 수만 있다면 대단한 상상의 보고가 될 수 있지 않을까 하는 황당한 생각까지 들 정도로 나는 꿈쟁이다. 그 숱한 꿈 가운데서도 1963년과 1965년 겨울, 꿈속에서 보았던 레드 산드라와 콤팩트는 달콤함과 섬뜩함의 대명사처럼 늘 내 기억 안에 살아 있다.

연중 가장 을씨년스러운 십일 월의 어느 오후 나는 창이

그냥 있다

넓은 방에 앉아 해바라기를 즐기고 있었다. 장미 한 송이가 담긴 크리스털 꽃병은 잘 손질된 마호가니 다탁 위에 놓여 있고 꽃병 주위에 소복이 깔린 햇볕은 눈이 부시도록 화사했다. 나는 한껏 홍채를 좁힌 채 투명한 빛의 중심을 응시했다. 유리창에서 다탁까지 방추형으로 쏟아져 들어오는 햇살이 만든 빛기둥은 이 세상 것이 아닌 것같이 신비롭고 아름다웠다. 마치 밤하늘의 은하수처럼 유리빛기둥 안에서 부유하는 미세먼지가 온갖 색깔의 빛을 내며 어우러지는 소리 없는 춤사위 속에서 다탁 위 크리스털 꽃병에 꽂힌 장미의 빨강색이 어찌나 강렬한지 내 영혼은 차츰 혼미해졌다.

잠에서 깨어난 후에야 나는 꿈에서 보았던 장미꽃이 레드 산드라(Red Sandra)인 걸 어렵사리 기억해냈다. 그 꿈을 꾼 지가 햇수로만도 반세기 가까운 세월이 지난 지금까지도, 그 꽃의 눈부신 빨강색, 크리스털 꽃병, 빛기둥 안에서 부유하던 온갖 색깔의 미세먼지, 심지어 다탁 위에 그림자 지어 보이던 또 하나의 꽃병까지 생생하게 떠오를 정도로 아주 산뜻한 꿈이었다.

아니, 고백하자면 정작 내 기억의 실체는 꿈을 꾼 다음 날 밤, 막 떠나려고 부릉거리는 마지막 버스에 나를 태워주던 남자친구인지도 모르겠다.

"어젯밤 네가 보았다는 레드 산드라야!"

낡은 바바리 자락 안에서 꺼낸 장미 한 송이를 내밀며 친구는 마치 서툰 마술사가 묘기를 보여줄 때처럼 흥분한 모습이 역력했다. 나는 너무나 뜻밖이어서 포장지 안에서 수줍게 고개를 내민 레드 산드라보다 더 얼굴이 달아올랐다.

"그리구 이건 네 예쁜 꿈값이야!"

게다가 놀람과 기쁨으로 한껏 달떠서 장미를 받아든 내 뺨에다 어설프게 입술까지 찍어주며 속삭이던 남자친구의 기억은 내 젊은 날의 표상이다. 지금 그 사람 소식은 까마득해도 준비한 묘기를 마지막까지 열심히 보여준 서툰 마술사의 진심은 레드 산드리의 빨강색깔과 함께 또렷하게 내 안에 남아 있다. 가난이라는 말 자체가 젊음의 다른 표현이던 시절, 나를 집에까지 바래다주고 되돌아갈 차비가 모자라서 나만 막차에 태워 보내면서도 가볍게 웃으며 넘겨버릴 수도 있는 하루 밤의 꿈을 소중하게 여겨준 그 친구가 오늘밤엔 별스럽게 그립다.

사랑을 알기 시작한 내 인생의 봄이 장미꽃으로 피어나던 시절의 이야기.

'음치' '길치' '몸치' '방향치'가 있다면 나는 엄청난 '사람치'다. 한두 번 인사 나눈 사람을 몰라보는 일은 다반사고 이름과 사람을 일치시키는 일은 더욱 난제라서 상대에게 내가 먼저 이름을 묻는 일은 좀처럼 없다. 모모한 기업의 회장님이나 현역 장관의 이름도 엽렵하게 외우고 있는 이가 단 한 명도 없을 정도다. 여북하면 모 부처의 현역 장관인 고등학교 동기동창에게 '선생님은 누구신데?'라고 물었다가 그 장관을 에워싸고 있던 숱한 동창들로부터 날아드는 돌팔매를 납작해지도록 맞았을까.

버릇이란 게 그리 쉽게 고쳐지는 게 아니어서 지금도 나는 친구 남편의 직장이나 시댁에 대해 별로 아는 바가 없다. 그런 나였기에 그는 처음부터 그저 '그'였을 뿐이다. 그를 떠올릴 때면 네모 반듯하면서도 유머가 있는, 본데 있는 집안에서 잘 자란 청년이란 기억이 먼저 떠오른다. 공학도이면서도 피아노와 첼로를 자신의 삶과 함께 즐길 줄 아는 댄디보이기도 했다. 하느님을 어려워 할 줄 알고 말이 통하는, 마주하고 있으면 내 영혼이 말갛게 씻겨지면서 편안해지는 사람이었다. 그와 함께 했던 나의 일상은 모두가 시였고 노래였노라고 말하면 누구 사랑 한 번 안 해 본 사람 있는 줄 아느냐고 비아냥거릴 사람도 많겠지만 '그'를 아는 이들은 그 시절 나의 시가 아름다웠노라고 내 손을 들어주지 않을까.

꿈 둘

이 글을 쓰면서 곰곰이 생각해 봐도 왜 그랬었는지 이유를 모르겠다. 분명한 것은 꽤 여러 번, 아니 어쩌면 번번이 나는 S와의 약속시간에 늦곤 했다. 몇 번이나 팔목에다 시계를 그려주면서 늦지 말 것을 부탁하던 S의 진심이 이제 다 늙어서야 미안함으로 다가선다.

꿈속에서도 나는 몹시 마음이 콩닥거리며 바빴다.

구세군 종소리가 또 다른 별이 되어 어두운 밤하늘 높이 날아오르는 십이월의 끝자락. 거리는 저마다의 사연을 가득히 안은 사람들로 붐볐다. 나는 그 혼잡한 거리를 땀을 흘리며 열심히 걷고 있었다. S가 기다릴 시간을 단 5분이라도 줄일 수만 있다면 뛰고 싶고 날고도 싶었지만. 막상 거리 사정은 빨리 걷기조차 힘들 정도로 붐볐다. 차라리 내가 새였다면 날아갔으련만 하는 생각이 드는 어느 순간 갑자기 두 다리가 뻣뻣하게 경직되면서 기어이 쥐가 나고 말았다. 그래도 나는 걷기를 멈추진 않았다. 땀을 흘려가며 내 두 다리를 두 팔로 연신 콩콩 두드려가면서 열심히 걸었다.

겨우 약속한 찻집 앞에 도착했을 때 나는 비로소 큰 숨을 내쉬었다. 잠시 숨을 고르면서 급히 콤팩트를 꺼내 들었다. 비록 땀에 흠뻑 절었다고는 해도 그를 만날 열망에 한껏 빛날 내 눈동자을 확인하고픈 나의 기대는 새파랗게 녹이 슬어버린 거울 안에서 아무 것도 볼 수 없었다. 그동안, 희노애락의 수많은 내 얼굴을 언제든지 원할 때마다 보여주던 거울은, 새파랗게 녹이 쓸어 있었다. 땀에 젖었던 온 몸으로 오싹 소름이 돋는 섬뜩함에 나는 잠에서 홀연히 깨어났다.

나는 희부염한 창을 바라보며 하염없이 눈물을 훔쳤다.

　　　　　　　　　　　그냥 있다

그의 부재는 내 젊은 날은 물론 어른이 되어 늙어가는 지금까지도 아픔으로 남아 슬픈 노래로 흐르곤 한다.

예나제나 나는 그 어떤 경우에도 연속극의 주인공이 되고 싶지는 않다. S가 내로라 하는 댁의 '도련님'이란 걸 알았을 때 나는 얼른 'S'를 놓아버렸다. 오랜 세월 홀로 가슴앓이를 많이 했지만 S를 놓아주었기에 아직도 내로라하는 댁의 '도련님'이 아닌 아름다운 'S'로 내 안에 머물 수 있는 거라고 나는 믿는다.

바하를 사랑하면서도 '코리나 코리나' 리듬에 흥겹게 몸을 풀던 S, 기대는 기쁨이다에서부터 연인들이 배워야 할 덕목을 영화 'lovers must learn'으로 알려준 그, 무악재를 그랜드 캐년이라 하면서 나의 집을 찾아오던 S. 생애 처음으로 향수를 선물해준 S, 남산엘 가면 우리 이대 쪽을 향해서 정중한 목례를 보내고는 나 보곤 자기 대학 쪽으로 절하라고 옆구릴 쿡쿡 찌르던 개구쟁이 소년 같던 S, 어쩌다 둘이 자주 가던 찻집 앞을 지날라치면 여전히 S의 휘파람소리가 내 안에서 노래를 보낸다. He'll have to go, He'll have to go 라고.

아주 가끔씩 지면을 통해 S의 안부를 듣는다….

그럴 때마다 나는 S가 고맙다. 이 험한 세상을 튼실하게 잘 살아주는 S가 자랑스럽다.

바람이 불어오는 곳을 헤아릴 수 없듯이 사랑이 어디서부터 날아와서 내 가슴에 꽃을 피워내는지 나는 알지 못한다. 그럼에도 나는 여기까지 오면서 여러 사랑을 만나 노래하고 울음 울었다. 어느 사랑의 갈피를 들춰봐도 애틋하고 아름답다. 나이가 들어도 지나간 사랑이 치기어린 젊은 날의 객기라고 여겨본 적이 없다. 어떤 사랑이든 소중한 나의 삶의 한 소절이다. 사랑은 오직 하나라지만 늘 어느 쪽에서 다시 떠오를지 짐작할 수 없게 움직이는 무지개이기도 하다. 사랑은 미리가 아니고 가슴이다!

그냥 있다

첫 입맞춤

　피천득 선생의 「인연」을 통해 많은 사람들에게 '첫 사랑의 상징'으로 남아 있던 아사코의 얼굴이 공개되던 날 아침 남편은 화를 냈다. 이런 고얀 놈들이 있나! 남의 아름다운 추억마저 상품화시키다니! 그 기사를 읽으면서 오직 반갑기만 하던 나는 깜짝 놀랐고 그 TV 프로를 놓치지 말아야겠다는 나의 다짐이 무안했다.

　허긴 책갈피 속에서 납작해진 색 바랜 꽃잎이나 네잎클로버는 자칫 꺼내들기도 전에 허망하게 부서져버리기 십상이다. 그것을 채집해 책갈피 속에 갈무리했을 오래 전의 가슴 설렘과 신중함은 세월 속에 무감각해지고 조각난 이파리만 손바닥 위에서 나의 늙음을 말해주어 쓸쓸하게 하지 않던가. 노상 기억이 나고, 기억날 때마다 환호하고 애닳아 하지는 않아도 우리들 가슴 밑바닥에는 숫한 기억들이 쌓여 있기 마련이다. 마치 옛 우물 안에 더께 앉은 이끼처럼 말이다. 그러나 어쩌다 그 기억들 속에서 하나를 수면 밖으로 떠올려 보면 어느 새 색깔은 변해 있고 의식 안에서처럼 영롱하지 못하다. 그것이 언어가 가지고 있는 한

계인지 그걸 표현하는 나의 능력의 한계인지 나는 잘 모르겠다. 아마 둘 다 일 것이다.

나의 이화대학 시절은 두 개의 큰 축으로 나누어 생각할 수 있다. 가톨릭학생회와 이대학보사. 이 둘은 가난한 내게 학비를 보태주었고 너무 행복해서 밤잠을 설치고 입맛을 잃는 사랑도 알게 해주었을 뿐 아니라 의식의 첨단을 살고 있다는 자부심을 길러주었다. 물론 전부가 긍정적이었다는 말은 아니다. 학보사 일을 하면서 나는 새삼 기자로서의 나의 역부족을 절감해야 했고 주위에 똑 부러지게 능력을 갖춘 동료, 선배들을 질투와 선망으로 바라보게 했다. 그러면서 이 세상에는 태어날 때부터 걸출한 능력을 하느님으로부터 부여받은 사람이 분명히 있다는 걸 절감해야 했다.

제목은 기사의 얼굴이다. 급할 때는 제목만 읽고도 웬만한 내용을 유추할 수 있어야 한다. 그렇다고 너무 직설적이어서는 안 된다. 학보를 만들면서 우리들은 늘 기사의 제목 때문에 많은 고민을 했다. 어느 해 모 일간지에 사회면 기사로 혀가 잘린 청년 이야기가 실렸다. 싫다는 동네 처녀에게 강제로 키스를 하다가 혀를 깨물렸고 끊어지기까지 했단다. 청년은 끊긴 혀 조각을 주워 들고 삼십 리 길을 달려 읍내 병원까지 왔다고 기사는 전했다. 그 날, 우리는 이 기사의 제목을 우리라면 어떻게 뽑을 것인가를 놓고

그냥 있다

의논이 분분했다. 당시 그 기사를 실은 일간지의 제목과 우리들이 정한 제목은 정작 생각나지 않고 엉뚱하게도 '설왕설래(舌往舌來)하다 혀 잘려' 하면 어떨까 라고 한 지금의 한국일보 사장인 장명수 씨의 의견에 '설왕은 분명하지만 설래는 없었다. 설래가 있었다면 애초 이 사건은 일어나지조차 않았을 것이다.'라는 누군가의 반박에 박장대소했던 기억만은 아직도 생생하다.

여전히 이대 단골 사진사인 바둑이 아버지가 바둑이에게 발뒤꿈치를 물린 적이 있다. 이 기사도 우리를 많이 고민하게 했다. '바둑이 아버지 바둑이에게 물려' '바둑이에게 물린 바둑이 아버지' '기른 집 강아지에게 물린 주인' 등등. 이것도 어떤 결론이 났는지 기억나지 않고 시끌벅적했던 편집실 정황만 눈에 선하다.

뭐니 뭐니 해도 우리가 제일 고민했던 기사는 여름 초도리 캠프에서 일어났던 안구돌출(眼球突出) 사건이다. 당시 체육대학에 계시던 유 모 교수는 평소에도 익살이 뛰어난 분이셨다. 독문과 교수와 또 다른 한 분과 함께 휴가를 가신 유 교수는 어느 오후 모래밭에서 '다리털' 한 개를 사셨다. 털을 파신 분은 당신 종아리에 수북한 털을 빌미로 남성미를 한껏 과시하시던 가운데 '이 멋진 털을 한 개만 팔고 싶다'고 웃음엣소리를 하셨고 호기물실 유 교수는 호가대로 일금 일천 원(지금 돈으로 10만 원쯤 될까)을 내고 털 한 개를 선뜻 사셨다. 유 교수는 곧 털을 파신 교수의 종아리에 빨간 볼펜으로 방금 산 털 한 개의 둘레에 동그라미를 그려 넣으셨다. 당연히, 팔아버린 털은 그 당장에 뽑아 가려니 여겼던 원매자는 당황하고 말았다. 그러나 거래는 이미 끝이 났고, 애초에 사는 즉시 뽑아 가야한다는 단서도 없었기에 팔린 털은 여전히 당신 종아리에 붙어있으면서 수시로 새로운 주인에 의해 쓰다듬어지기도 하고 따끔하게 잡아당겨지기도 했다. 첫날은 그런 대로 참고 넘어갔다. 계속되는 고문에 원매자는 유 교수께 사정을 했다. 털을 물러달라고. 처음에는 원가대로 그리고 마침내는 손해배상까지 각오하겠다고 통사정을 했지만 유 교수는 막무가내였다. 유 교수는 틈만 나면 '아참, 내 털 잘 있나?' 하시면서 당신 몫의 털을 쓰다듬기도 하고 잡고 흔들어보기도 하는 일에 신명을 냈으며 행여 볼펜 자국이 희미해지면 다시 진하게 그려 넣는 일도 게을리 하지 않았다. 사건은 그런 어느 저녁에 터졌다. 다시 물러달라고 애소하는 원매자와 유유자적 당신의 털을 애무하는 유 교수를 바라보며 웃음을 참던 독문과 교수가 어느 순간 모래밭에 눈알을 빠뜨린 채 졸도하신 것이다. 40여 년 전 그것도 인적이 드문 바닷가에서 일어난 일이다. 워낙 빨리 손을 쓴 덕분에 시력을 되찾을 순 있었지만 유 교수의 놀람은 대단했다. 여북하면 다시는 누구를 웃기는 일 같은 건 하지 안겠노라고 결심까지 하셨을까. '아무개 교수 웃으시다 눈알 빠져' 이 가제(假題)는 유 교수의 딱한 입장을 감안했음에도 우리를 정말이지 눈알이 나올 만큼 웃기고 또 웃겨주었다.

이대 학보사와 서울대 학보사 공동주최로 팝가수를 초청한 적이 있다. 내 기억이 틀리지 않다면 앨 알버트라는 이름의 흑백이 섞인 그리 크지 않은 서양 남자였다. 공연은 이대 대강당에서 열렸다. 타교 남학생의 입장에서는 그냥 이화여자대학교 강당에 한 번 와보는 것만도 꿈에 그릴 일인데 외국 가수의 노래까지 들을 수 있으니 얼마나 신나는 복이었을까. 강당은 빈틈없이 사람들로 가득 찼고 공연은 관객의 열기와 가수의 열창으로 무르익어 갔다. 그의 히트곡인 'Three coins in a fountain'이 끝났을 때 나는 편집국장 언니의 엄명으로(?) 꽃다발을 들고 무대 위로 나갔다. 정작 노래를 부르는 알버트보다 내가 더 떨고 있었다. 눈부신 조명과 무대 아래서 빛나던 수천의 눈동자들. 나는 허청허청 걸어나가 그에게 꽃다발을 내밀었다. 꽃을 받아 안으면서 그 남자가 달콤한 목소리로 고맙다고 내게 인사를 했다. 나는 어정쩡하게 서서 미소를 지어 보이려고 애를 썼다. 그러나 긴장한 나의 안면근육은 잘 움직여주질 않았다. 내 웃는 얼굴이 가히 볼만했을 거라는 건 불문가지이다. 그런 어느 순간 나는 알버트가 'May I kiss her?'라고 내 어깨 넘어 누군가에게 묻는 소리를 꿈결처럼 들은 것 같았다. 그것이 무슨 뜻인 줄을 겨우 알아차렸을 때쯤 뜻밖에도 내 볼 위로 어름처럼 차갑고, 꽃잎처럼 부드러운 그의 입술이 내려앉았다. (나는 그 이후 그렇게 차갑고 그렇게 부드러운 입술을 다시는 만날 수 없었다) 어마뜩한 나는 한달음에 무대 뒤로 도망쳐 나왔다. 내 등뒤에서 강당이 터져 나갈 듯이 요란한 웃음소리가 쏟아져 나왔다. 내가 미처 상황 판단을 하기도 전에 내 뒤에 섰던 밴드 마스터 김순영 씨가 마음대로 고개를 끄덕여준 까닭에 나는 중인환시리에, 그리고 내가 사랑하던 남자 앞에서 엉뚱한 외간 남자의 첫 입맞춤을 받아야 했던 기억은 이 나이가 되어도 여전히 나를 미소짓게 한다.

그렇다고 내가 피천득 선생처럼 덕이 있는 사람도 아닌데 누가 알버트의 소식을 수소문해 줄 것이며 관객석에 앉아서 파안대소를 한 내가 사랑했던 그 남자를 찾아줄 것인가. 꿈을 깨고 늙은 내 남편에게 보이차나 한 잔 같이 마시지 않겠냐고 물어 봐야겠다.

태극기가 바람에 휘날린다

하루 종일 태극기가 바람에 휘날리는 창밖을 내다본다.

잠시도 쉬지 않고 불어대는 바람 속에서 아이들은 목이 쉬도록 소리를 지르며 놀고 있다. 혹은 정글짐을 타기도 하고 애써 기어 올라간 미끄럼틀 정상에서 땅바닥까지 궁둥이에 불이 나도록 한달음에 미끄러져 내리 닫기도 하고 모래 속에 손을 묻고 두꺼비집을 짓기도 하면서 피에 젖은 역사의 하루를 봄볕 속에서 마냥 즐기고들 있다.

귀청을 에는 아이들의 지저귐 속에 누워서도 한없이 고즈넉하기만 한 심사는 주변에 알만한 이들이 아무도 없기 때문이리라. 손 가까이 놓아둔 금강산 일정표를 다시 들여다본다. 고구려 역사 바로 세우기란 기치를 걸고 세미나를 떠난 소설가협회 식구들은 지금쯤은 고성항에서 북측 CIQ에 도착 통행검사를 끝내고 온정각의 온천욕을 즐기고들 있을 시간이다. 어떤 이유를 들어서도 홀로 남겨진다는 건 슬프다. 외롭다. 뼈 속까지 파고드는 것 같은 엄살이 새삼스럽게 의식 속을 파고든다.

펄럭이는 태극기 위로 시혜처럼 쏟아지는 햇살을 눈부셔

하다가 어느 순간 나는 이불을 걷어차고 일어나 앉았다. 횡횡 어지러운 머리를 가라앉히면서 투명한 햇살 속으로 먼 데 산정 위의 나무들을 바라본다. 며칠 전까지 만도 짐작도 못했던 푸르스름한 기운이 나무 언저리에 서리는 게 분명하게 감지되었다. 나는 이불을 둘둘 말아 안고 아파트 현관문을 열고 나갔다. 두 팔에 힘을 주어 이불을 털었다. 십여 일 저간에 늘어 붙어있던 감기 바이러스를 한 놈도 남김없이 털어내겠다는 생각에 골몰하여 어지러움도 잠시 잊어버렸다.

차가워진 이불을 가슴에 안고 들어오는 발길에 나도 모르게 힘이 들어갔다. 집 안에 창이란 창은 모두 열어젖혔다. 산정에서 흘러내린 음이온이 바람을 타고 집 안으로 뭉텅뭉텅 스며드는 게 숫제 눈에 보이는 것 같은 생각이 들었다. 나는 헝클어진 머리를 모자 속에 감추고 잠바를 걸쳤다.

따듯한 햇볕에 비해 바깥바람은 아직 차다.

십여 일 누워만 있던 다리가 볼품없이 휘청거렸지만 모자와 잠바 위로 내려앉는 햇살은 사랑스럽도록 따듯하고 보송보송했다. 나는 독일병정처럼 두 팔을 크게 앞뒤로 휘저으며 콧속으로 들어오는 바람을 가슴 가득 들여 마셨다. 기침이 사정없이 쏟아졌다. 안경 밑으로 눈물이 흘러내렸다. 젖은 볼을 바람이 차가운 손으로 쓸어주었다. 바람이 분다. 살아야겠다. 라고 노래한 이가 누구였더라? 쉘리였

그냥 있다

던가? 미처 정답을 찾아내기 전에 슈퍼마켓 앞에 다다랐다.

햇 미역, 돋나물, 애호박… 조선호박은 2000원인데 왜호박은 1000원이란다.

왜 이건 이렇게 비싸죠?

그건 조선호박이잖아요!

아직 그런 것도 모르느냔 핀잔의 눈초리를 받으며 조선호박을 골라든다. 오늘은 삼월 초하루니까! 생굴과 미더덕과 조갯살을 사들고 슈퍼를 나오는데 모퉁이 꽃집 유리창이 진달래꽃으로 눈부시다. 세상에! 나도 모르게 입 밖으로 튀어나온 탄성을 의식하지 못한 채 꽃집 앞에 한참을 서 있었다. 난 정말이지 이젠 그만 아플 거야! 감기쯤에 쓰러질 내가 아니야! 감기만이 아니라 어떤 병마도 나를 쓰러뜨릴 순 없어! 바람도 지나가지 않는데 다시 안경 밑으로 눈물이 흐른다. 아무도 모르게 홀로 아프다는 건 얼마나 쓸쓸한 일인가. 더군다나 그것이 나을 수 없는 몹쓸 병일 때 얼마나 난감하고 이제까지 이거다, 저거다 흰소릴 치며 살아왔던 자신이 무력해 보일지 당해보지 않은 이들은 상상할 수 없으리라! 내가 알지 못하는 곳에서 고통 받고 있을 이 세상의 숱한 난치 불치병환자들을 떠올리며 숙연해져서 새삼스럽게 잠바 깃을 여몄다.

남들처럼 빼앗긴 나라의 독립을 위해 모진 고문을 당한 것도 아닌 고작 감기 며칠 앓은 것을 빌미로 늘어지려 하다니 가증스러운 늙은이다. 나는 그야말로 '그림 속에 나오는 소년처럼' 시장가방을 거머쥐고 씩씩하게 발걸음을 떼어놓기 시작했다. 바람이 다시 불어와 모자를 벗겨버릴 듯이 기세가 등등하다. 바람이 분다. 살아야겠다! 아까 슈퍼마켓에 들어갈 때 놓쳐버렸던 시구를 또 떠올리며 이 말을 한 이가 누구였던가를 다시 골똘히 생각하며 나는 아파트의 언덕을 오르기 시작한다.

자존심과 열등감

열등감은 소망을 낳고 희망을 키우는 태아세포라고 말한
다면 너무 과장된 표현일까?

이 세상에 태어날 때부터 타고 난 자신의 성품이라든지
능력 같은 것에 불만, 혹은 열등감이 아예 없는 사람이 혹
시 있을까? 많고 적고의 차이는 있겠지만 나름대로 고민은
다 있을 것 같다. 남 보기에는 부러울 것이 없는 사람, 주
변의 모든 사람들로부터 선망의 대상인 사람조차도 그 마
음 그늘 어딘 가에는 혼자만이 감수하느라 고통스러운 열
등감이 반드시 도사리고 있을 것이라고 나는 짐작한다.

위로 오빠 둘에 언니 둘, 5남매의 막내로 태어난 나는 지
나치다 싶을 만큼 식구들의 과보호 속에서 자랐다. 아무리
기억을 짜내 보아도 중학교에 들어가기 전까진 집안에서
내 이름을 부르는 이가 없었던 것 같다. 막내 혹은 막내아
가씨로만 불려졌던 나는 모든 세상살이에서도 말하자면
치외법권을 유감없이 누렸다 해도 과언이 아니다.

초등학교 3학년 때 발발한 6·25의 그 험난한 세월 속에
서도 나의 과보호 막은 조금도 흠집 나지 않았고 오히려

피난지에서는 현지 아이들에게까지 깊은 관심을 받으며 시골생활을 즐길 수 있었다. 새로운 노래를 배워도, 무용을 해도, 학예회를 열어도, 군인아저씨들께 위문편지를 쓸 때도, 하다못해 국어책을 읽을 때도 언제나 그 맨 앞자리에 내가 있었다. 피난지에서 서울로 환도하여 초등학교를 졸업할 때까지 이 모든 것이 너무나 당연한 것으로 내게는 여겨졌다. 몸집도 적고 키도 적은 내가 반장을 해도 누구도 나를 흰 눈으로 보는 사람은 없었다. 전쟁으로 묵어서 나이 많은 아이들까지도 모두 나를 사랑하고 감싸주었다. 성적표는 펼쳐볼 필요도 없이 늘 맨 앞이 내 자리인 나는 티끌만한 걱정도 없이 이 나라에서 제일 좋다는 중학교에 입학원서를 냈다(그 때는 지금의 대학입시만큼이나 중학입시가 치열했다).

그리고 나는 중학교 입시에 보기 좋게 낙방을 했다.

난생 처음으로 마신 이 고배의 잔은 금계랍처럼 쓰고 오뉴월 더위에 시어버린 팥죽같이 시금털털했다. 예고도 없이 나를 기습해버린 내 삶의 큰 전환점 앞에서 나는 우두망찰했다. 당황함 뒤에 달려든 절망은 내 목을 바짝 조여 들어 와서 나는 제대로 숨을 쉬는 일조차도 힘에 겨웠다. 이 세상에 나보다 못난 사람은 없다는 말하자면 나는 한낱 벌레일 뿐이라는 생각이 나의 온 몸과 마음을 칭칭 동여매며 옥죄어 들어왔다. 나는 밑이 없는 캄캄한 혼돈 안에서 한없이 허우적거려야 했다.

그냥 있다

그나마 그때까지는 내 의지가 나를 통제할 수 있었다. 옷깃을 여미어 행여 허우적거리는 나의 속내가 겉으로 내비칠까봐서 내심 조바심을 쳤다. 나는 가족들로부터 자유롭고 싶었다. 만일 가족들에게 나의 실체가 드러난다면 설득, 위로, 격려라는 미명 아래 다시 그들의 착한 인형으로 돌아갈 것이 훤히 보였기 때문이었다.

그 와중에 어렵사리 중학교에 입학을 했다.

정작 끔찍한 일은 학교가 시작되면서부터 서서히 나타나기 시작했다. '새로운 나와의 만남' 나는 뜻밖에 맞닥뜨린 이 낯선 상황이 너무나 황당해서 인정할 수 없었지만 부정할 수도, 피할 수는 더더욱 없는 엄연한 나의 끔찍한 현실이었다.

무리에 섞여 있을 땐 말짱했다. 그러나 일단 자리에서 일어나서 대중을 상대로 무엇이든 자기 의사를 전달하려고 입을 열면 전혀 내 의지와는 상관없이 목소리가 떨려 나왔고 손은 차디 차지면서 바라보기가 딱할 정도로 달달 떨었다. 나는 이제 더 이상 아이들 앞에서 멋지게 억양을 넣으며 국어책을 읽지 못했다. 선생님께 지적을 당하면 다 아는 것도 목소리를 부들부들 떨며 간신히 대답을 했다. 언감생심, 남 앞에서 목청을 돋워 노래를 부른다는 일은 상상만으로도 지옥이었다. 나는 한없이 안으로안으로 곤두박질을 쳤다. 가능한 한 타인의 시선이 머무는 곳은 피해 다녔다. 가족들은 나의 그 엄청난 변화를 아무도 눈치 채지 못 했다. 그들 가운데 아무도 내가 그렇게 힘들게 중고 등학교를 마쳤으리라고는 상상도 못 했으리라.

이 끔찍한 증세는 대학을 들어가면서 조금씩 치유가 되었고 그 와중에 사랑을 알게 되면서 눈에 띄게 변해갔다. 나를 겹겹이 둘러싸고 있던 선입관의 벽이 없어진 때문이었을까? 어쨌거나 나는 기대했던 것 이상으로 대학생활을 즐겁고 보람차게 보낼 수 있었다. 가톨릭학생운동과 학보사의 기자생활은 메말랐던 내 영혼을 촉촉하게 적셔주었다. 그렇다고는 해도 여진히 타인의 시선이 집중되는 앞자리보다는 누구도 관심 가져주지 않는 뒷자리가 편했다.

나는 지금까지도 노래를 못 부른다. 온 국민의 가수화(歌手化)란 물결 속에 어우러져 살아야 하는 입장에선 대단히 불편한 장애를 가진 셈이다. 상처가 깊은 사람은 스쳐 지나가는 바람 한 줄기에도 영혼까지 욱신거리는 통증을 경험한다. 한 점의 의혹도 없는 상대방의 호의에도 잊어버렸던 상처에서 새삼스럽게 피를 흘리는 경우가 아직도 가끔 있다.

아이를 셋을 낳아 길러서 모두 출가를 시켰고 다시 손자 손녀를 여섯이나 품에 안은 할머니가 된 지금까지도 그때 일에 가위 눌리는 때가 더러 있다. 무엇이 나를 그렇게 고통스럽게 했을까? 열등감이었다. 만일 내게 열등감이 아닌 뜰뜰한 자존심이 확고하게 있었다면 그만한 일로 그토록 오랜 세월을 그 캄캄한 열등감 안에 갇혀서 몸부림을 쳤을까?

인생을 살아가면서 흔히 걸려서 넘어질 수 있는 하찮은 돌부리였을 뿐이라고 그 당장에 툭 툭 털고 일어섰어야 했다. 집안의 과보호 속에서 혼자 해결하는 습관을 갖지 못했고 항상 어른들의 칭찬 안에 갇혀서 어른들이 원하는 대로만 살아왔기에 자기 생각을 키워나간 경험이 없던 나는 실패한 자기를 인정할 용기가 없었던 거다. 타인은 물론 나 스스로에게까지도 은폐시키기에 급급했던 게 상처를 더욱 깊이 곪게 했던 이유였다는 걸 이 나이가 되어서야 비로소 깨닫는다.

허긴 내게 그 끔찍한 열등감이 없었다면 소설가가 되지 않았을지도 모르겠다. 생각대로 마음 먹은 대로 세상이 따라 와 주는데 또 다른 세상을 제 머리 속에서 꿈꿀 필요가 있었을까? 이만큼의 세월을 살아온 후에야 내가 뼈저리게 느끼는 것은 '인생이란 자기가 바라는 만큼 이뤄진다'는 아주 평범한 사실이다.

코헬렛을 읽는다

"주님, 병고를 겪고 있는 이 교우를 굽어 보시고, 그 얼굴에서 수난하시는 당신 성자의 모습을 보아주소서."

신부님을 향해 옆으로 누운 오빠가 한 마리 새우만 하다. 원래 그리 큰 키는 아니었지만 그렇다고 왜소한 체격도 아닌 오빠다. 십여 년이 넘는 세월을 병마와 싸우느라 몸은 줄어들고 또 잦아들어서 큰 침대 한쪽에 냉동 새우처럼 무기력하게 그냥 놓여 있다. 풋풋함은 고사하고 물기라고는 싹 빠져버린 마른 나무 같은 오빠는, 음습하고 후덥지근하기 짝이 없는 긴 장마 속에서 히터를 열고 한겨울 옷을 입고도 여전히 추위에 갇혀 얼굴 위로 소름이 오소소 돋아 있다.

허리를 낮추어 오빠의 이마 위에 성유를 발라주는 신부님의 손길 아래 두 눈을 감은 오빠의 얼굴이 조금은 경직된 듯 보인다. 평생을 댄디보이로 자기관리에 열심이면서 삶에 대한 의욕과 열정으로 힘차게 타오르던 눈을 꼭 닫은 채 오빠는 지금 병자성사를 받는 중이다.

주어진 삶을 즐기면서 멋지게 꽃피우고 그야말로 '폼 나게' 살아온 오빠! 나는 그 오빠의 경직된 얼굴에서 신부님이 기도하신 '수난하신 당신 성자의 모습'이 아닌 세속의 모든 것, 그리도 연연하던 당신의 목숨까지도 놓아버린 '단념'을 읽는다. 아니 어쩌면 내가 읽은 것의 실체는 대한민국 땅에서 태어나 대한민국 남자의 평균 수명까지 만이라도 세상에 살아있고 싶다는 간절한 소망을 끝내 허락받지 못한 것에 대한 너무나 인간적인 '원망'인지도 모르겠다. 지나치다 싶으리만치 섭생에 신경을 쓰고 내로라는 박사님들을 찾아다니며 병을 다스려 왔지만 그분께서 허락하시지 않는 생명시간을 뉘라서 단 십 분인들 늘일 수 있으랴!

결국 주어진 시한대로 이렇게 떠나고 마는 것을. 회한이 목을 누른다. 하긴 오빠가 원한 평균수명까지 조금 더 살아본들 무엇이 크게 달라지랴. 진작 각오를 하여 왔음에도 성가를 부르는 내 목소리가 자꾸만 젖어든다. 오남매가 자라 짝을 만나 열이 되더니 세월 따라 한 사람, 또 한 사람 불려가서 이제 오빠마저 가시면 내 바로 위의 언니와 나 그리고 오빠의 아내인 올케까지 단 세 명만이 달랑 남게 된다. 어린 시절처럼 '너희들은 아직 몰라도 돼!' 하면서 언니 오빠들만 오롯이 우리 곁을 떠나는 거냐고 억지떼라도 부리고 싶다.

오빠가 없는 처음 얼마 동안 우리 모두는 또 얼마나 서러운 나날을 보내야 할까! 살아남았다기보다는 사랑하는 사람이 우리만을 험한 세상에 내던져놓고 떠나버렸다는 스산한 배신감에 빠져 눈물에 젖어 살겠지. 하지만 그런 슬픔도 시간과 함께 마침내 잠들게 되고 우리는 다시 일상 속에 흡입되어, 벼린 칼날에 스친 듯한 지금의 아픔에서 풀려나게 되리라. 이따금씩 무심한 발길에 부서지는 한 잎 낙엽의 비명에, 눈 내리는 창가에서, 그분이 좋아했던 굴비가 놓여진 밥상 앞에서, 우연히 지나가는 행인의 뒷모습에서 불현듯 오빠를 떠올리고는 숨이 멎을 것 같은 그리움에 헐떡이는 날도 있겠지만 더 많은 날들은 마침내 무신하게 살아가게 되리라.

세월이 다시 흘러 나 또한 부르심 받아 오빠처럼 세상을 떠나게 되면 난들 세상에서 잊혀지지 않을 까닭이 없지 않는가. 그때까지 얼마쯤의 시간이 남았는가는 관계없다. 다만, 남겨진 시간 동안만이라도 늙은 고집쟁이로 살지 말고 노년이 풍기는 지혜가 주위를 아름다운 세상으로 만들 수 있는 그런 할머니이기를 오직 기도드릴 뿐이다. 병자성사가 영광송으로 끝날 즈음에야 경직된 오빠의 얼굴로 평화로움이 햇살처럼 퍼져나간다.

헛되고 헛되다. 세상만사 헛되다.

사람이 하늘 아래서 아무리 수고한들 무슨 보람이 있으랴! 한 세대가 가면 또 한 세대가 오지만, 그 땅은 영원히 그대로이다. 떴다 지는 해는 다시 떴던 곳으로 숨 가쁘 가고, 남쪽으로 불어갔다 북쪽으로 돌아오는 바람은 돌고 돌아 제자리로 돌아온다. 모든 강이 바다로 흘러드는데 바다는 넘치는 일이 없구나. 강물은 떠났던 곳으로 돌아가서 다시 흘러내리는 것을.

접시를 깰 수 있는 사람

마르타야, 마르타야! 너는 많은 일을 염려하고 걱정하는구나.
그러나 필요한 것은 한 가지 뿐이다. 마리아는 좋은 몫을 선택
하였다. 그것을 빼앗아서는 안 된다. — 루가 10:41-42

성경을 읽다보면 우리네 상식으로는 쉽게 납득되지 않는
대목이 한두 군데가 아니다. 특히 루가복음의 이 구절은
늘 읽을 때마다 '억울함'으로 기억된다.

나는 자타가 인정하는 밥순이다. 식구들의 세 끼 밥을 챙
기는 일에 목숨을 걸었다고(?) 할 만큼 평생을 상당히 심각
하게 이 일에 열심했다. 모든 보통 주부들이 그렇듯 나 또
한 아침 다섯 시에 눈을 떠도 도저히 아침기도 드릴 고요
함을 누릴 수 없다. 아이들이 모두 분가해 나간 뒤론 딱히
서둘러 출근할 일도 없건만 불도 제대로 밝히지 않은 어둑
신한 부엌에서 진작부터 아침상을 준비하는 시어머니의
분주함을 도저히 나 몰라라 할 수 없어 항복하는 마음으로
잠에서 깨는 대로 곧장 부엌으로 나가는 나다. 어찌 나쁜
일까!

그냥 있다

이 사회에서 버팀목으로 한 자리를 잡고 있는 어엿한 가장과 한창 자라나는 아이들을 위한 아침준비를 해야 하는 젊은 엄마들까지도 결국 '마르타'일 수밖에 없음을 예수님이 모르실 수는 없을 터인데 왜 마리아만 두둔하시는 걸까. 막상 세상의 모든 여자가 마리아가 택한 몫을 차지한다면 우리네 일상은 얼마나 혼란스러워질까. 한 가정을 이끌어가는 좋은 주부라면 자연히 많은 일을 염려하고 걱정할 수밖에 없을 터인데도 그걸 나무라시는 예수님이 나는 또 고깝기만 했다.

소위 앞서간다는 사람들은 설겆이 할 때는 설겆이만 하고 화장실에 들어가선 생리적인 일만 처리하라고 말들 한다. 이 말은, 처음 들었을 때 내게도 아주 신선한 느낌으로 다가왔다. 그러나 세상사를 몫몫으로 구분지어 살아오지 못한 나 같은 사람에겐 강물처럼 도도히 흐르는 사고를 도막내는 일이 여간 어려운 일이 아니다.

"너무 여러 가지 일에 신경을 쓰다보면 정작 가장 중요한 것을 찾지 못할지도 모른다. 또한 너무 완벽하면 하느님께서 동참하실 틈이 없어져버릴 수도 있다." 분명 옳은 말씀이다. 인정하면서도 호기물실 나는 또 예수님께 대든다. 하다못해 앞집 아줌마가 건너와서 차를 한 잔 마신다 해도 신경이 쓰이는 게 대접하는 이의 심정인데 '예수님'을 집으로 모신 맏언니 마르타가 자기가 만들 수 있는 제일 좋은 음식으로 가장 우아하게 모시고 싶어 긴장한 것은

'인지상정'이 아니겠냐고!

언제부턴가 예수님께 쫑쫑 대드는 게 습관이 들어버린 내 영혼 위로 지난 주 엄청난 소나기가 쏟아졌다. 미처 비를 그을 새도 없이 흠씬 젖어서 주저 앉아버린 내 영혼 위로 뜻밖의 봄날 돋아나는 새 순보다 더 싱그러운 말씀이 들려왔다. 이 참에 비 맞은 것을 핑계 삼아 그만 주저앉아 버리고 말아버릴까 하고 호시탐탐 그분으로부터 달아나려고만 했던 내 속 좁은 영악함은 물론 당장에 움츠러들고 말았다. 그러면서 나는 나를 제외한 많은 마르타들의 현명한 세상살이에 눈을 뜰 수 있었다.

세상의 모든 마르타들은 예수님 말씀에 순종한다. 꼬부장한 나와는 달리 예수님의 나무람을 듣는 순간 세속의 여러 욕망 가운데 좋은 몫 한 가지만을 선택하면서 망설임 없이 '삶의 우선순위'를 바꾸어 놓는다. 참된 가르침에 혼미했던 이성이 깨어난 것이다. 세상의 모든 마르타들은 아침마다 '오늘 주님께서 제게 원하시는 일은 무엇인가?'를 묻고 그 말씀 그대로 살아가는 일을 삶의 첫자리에 놓는다. 그러면서도 마리아와는 달리 육신을 대접하는 부엌일도 물론 전과 똑 같이 성심껏 열심히 한다. 홀로 골방에 숨어들어 하느님과 독대하여 올리는 기도는 그 기도대로, 음식을 만들면서, 그릇을 씻으면서, 야채를 다듬고 씻으면서, 밥을 안치면서, 청소를 하면서 쉼 없는 하느님과의 대화를 이어가는 '화살기도'까지 온 몸과 마음을 다해 드린다.

　때로는 쥐고 있던 접시를 떨어뜨리기도 한다. 접시는 한 순간에 산산 조각이 나버린다. 그러나 깨진 것은 접시일 뿐이다. 세상의 모든 마르타들의 하느님을 향한 사랑은 변함없이 건재하고 기도 또한 뜨겁기만 하다. 가장 중요한 것은 '하느님의 뜻'을 따르려는 마음씀씀이다. '이렇게 저렇게 하고 싶다'며 오로지 자기가 세운 계획을 이루기 위한 분주함은 참으로 쓰잘 데 없는 일이라는 걸 새삼스럽게 인정한 세상의 모든 마루타 안에는 '기도하는 마리아'가 동거하고 있다. 기도하며 살림하는 마르타가 아니라면 누구에겐들 접시를 깨뜨릴 기회가 주어지기나 할까.

보시니 참 좋았다

지난 3월말 내가 사는 지역 문인회의 산악회에서 시산제 (始山祭)를 지냈다.

젯상은 도봉산의 녹야원 쪽 산사락, 주인 모르는 묘지 아래로 제법 널찍하게 트인 볕바른 자리에 차려졌다. 제단 중앙에 자리 잡은 돼지머리는 시퍼런 지폐를 입 가득 문 채 잠이 든 척 실눈을 즈려 감고 있다. 하늘을 향해 나팔처럼 열린 코를 벌름거리며 금방이라도 호탕한 웃음소리를 쏟아놓을 것만 같아서 우리는 절을 올리면서도 말 없는 돼지의 익살에 그만 터져 나오려는 웃음을 참느라고 애를 먹었다.

정오가 지나면서 볕은 점점 두터워져 아침나절까지만 해도 입을 꼭 다물고 있던 진달래가 제를 마치고 참석자들이 퇴주(退酒)를 나누어 음복을 할 때쯤에는 수줍은 듯 나무마다 두어 송이씩 분홍빛 꽃봉오리를 열기 시작했다.

"이 여린 꽃들도 해마다 이맘때면 이렇게 새 얼굴로 새롭게 피어나는데 어찌 만물의 영장이라면서 사람은 한 번 목숨 끊어지면 그것뿐! 더는 얼굴 한 번 보여주질 않는 걸

그냥 있다

까? 매정한 게 죽음이구나!"

진달래꽃잎에 온통 마음을 빼앗기고 있던 나는 환청처럼 홀연히 들려오는 친정 엄마 음성에 눈을 들어 하늘을 올려다보았다. 아직도 아침 안개를 다 걷어내지 못한 하늘은 이른 봄날 특유의 나른함을 구름처럼 안고 있다. 그 밑으로 밀집한 나무들 머리 위로 알 듯 모를 듯 한 연두색이 모여 아른거린다. 머지않아 활짝 열릴 봄을 음미하며 내 의식은 사십 년 저쪽의 빛바랜 기억 속에 잠시 머문다. 중풍으로 와병중인 당신을 혼자 놔두고 먼저 떠나신 아버지께 대한 원망과 그리움의 탄식을 하던 엄마가 떠난 지도 까마득하다. 그곳에서 엄마도 이제쯤은 확실히 아셨을 거다. 해마다 봄이면 새로 피어나는 나뭇잎이나 꽃잎처럼 비록 한 번 이 세상을 떠나가신 후에는 우리 앞에 단 한 번도 나타나지 못하셨지만, 그렇다고 해서 죽음이 결코 끝이 아니었음을 깨달으셨으리라. 여섯 번째 날이었던가.

"하느님께서는 이렇게 당신의 모습으로 사람을 창조하셨다. 하느님의 모습으로 사람을 창조하시되 남자와 여자로 그들을 창조하셨다." 하느님께서는 그들에게 복을 내리며 말씀하셨다. "자식을 많이 낳고 번성하여 땅을 가득 채우고 지배하여라. 그리고 바다의 물고기와 하늘의 새와 땅을 기어 다니는 온갖 생물을 다스려라." 하느님께서 말씀하시기를 "이제 내가 온 땅 위에서 씨를 맺는 모든 풀과 씨 있는 모든 과일나무를 너희에게 준다. 이것이 너희의 양식

이 될 것이다" —창세1,27-29

올 들어 창세기를 다시 처음부터 꼼꼼히 읽고 있다.

"한 처음에 하느님께서 하늘과 땅을 창조하셨다"로 시작된 1장은 "하느님께서 보시니 손수 만드신 모든 것이 참 좋았다. 저녁이 되고 아침이 되니 엿샛날이 지났다"로 끝을 맺고 있다.

나이 탓일까. 전에는 이 구절 안에 든 모든 내용들이 너무 단순하게만 여겨져서 동화를 읽는 것 같은 무료함으로 하품을 씹기 십상이었는데 이번에는 달랐다. 인간이 어디서나 뼈저리게 겪는 고단한 실존 상황 곧 삶과 죽음, 노동, 출산의 고통 등이 시작된 경위를 현재진행형의 이야기로 풀어나간 창세기가 구절마다 새삼 마음을 두드린다.

무엇보다도 막연하게 지니고 있던 '창세기 하느님'에 대한 두려움 대신 오히려 '자식을 많이 낳고 번성하여 땅을 가득 채우고 지배하여라'고 하신 하느님의 축복으로 우리네 삶이 시작되었음을 알게 된 일은 너무 뿌듯하다.

나는 곧 봄을 지나 여름으로 무성해갈 숲을 바라보았다. 축복으로 시작된 삶에 감사함은 물론 축복과 함께 받은 사명도 힘껏 완수할 일이 아닐까. 당신이 창조하신 세상을 바라보며 '보시니 참 좋았다'고 하신 하느님의 만족하심이 두고두고 유효하도록 이 세상을 풍요롭게 가꾸어 나가야 할 숙제가 바로 이 시대를 살고 있는 우리들이 해야 할 일이라는 말이다.

그냥 있다

이제 막 피기 시작하는 진달래 꽃잎처럼 내 의식 안에서 활짝 열리는 각오를, 몇 잔의 음복으로 한껏 기분이 풀린 시산제 참가자들이 시끌짝하게 흥을 돋우고 있는 곁에서 두 눈을 크게 뜨고 나는 지켜보았다.

내가 만난 바깥세상

—러시아·일본 여행기

어쩌면 이제부터의 빛은 나를 반사하면서 떠오르는 어떤 것, 내가 만들어 내는 반영이라든가 고유한 색깔 같은 것을 통해서만 볼 수 있던 지금까지의 빛과 달리 나를 비추고 있는, 이 표현이 적절치 못하다면 내 위에 머물고 있는 빛 자체를 볼 수 있게 되지 않을까. 말하자면 빛과 내가 같은 공간 안에서 별개의 실존일 수 있다는 말이다.

머리 깎인 삼손의 나라

— 러시아 여행

절대 단절의 도시 모스크바 입성

1992년 7월 23일 P.M.4:50. 우리는 비상한다. 고철더미처럼 우직스레 버티고만 있던 소련 항공 SU 600B편. 늦어도 왜 늦어진다는 안내방송 한 마디 없이 4시에 떠나겠다던 애초의 약속을 아무렇지도 않게 어겨놓고는 이제야 함성을 내지르며 시간의 돌쩌귀를 돌린다.

날개 아래 펼쳐지는 김포평야의 초록색 들판이 환상적이다. 러시아! 그 절대단절의 나라를 향해 나의 낡은 비행기는 지금 비상하고 있다. 무거운 날개를 퍼덕이며 김포의 들녘을 넘어 구름바다 속으로. 햇빛은 구름 위에서 더욱 눈부시게 빛나고, 구름은 바다를 이루다가 기어이 구름보라를 친다. 거대한 러시아의 머리통이 그 소용돌이 안에서 자맥질을 하고 있다.

세레메티에보 제2공항. 한 시간여의 시끌벅적한 공항 수속을 마치고 그새 저녁 어스름이 내린 거리로 나오니 쌍용 간판이 손을 크게 흔든다. 공항 안에서 무더기로 몰려 서 있는 삼성 카터를 만났을 때만큼이나 반갑다. 그 뒤로

그냥 있다

'WELCOME TO MOSCOW!'란 대형 간판이 보인다. 가슴이 후루룩 떨린다.

아! 마침내 이 절대 단절의 도시로만 간주해왔던 모스크바로 입성했구나. 누를 길 없는 감회가 치솟는다.

평화의 거리, 베덴하 옆에 자리한 Moscow호텔에 하룻밤 여정을 푼다. 1980년 모스크바 올림픽을 위해 프랑스와의 합작으로 지은 이 호텔은 26층이나 되는 대형으로 객실만도 1,767개나 된다.

각 층마다 밤샘하는 데스크가 있어 객실 손님들의 드나듦을 일일이 살핀다. 소위 일급 호텔이라고는 하지만 어수선한 분위기에다 청결한 느낌은 그다지 없다. 객실엔 먼지 묻은 빈 유리컵만 놓여있을 뿐 갈증난 목을 축일 물 한 모금이 준비되어 있지 않았고 서격대는 비누와 낡은 수건이 이 나라의 물자난을 잘 말해주고 있다.

창가에 서니 소련 최고의 박람회장인 베덴하 입구 왼편으로 티탄으로 만든 오벨리스크가 우뚝 솟아있다. 높이 25m 오벨리스크 끝자락에는 로켓이, 세계 최초로 인공위성을 쏘아올린 소련인의 자부심으로 위용을 부리며 달려있다. 망치와 곡괭이를 든 노동자와 여성 집단 농장원의 조상이 맞은편에서 자랑스레 그 로켓을 올려다보고 있다.

중세의 옷을 입은 문학과 예술의 도시, 페테르스부르크 7월 24일. 5시 30분 모닝콜, 6시 30분 호텔을 나와 세레메티에보 제1공항으로 떠난다.

모스크바 관광에 앞서 페테르스부르크를 먼저 둘러보기 위함이다. 280년 전, 스웨덴의 침입을 막기 위해 표트르 1세가 북국의 습지대의 한낱 작은 마을이었던 네바 강 하구의 땅을 요새화했다는 페테르스부르크. 역사의 소용돌이 굽이굽이마다 불려지는 이름도 이렇게 저렇게 바뀌어왔다. 74년 동안이나 공산주의 산실(産室)로 알려져 온 레니그라드에서 그 옛날의 페테르스부르크로 돌아온 것은 1991년에 있었던 국민투표에 의해서다.

해마다 5월이 되면 오이 냄새를 풍기는 물고기, 시샤모가 어찌나 많이 올라오는지 강으로부터 오이 냄새가 올라온다는 네바 강을 끼고 페테르스부르크는 온 도시가 박물관이고 기념관이다. 그 엄청난 열병 사회주의를 앓고 났어도 너무나 감사한 일은 숱한 문화재의 안전이다.

우리는 먼저 푸쉬킨 광장으로 나갔다.

네바 강이 제일 넓은 폭으로 흐른다는 이 광장엔 각종 조각을 업고 안고 선 옛 등대가 이색적이다. 갓 결혼한 신랑 신부가 이 로스트랄 등대(뱃머리) 앞에 서서 기념사진을 찍고 있다. 강바람에 눈부시게 휘날리는 신부의 하얀 드레스 자락을 새신랑이 잡아주며 파안대소 한다. 때마침 지나가는 살수차 뒤로 무지개가 피어난다. 그러나 우리들의 환호성은 조금 빨랐다. 무지개와 함께 느닷없이 광장을 그득하게 채우는 우리 애국가의 선율, 놀라 돌아보니 거리의 악사들인 집시들이 용케도 우리 국적을 알아보고 아양을 떠

그냥 있다

는 중이었다.

지나친 선심은 만용입니다. 이 녀석들 까레스키들이 달러 잘 쓰는 기분파라는 거 익히 알고서 수작 부리는 거예요.

성 이사크 성당은 한 마디로 성화(聖畵)의 전당이다. 성당 전체가 성서이야기요 성인들의 초상화로 그득하여, 만일 내가 죽어서 천당엘 간다해도 이렇게 많은 성인들을 이렇게 한꺼번에 만나질 수 있을까 의심스러울 정도다. 특히 모자이크로 된 최후의 심판은 저 웅장한 금빛의 둥근 지붕과 함께 쉽게 잊어버릴 수 없는 감동을 가슴이 뻐근하도록 준다. 성당 한 채를 짓는데 물경 40년이란 시간과 공력을 투자할 줄 아는 이 민족은 확실히 뼈대가 있는 민족임에 틀림없으리라.

그러나 믿을 수 없는 것은 사람의 마음이라던가. 나폴레온 전쟁의 승리를 기념하기 위하여 세운 카잔 성당은 너무나 어울리지 않게도 무신론 박물관이 되어버렸다. 성당과 무신론. 이 멀고도 가까운 명제는 내게 두통을 가져온다.

표트르 대제의 동상, 청동의 기사는 세운 지 2백 년이 넘은 지금도 그 기상이 여전히 용맹스러워 이제라도 비호같이 내닫을 것만 같은 자세로 앞발을 높이 치켜든 청마 위에서 위엄이 풀풀 베어 나온다. 에카테리나 2세는 자신의 젊은 연인에게 궁전을 한 채 하사할 만큼 열정적인가 하면

이 같은 동상을 세워 자기야말로 표트르 황제의 확실한 후계자임을 과시하며 황제의 권위를 만끽할 줄도 아는 대단한 여제(女帝)이었다. 청동의 기사가 서 있는 바로 이 광장에서 러시아의 귀족 청년들은 우리네 4·19의거를 벌렸단다. 1825년 12월. 전제정치와 농노제도를 반대하는 혁명을. 이 혁명이 있은 후부터 사람들은 이곳을 데카브리스트 광장(12월에 혁명을 일으킨 사람들)이라 부르기 시작했다. 어느 나라 어느 시대건 이런 푸르고 싱싱하고 건강한 젊은이들이 있기에 아무리 힘든 여건 아래서도 희망 또한 반드시 있으리라.

예술의 광장에서 만난 푸쉬킨은 나직이 읊조린다. '생활이 그대를 속이더라도 결코 슬퍼하거나 좌절해서는 안 된다'고. 온갖 꽃과 나무로 어우러진 공원 그늘에서 아픈 다리를 쉬며 선뜩한 예감에 가슴이 갑자기 떨린다. 러시아의 잘린 머리카락은 반듯이 서서히 자라리라는 두려운 예감이. 러시아 박물관, 말리 오페라 극장, 국립 필 하모니, 뮤지컬 코미디 극장이 푸쉬킨 동상 앞으로 나란히 자리하고 서서는 보이지 않게 조금씩 크고 있는 러시아의 머리칼에게 영양분을 보내주고 있는 걸 느낄 수가 있었다. 무성한 수목과 꽃들도 수액을 뿜어내고 있었다.

푸쉬킨은 여전히 살아있다

세계적인 미의 궁전 에르미타주(92.7.25). 새벽까지 깨어

그냥 있다

있었음에도 머리속이 말갛다. 바다 발틱해를 혼자 버려두고 차마 잠들 수가 없어 우리는 새벽이 오도록 모래 속에 두 발을 감추고(발틱해의 무지막지한 모기의 공격으로부터 살아남기 위해) 바다와 함께 노래하며 밤을 지새웠다.

바람이 잔 바다는 지순했고 아직 끝나지 않은 백야현상으로 흐끄무리한 여명 속에 밤이 새도록 깨어 있었다. 지나가던 집시 한 명까지 합류하여 우리는 꽤 많은 노랠 불렀는데 놀라운 것은 이 철의 장막 안에 갇혀 살던 집시와 우리들 사이에 상당한 부분의 문화적인 공감대를 발견할 수 있었다는 점이다. 특히 우리들 가운데 누군가가 스텐카 라진(Stenka Razine)을 불렀을 때는 기타를 치는 집시의 손끝이 열정과 흥분으로 몹시 떨고 있는 것을 역력히 알 수 있었다. 오! 짧은 인생 속에서 꽃 피워진 긴 예술이여!

네바 강을 건너 곧바로 에르미타주로 들어선다.

역대 황제의 거처였던 겨울 궁전과 에르미타주의 4개 건물은 전부 긴 복도로 이어졌다.

알토란 같은 진품만 모아놓은 전시실만도 1,050개나 된다. 소장하고 있는 작품 한 점 관람하는데 단 일 분씩만 할애한다고 해도 약 250만 점에 달하는 모든 컬렉션을 돌아보는 데만 물경 5년이란 시간이 필요하다면 더는 이 미술관을 설명할 말이 필요 없으리라.

미술관으로 쓰고 있는 궁전 안팎의 장식만 보아도 로마

노프 왕조의 나는 새도 마음만 먹으면 떨어뜨릴 수 있었던 권세와 호화롭기 그지없는 생활을 한 눈에 알아차릴 수 있는 박물관적 건물인데, 그 위에 이름만 들어도 저절로 어지럼증이 솟을 만큼의 회화 조각 발굴품 전리품의 어마어마한 소장품까지 철저하게 간수하고 있으니 그야말로 양수겹장이 아닐 수 없다.

외국 대사의 선물을 전해 받곤 했다는 대사의 계단을 지나 장군의 방으로 오른다. 고전주의 양식으로 꾸며진 엄숙한 분위기기 피부에 와 닿는다. 에르미타주 안에서 제일 크다는 샨데리아가 아름드리 인공대리석 위에서 찬란하게 빛난다. 1812년 나폴레옹과의 승전기념으로 만들어졌다는 위용이 대단하다.

작은 왕좌의 방이라 불리는 피터 대제의 방엔 왕좌의 주인인 피터 대제는 단 한 번도 앉아보지 못한 왕좌가 분결 같은 빌로도로 장식되어 있다. 이 왕좌는 피터 대제가 돌아간 지 8년이나 지난 1933년 성 이삭 성당을 지은 몽페라가 대제를 그리고 기념하기 위해 10년이나 걸려 만든 옥좌다. 뼈라도 녹일 수 있는 충성심이었는지 하늘이라도 찌를 수 있는 왕권이었는지는 판가름이 잘 서지 않았지만 분명한 것은 걸작품이라는 거다.

각 현의 문장을 한자리에 앉혀놓은 문장의 방을 지나 초상화의 방으로 간다. 이름도 다 기억할 수 없는 전쟁의 영웅들이 우르르 몰려나와 나를 둘러싼다. 그러나 유독 교만

그냥 있다

한 자세로 나를 내려다보고 있는 여인이 한 명 있다. 톡 튀어나온 이마가 그녀의 영특함을 말해준다. 얼굴 가득히 미소를 머금고 있기는 하나 조금도 만만치가 않다. 오히려 권력과 영예 그리고 사랑까지도 그 한 손에 거머쥐고 34년 동안 온 나라를 마음대로 뒤흔들던 여장부의 기개가 풀풀 배어나온다.

눈물의 분수가 4개나 있는 작은 에르미타주엔 수제품인 스물여덟 개의 샨데리아가 갖가지 색깔로 현란하기 그지없다. 우랄산맥의 특산품인 말라카이트로 만든 장식품이 하도 커서 보석이란 생각을 잠시 잊어버리게 된다.

레오날드 다빈치의 꽃을 든 성모와 리타의 성모 앞에는 관광객들이 물러설 줄을 모르고 넋을 잃고들 서 있다.

라파엘의 성 가족은 허리 구부린 소년이란 미완성 작품과 나란히 걸려있고, 루벤스의 십자가에서 내린 예수에서 울먹해진 심사는 딸의 젖으로 생명을 지탱한 감옥의 아버지에선 침통해진다. 마침내 렘브란트의 돌아온 탕자 앞에선 눈시울이 뜨거워져 설명할 수 없는 눈물로 목이 멘다.

벽에 걸린 타페스트리의 영원한 보전을 위해 일체의 햇빛을 차단시킨 어두운 복도를 지나 흰 식당으로 들어서니 2시 10분에 멈춰 선 벽시계가 흥분해서 방방 뛰는 내 가슴에서 천둥소릴 낸다. 불가능이 없던 권세의 닻을 내린 시각. 1917년 3월. 식사시간이면 모차르트의 음악이 흘러나오곤 하는 샨데리아 불빛 아래서 행복에 겨운 식사를 하던 리콜라이 2세가 들이닥친 혁명군 앞에서 쏟아놓은 절규가 금방이라도 들리는 듯해서 서둘러 그 방을 빠져나온다. 마침내는 시베리아 유형지에서 총살을 당했던 로마노프 왕조의 마지막 황제의 최후를 다시 한 번 찬찬히 들으며 시들지 않는 꽃이 없고 십 년 가는 권세도 없단 옛말을 아니 떠올릴 수가 없었다.

그러면서 나는 배운다.

그 혁명이 일어나기까지 로마노프 왕가를 향한 백성의 분노와 불만이 오죽했으련만 아무 것도 파괴하시 않고 잘 보전하여 여전히 가난한 가운데서도 빛나는 역사로 간직한 채 누구도 감히 함부로 대우할 수 없는 긍지심으로 살아가고 있는 이들이 경이롭다.

푸쉬킨, 도스토예프스키, 차이코프스키가 여전히 살아있는 도시 에르미타주의 손을 놓고 거리로 나오니 벤치에 한가로이 앉아있는 연인들의 다리로 햇살이 살갑게 휘감겨 든다. 오늘은 토요일. 주말농장으로 시민들이 빠져나간 거리는 더없이 한갓지다. 분명코 우리보다는 남루한 옷을 걸쳤고 초라한 음식을 먹으며 살고 있음에도 이 사람들의 얼굴엔 평화가 있고 여유가 있다. 도시 무엇이 이네들을 이렇게 뜰뜰하게 지탱해 주고 있는 걸까.

이곳에 와서 새삼스럽게 발견한 것은 이네들은 어디에 가든 거기에 푸쉬킨이 자리하고 있다는 사실이다. 푸쉬킨 광장이 있고 푸쉬킨 거리가 있고 푸쉬킨 동상이 있고 그것도 모자라서 푸쉬킨 기념관이 있다.

평생 제집 한 칸이 없이 산 푸쉬킨. 지금의 기념관도 그가 죽기 약 4개월간 살다 간 전세집이다.

그러나 푸쉬킨은 죽어 155년이 지난 지금도 러시아 전부를 자기 집으로 여기면서 여전히 거리마다 살아있다.

그의 피아노 왼쪽 옆에 놓인 투르게네프 초상화는 두 사람의 깊었던 우의를 잘 보여준다. 데스마스크와 같이 유리장 안에 보관된 머리카락 한 줌도 투르게네프 생전에는 투르게네프 자신이 간직하고 있었던 거라는 것.

생전에 푸쉬킨은 미신을 잘 믿었단다. 흰 사람 손에 죽을 거라는 자신의 죽음에 관한 미신도 어찌 보면 잘 맞은 예언이었는지도 모른다. 열 나라 말을 할 줄 아는 재원이었는가 하면 그림에도 굉장한 소질을 타고 났다. 실지로 그가 그린 아이들의 그림이 그의 방 벽에 아직도 걸려 있다. 그럼에도 불구하고 부인의 초상화는 단 한 점도 그리지 못했는데 그건 아무리 해도 그가 아내의 분위기를 그려낼 수 없었기 때문이었다고 전해진다.

그가 남기고 간 유산은 많은 빚과 불후의 명작들. 빚은 당시의 황제가 갚아주었고 불후의 명작들은 여전히 쉬지 않고 러시아 도처에서 사랑 받으며 읽혀지고 상연되어지고 있다. 다른 또 하나의 더 큰 유산은 그의 서재의 빼곡하게 들어찬 장서와 그 안에서 농축시킨 그의 삶을 향한 밝

　　　　　　　　　　　　　　　　7부 내가 만난 바깥 세상

고 굳은 의지다. 이 의지는 푸쉬킨을 사랑하고 있는 모든 러시아인들의 정신의 지주이기도 하다.

알렉산드르 네프스키 대수도원 유적지 입구에서 오른쪽으로 들어가면 티흐빈 묘지를 만난다. 티흐빈 안에는 도스토예프스키가 잠들어 있는가 하면 무소르크스, 차이코프스키도 거기 함께 있다.

피터 대제가 페테르스부르크를 건설하면서 그 도시의 안전과 무궁한 발선을 비는 기노로 지은 이 수도원은 지금은 물론 사용 않고 있지만 정원에는 러시아의 대문호들과 음악가 건축가 과학자들이 그들먹하게 들어앉아 쉬고들 있다. 이렇게 많은 지주들을 가지고 있는 러시아는 결코 가난하달 수가 없다.

그네들이 왜 그토록 도도한지 점점 더 잘 알 것 같다.

우리에게는 푸쉬킨보다 훨씬 가까운 도스토예프스키도 평생 20여 개의 아파트를 전전하면서 살았다.

그가 2년 4개월 동안 살다가 죽은 마지막 집엔 문패도 초인종도 그가 쓰던 그대로다. 그의 초상화가 걸린 대문 앞에 서서 누구에게랄 수 없는 감사함이 마음 그득하게 고여 온다. 이 귀한 모든 것들을 그대로 생생하게 잘 보전해 준 러시아 국민들에게 말이다.

현관에 세워진 우산꽂이, 모자함, 거울, 옷걸이까지도 그의 생전의 모습 그대로다. 아이들 방에 세숫대는 다리가 트위스트로 되어있다. 돌아갈 당시엔 제법 인기작가였다는데 모든 집기가 지극히 소박하다.

책상 옆에 놓인 실루엣으로 표현한 아이들의 조각이 이채롭다. 지도도 있고 곳곳에 푸쉬킨의 작품이 꽂혀있다. 아내이면서 살뜰한 비서이기도 했다는 안나는 그의 사후에도 37년이나 더 살아있었단다.

도스토예프스키는 늘 밤에 작품을 썼다.

깊은 밤엔 진한 티를 즐겨 마셨고 더러는 거실로 나가 담배를 피워 물기도 했다. 책상 위에는 까라마죠프 형제 제5장의 원고가 얹혀져 있다. 돌아가기 이틀 전의 상태 그대로다.

시계는 그가 운명한 8시 30분에 멈춰져 있다. 행여나 그의 분위기에 조금이라도 가까이 갈 수 있을까 하는 기대로 샅샅이 집 안팎을 둘러보고는 이름할 수 없는 감동으로 먹먹해진 가슴을 쓸어안고 밖으로 나오니 여전히 가난한 사람들이 그의 창 아래서 한 끼의 식사를 위한 행상에 바쁘다. 네바 강과 네프카 강이 갈라지는 페트로프스카야 강변로로 나가 순양함 오로라 호를 보았다. 1917년 10월. 혁명을 알리는 발포를 궁전을 향하여 했던 순양함. 지금은 그 닻을 순하게 내리고 회색의 무거운 몸을 안주하여 해군중앙박물관의 분관 역할을 하고 있다. 푸쉬킨 기념극장에서 관람한 '백조의 호수'를 끝으로 레닌그라드 아니 페테르스부르크를 떠난다. 극장 안을 가득 채운 관객을 보며 러시아는 결코 가난한 나라가 아니라는 생각을 되풀이한다. 이 사람들의 예술에의 열정은 생래적인가 보다.

이제 우리는 아쉬움을 남기고 모스크바행 야간열차를 타러 간다.

밤으로의 긴 여로, 우리가 탄 밤기차 붉은 화살 호는 밤을 패고 모스크바를 향해 달린다. 러시아의 밤기차란 말만으로도 가슴이 울렁거리던 흥분은 여덟 시간여를 어둠의 터널로만 달리는 밀폐된 객실 안에서 제풀에 신명이 사그러들고 말았다. 라라와 닥터 지바고 그리고 소냐의 지고지순한 사랑의 흔적은 안타깝게도 밤의 휘장 저쪽에서 당최 손에 잡혀지질 않았다. 이중 침대가 둘, 네 사람씩 들어앉은 객실은 음습하고 땟국에 절은 모포에선 예외 없이 양고기의 노린내가 풀풀 베어 나온다. 그러면서 아주 짧은동안 새우잠이 들었던가 보다.

복도로부터 수런수런 새벽이 오는 기척이 들린다. 어제 종일 페테르스부르크를 돌아보고 씻지도 못한 채 그나마 어떻게 얼굴을 구겨 박지르고 잤는지 해적 여두목 같은 칼자국까지 깊게 패인 얼굴이 볼만 했지만 대충 헝클어진 머릴 쓸어내리고 복도로 나선다. 젖혀진 커튼 사이로 모스크바 근교의 시골 풍경이 아직 다 걷히지 않은 새벽 안개 속에서 한가롭게 손짓을 보낸다. 일요일 아침이다. 그림처럼 아름다운 무성한 숲과 들판이 기차를 따라 달린다. 기차가

그냥 있다

지나는 연변 언덕에 사선으로 꽂힌 듯 여기저기 피어있는 보라색 들꽃이 무척 이채롭고 싱그럽다. 러시아라 하면 으레 얼지 않는 항구를 찾아 전전긍긍대는 동토의 땅으로만 간주해오던 나의 과문에 슬그머니 실소를 머금는다.

아침 8시 50분. 다시 모스크바에 입성. 역 주변은 몹시 지저분했고 기차를 탈 때 개찰이란 절차가 없었듯이 나갈 때도 무사통과다. 아름드리 토폴리나무가 짙게 그늘 내린 시가지엔 벌써 행상이 어우러져 있다. 토마토 몇 알 수박 몇 덩이를 벌려놓은 좌판이 세계 뉴스의 중심인 모스크바란 이름과는 너무 동떨어져 보인다.

영원히 사는 예술

너무도 아름답게 축조된 철의 장막, 붉은 성곽의 크렘린.

추위와 긴장과 그리고 침침한 철의 성벽을 러시아의 이니셜처럼 그리고 있던 나는 막상 8월의 태양 아래 그 아름다운 자태를 아낌없이 드러내놓고 있는 크렘린 앞에서 또다시 넋을 잃는다. 처음의 크렘린은 목조 성체였다. 1156년 유리 도르고르키 공이 모스크바의 볼로비츠키 언덕에 목조 성벽을 쌓고 해자를 판 것이 그 효시고 그 이후로 3번이나 개축이 됐다.

지금까지 남아있는 성벽은 15세기 것으로 러시아인과 이탈리아인의 합작품이다. 16세기 이후엔 단 한 번도 남의 나라에게 빼앗겨 본 적이 없는 이 성체는 철의 장막이라는 이름이 억울할 만큼 너무나 아름다웠다. 성벽을 따라 심은 사과나무에 열린 아기 주먹만한 풋사과가 구름 한 점 없이 푸른 하늘 아래서 싱그럽기 그지없어 보인다.

15분마다 울리는 스파스카야탑 시계 소리는 17세기 초부터 지금까지 변함없이 크렘린 광장을 울려 퍼져 레닌 묘의 위병 교대도 바로 이 시계가 알려주는 시간에 맞추어서 하고 있다. 스파스카야탑은 크렘린 성벽 위에 세워진 20개의 망루 가운데 하나로 지금은 공무용 출입구로 시용하고 있는데 우리가 잘 알고 있는 고르바초프도 그랬었고 옐친 또한 바로 이문으로 출퇴근을 하고 있다는 것.

나폴레옹이 대화재로 참패하여 제 나라로 돌아갔던 문은 트로이츠카야탑. 하늘 높은 줄 모르던 그에게 그래도 인간의 능력에는 한계가 있어 되는 일도 있고 안 되는 일도 있다는 것을 뼈저리게 일깨워준 러시아의 산 증거물이라고나 할 수 있을는지….

나폴레옹은 또 한 가지 이루지 못한 명령을 남겨놓고 떠났다.

바로 사원 광장에 있는 이반 대제의 종루다. 그는 이 도시에서 비참한 모습으로 퇴각하면서 이를 갈며 모스크바에서 가장 높은 이 종루의 폭파를 명령했다. 그러나 이 종루는 여전히 건재하여 하늘을 찌를 듯했던 이반 대제의 힘을 아낌없이 과시하고 있다.

그냥 있다

무서운 황제라는 별명이 붙어있는 이 이반 대제는 지금 알한스키(미카엘 대천사) 사원 안에 다른 49명의 황제들과 함께 잠들어 있다.

　가장 낡은 우스팬스키(성모승천) 사원은 원래 특별한 고백소이었고 성모마리아를 위한 사원이었다. 이 사원에서 무엇보다도 인상적이었던 것은 온 벽과 지붕을 장식하고 있는 이콘(나무판에 새긴 성화)이다. 기진맥진한 예수가 무거운 십자가를 메고 골고다 언덕을 오르며 비 오듯 흘린 얼굴의 땀을 훔쳤던 베로니카의 수건에 묻어나온 성안(聖顔)을 실루엣같이 처리한 예수의 초상화는 너무나 훌륭하여 보는 것만으로도 가슴이 뻐근해 왔다. 나무로 조각된 걸작 이반 대제의 옥좌는 여기서도 한가운데 의연히 자리하고 있었다.

　천주교 박물관인 12대천사의 사원을 둘러볼 땐 종교가 말살된 공산주의 사회에서 어쩌면 이 많은 자료를 이렇게도 고스란히 잘도 보관했구나 하는 감사한 마음뿐이었다. 미로라고 대관식 때 쓰곤 했다는 향수는 물경 50여 종의 꽃과 꿀 그리고 식물로 만들어졌다는데 안타깝게도 지금은 그 만드는 방법이 전수되고 있지 않다는 것. 성경의 표지도 빌로도는 보통이고 금으로 포장이 되어있었고 십자가 또한 금은 물론 온갖 보석으로 현란하게 만들어져 있어 겸손과 청빈 그리고 극기의 종교관을 가진 우리네를 아연

실색케 했다. 사원의 창문은 유리가 아닌 우랄산맥산인 특별 돌이 그 자재라니 당시의 천주교의 위용을 짐작할 만했다.

또한 크렘린 안에는 한 번도 울지 않은 세계 최대의 종이 있어 관광객들의 발길을 붙잡는다. 이반 마트린과 미하일 부자의 작품으로 1733년에서 35년에 걸쳐 만들어졌다. 높이 6m에 중량이 200t급이라니 세계 최대라 부를 만했다.

아니 책가방만 크면 공부 잘하냐 말도 못 들어 봤남? 아무리 크다한들 울지 안는 종을 종이랄 수 있나.

그래도 선생님. 이 종은 18세기 주조 기술의 정수를 결집해서 만든 걸작품이라잖아요.

그래도 내 눈엔 에밀레종만 못해 보이는 걸.

어이구! 선생님의 그 철저한 국수주의를 누가 말리겠읍니까 울라는 종은 여전 입을 과묵하게 다물고 있는데 주고받는 우리들의 수군거림은 내 나라 사랑의 종소리가 되어 크렘린 성체 안을 맴돈다.

붉은 광장으로 나오니 한낮 8월의 태양이 광장 그득히 작열하고 있다. 크리스나야 광장. 크리스나야는 러시아어의 고어로 아름답다란 뜻이다. 이 아름다운 광장은 본시 15세기경까지만도 세계의 상인들이 모여 상업 활동을 하던 광장이었다. 17세기 이후 플로시차 시, 붉은 광장이라 바꾸어 부르게 되었을 뿐만아니라 광장 주변도 말끔하게

　　　　　　　　그냥 있다

정리정돈했다는 거다. 지금의 모습은 19세기 말에 다시 다듬어진 상태 그대로다.

그 유명한 레닌의 묘는 이 광장의 왼쪽에 있다.

암적색의 화강암으로 축조된 작은 피라미드 정면 검은 바위띠 부분에 뚜렷하게 레닌이란 러시아 글자가 암적색 돌로 새겨져 있다.

신성하여 그 아무도 범할 수 없다던 레닌. 역사의 재평가를 받고 일반 묘로 옮겨진 스탈린과도 달리 소련 시민들은 이곳을 찾아 한 송이 꽃이라도 바치기를 염원해 왔건만 고르바초프의 페레스트로이카의 선풍은 곳곳에 세워놓은 그의 동상들마저 철거시키고 있는 현실이니 과연 이 레닌 묘소의 참배가 앞으로도 계속 이어질지는 의문이 아닐 수 없다. 분명한 것은 아직까지는 많은 사람들이 그 피라미드 앞에 바글거리고 있다는 사실이다. 예전처럼 존경과 사랑의 마음으로인지는 알아차릴 수 없지만도 말이다.

사각추, 삼각추, 다이아몬드 등 각가지 형태로 불균형 미의 극치를 보여주는 바실리 사원. 얼마나 아름다웠으면 다시는 이 같은 명작을 만들지 말라고 두 사람의 설계자 눈을 뽑아버렸다는 끔찍한 이야기가 전해지고 있을까.

9개의 양파머리 돔은 각각 러시아 정교 사원으로 지어졌으나 지금은 박물관으로 개방되고 있다.

칸을 정복한 이반 대제가 그를 기념하기 위해 지었다는

이 사원. 저마다 손바닥만한 카메라에 그 신비한 모습을 담으려고 노심초사다.

백조의 호수엔 물오리들만 놀고 차마 떨어지지 않는 발길을 돌려 시내로 나온다. 황제가 포고령을 발표하기도 하고 범인을 처형하기도 했다는 작은 원형 연단, 로브노에 메스트를 지나며 스텐카 라진을 다시 생각는다. 농민반란의 주모자로 그가 처형된 곳도 바로 이곳.

푸쉬킨 거리, 체홉 거리, 고리키 거리. 일요일의 시내는 한적하기만 하다. 푸쉬킨 공원엔 푸쉬킨이 약간 수굿하니 SAM SUN이란 영자 간판 쪽으로 고갤 숙이고 있는 모습이 재밌다. 해바라기를 하러 공원 그득히 모인 모스크비치들을 보며 확실히 이네들은 우리네보다 여유 있음을 다시 한 번 절감한다.

혁명광장엔 붉은 색의 레닌 박물관 역사박물관이 보였지만 안으로 들어가 보진 않았다. 10월혁명 50주년 기념광장과 크렘린 성벽 사이에 자리한 알렉산드로프스키 공원 북쪽 끝으론 조국전쟁, 다시 말해서 제2차대전 때 목숨을 잃은 무명용사들의 묘 앞으론 영원히 꺼지지 않는 불이 타오르고 있고, 신혼부부들은 혼인식을 마치곤 이곳으로 와 꽃다발을 바친다.

노보디비치 수도원(여자들 전용) 정원에서 잠시 지친 다리를 쉰다. 그러면서 가이드로부터 뜻밖의 설명을 듣는다.

그냥 있다

지금 우리 앞에 있는 이 작은 이름 없는 호수, 물오리들이 한가롭게 놀고 있는 보잘것없는 이 호수가 바로 차이코프스키의 저 유명한 '백조의 호수'를 낳게 한 바로 그 호수라는 거다. 연꽃은 진흙 밭에서 피고 쓰레기덤이 속에서도 장미는 핀다고 하긴 했지만 그 한 번만 들으면 절대로 잊을 수 없는 감미로운 선율을 이 소박한 호수에서 차이코프스키는 건져냈단 말인가.

오후의 햇살이 부서져내리는 물가에서 백조가 아닌 물오리들이 자맥질하고 있는 정경을 물끄러미 바라보며 영원히 사는 예술을 다시 곱씹어 본다.

톨스토이의 집, 그 명작의 산실 톨스토이의 박물관은 도스또엡스키와 달리 상당히 한적한 외진 곳이다. 아내가 그다지 좋아하지 않았음에도 그는 늘 서민들과의 대화시간을 하루 일정 속에 넣곤 했단다. 그가 생전에 쓰던 책상 위엔 불후의 명작을 써냈던 그의 펜이 여직도 그대로 참하게 놓여 있다. 무당이 내림굿을 하듯 그 펜이나마 어루만져 보아 그의 예술에의 정기를 이어받을 수는 없는 걸까.

1882년부터 9년여를 살았던 집안의 모든 집기에서 그의 영혼을 느낄 수 있을 것 같아 모두들 밖으로 나가 열심히들 사진 찍는 것도 나 몰라라 하고 연거푸 집 안팎을 몇 바퀴나 돌아본다. 뜨개질만 골몰히 하던 여직원이 이상한 눈으로 날 샅샅이 살핀다. 아 아! 좋은 글만 쓸 수 있다면야

무슨 일인들 감수 못하랴!

신의 그림자들의 무덤

사마르칸트, 소용돌이치는 흙먼지 속에 우뚝 선 태양의 도시 타슈켄트로부터 줄곧 다섯 시간여를 달려 여기 사마르칸트에 도착했다.

2500년 역사의 도시에서 우리는 제일 먼저 사마르칸트의 상징이라 불려지는 '구르에미르(지배자의 묘란 뜻)'를 둘러본다. 여전히 자열하는 한낮의 태양으로 티무르 황제 기족묘의 돔은 그 푸른색을 더욱 선명하게 뿜어내고 있어 흔히들 사마르칸트를 '푸른 도시'라고 부르는 이유를 알 수 있을 것 같았다. 돔의 외관에 새겨진 '알라는 위대하다'란 코란의 글귀가 우리들 눈에는 아이들이 마음대로 그려놓은 낙서처럼만 보인다. 지상에 존재하는 신의 그림자라고까지 칭송되던 티무르도 종내는 죽어 여기 지하에 한 줌 백골로 누워있는 그의 무덤을 돌아보며 새삼 삶의 무상함을 절감한다.

한쪽에서 한창 바자르가 열리는 레기스탄 광장(모래 광장)엘 들어서니 '울르그베크' '사르도르' '티리야카리' 3채의 메드레세가 화려한 몸짓으로 우릴 부르고 때마침 기도시간인지 경(經)소리가 구슬프게 드넓은 광장으로 안개처럼 퍼져나간다. 그 절절한 기도소리가 메드레세 돔 위에서 타오르고 있는 태양과 하나가 되어 광장 안은 더할 수 없이 뜨겁다.

이슬람교도들의 영묘는 황진과 세월의 더께로 낡을 대로 낡은 푸른 색 모자이크 타일을 입고 낙타 풀만 무성한 아프라사프의 언덕 남쪽 기슭에 자리하고 있었다. 사히진다 (살아있는 왕)라 불리는 마호메의 사촌 쿠사무 이븐 앗바스의 묘를 돌아보며 가이드의 설명을 너무 열심히 들은 탓인지 아니면 저 숨찬 태양 때문인지 언덕을 내려오는 내 시야 안에서 어룽거리는 묘한 환영 때문에 나는 연신 머리를 세차게 흔들어가며 휘청거려지는 내 의식을 다잡으려고 안간힘을 썼다. 그런데도 여전히 앞을 막아서는 쿠사무 이븐 앗바스의 얼굴이, 이교도의 피습으로 잘려진 자신의 목을 부둥켜안고 깊은 우물 바닥으로 걸어 들어가 부활하였다는 앗바스의 깊은 눈이, 집요하게 내 앞을 막아서서 나는 쫓기듯 영묘를 벗어나야 했다.

우리 고려인 잊지 못하리

타슈켄트여! 안녕! 이제 우리는 이 도시를 떠나 이르쿠츠크로 간다. 중앙아시아 가운데선 가장 많이 실크로드의 흔적을 벗어버렸다는 이 도시 타슈켄트. 그럼에도 불구하고 3박 4일의 일정이 이곳을 정들게 했나보다.

분홍빛 토담이 높고 미로 같은 일방통행로의 구시가지 모습이며 1966년에 있었던 대지진 이후 말끔하게 새로 단장된 신시가지(지금도 시계탑은 그해 4월 25일 오후 5시 25분에 머물러 있다). 흐드러진 웃음을 흘리며 노상 우리를 현혹하던 꽃무더기와 함께 검게 탄 얼굴에 반가움을 감추지 못하고 무엇이든 퍼주려고만 할 뿐 우리가 내미는 돈은 사양하기만 하던 우리 고려인 아주머니들의 기억은 아무리 세월이 흐른다 해도 쉽게 잊지 못하리라.

고려인 아주머니가 아니라 60이 넘은 지금까지도 그 마음이 청청한 '조선의 아이' 한 분도 이 도시에서 만날 수 있었던 귀한 인연이다. 풋사과가 주렁주렁 열린 소박한 뜰에서 맛깔스럽게 만들어주신 된장두부찌개와 열무김치의 맛은 여독으로 지친 우리에게 인삼 녹용이 되어주었다. 시인 조명희 선생님의 따님 조선아 여사. 그녀가 사과나무 아래서 나직나직 들려준 부친의 추억담은 아직도 아물지 않은 이 민족의 상처를 또 한 번 헤집어 놓았다.

이 도시의 마지막 밤인 엊저녁에는 나보이 극장에서 오페라를 보았다.

푸쉬킨의 극시 '에프게니 오네킨'은 차이코프스키의 음악으로 꾸민 사랑이야기로 3층의 드넓은 홀을 그들먹하게 메우던 프리마돈나의 넉넉한 성량이 아직도 귀에 쟁쟁하다. 오페라가 끝나 밤이 늦은 거리를 느릿느릿 걸어서 호텔로 돌아왔다. 아름드리로 자란 지나르가 그 무성한 잎을 내려뜨린 거리는 어두컴컴했고 분수의 물줄기만 혼자서 깨어있을 뿐 그 아래서 종일 물장난을 치던 아이들의 모습도 물론 보이지 않고 조용하기 그지없었다.

그냥 있다

육지의 바다 바이칼 호수

아아, 시베리아! 국내선 비행기로 이르쿠츠크에 도착했다. 칭얼대는 아이들 울음소리 시적지근한 땀 냄새 거기로서아인 특유의 노린내까지 득시글거리는 찜통 같은 기내는 숫제 우리를 쓰러뜨리려 했다. 엎친 데 덮친 격으로 시차(時差)는 요리조리 식사시간을 앗아가 점심도 저녁도 굶은 우리는 지칠 대로 지쳐 있었지만 스산한 밤바람은 이미 시베리아에 와있음을 일깨워 준다.

노을이 지듯 진홍의 수평선, 아침이 오고 있는 앙가라 강 끝 쪽으로 까마귀가 큰 소리로 울며 날아간다.

바이칼 호수의 관광시간을 더욱 많이 갖기 위해 시내관광은 주마간산으로 넘긴다. 데카브리스트의 난으로 폭동을 일으킨 귀족들의 유배지였다는 이 도시는 귀여운 여인을 마주한 것 같은 인상을 준다. 시베리아의 파리란 이름처럼 아담한 목조주택이 아름다운 창으로 우리네 여행자들을 조용히 살핀다.

부지런히 도심을 벗어난 버스는 다이가 숲(들어갈 수 없는 숲)을 지나고 있다. 붉은 소나무와 흰 자작나무가 빼곡히 들어찬 숲은 한 마디로 장관이다. 이 삼림 속에는 갖가지 짐승이 살고 있으며 그 가운데서도 여우 곰이 많고 특히 외국인을 즐겨 먹는 늑대가 있다고 가이드는 연신 엄포를 놓지만 흰 데이지가 잔디처럼 깔리고 보라색 초롱꽃이 흐드러지게 핀 들판에 젖소들이 게으른 하품을 깨물고 있는 정경은 평화 바로 그 자체랄 수밖에 달리 표현하기 힘들다.

한 시간 넘도록 달려왔어도 여전히 계속되는 이 숲길은 1960년 아이젠하워의 소련 방문에 대비해 부랴사랴 만들어진 길이란다. 낡을 대로 낡은 목책이 비에 젖어 선명하게 나무 색깔이 돋아 나고 그 안에 심어놓은 농작물들도 덩달아 푸득푸득 살아나고 있다.

그러던 어느 순간 거짓말처럼 나타난 바이칼 호의 모습에 우리는 모두 숨을 죽인다. 하늘과 맞닿은 호수는 그것이 호수인지 바다인지 가늠할 수 없도록 끝이 없나. 하긴 전 세계 사람들이 40년을 마셔도 넉넉하다는 이름 그대로 '풍요로운 호수(타타르어)'가 아닌가.

아리스트 비안카(나무의 잎이라는 뜻)에서 배를 타고 한 시간 반이 넘게 헤엄을 쳐 다녔어도 조금도 마음에 차질 않아 마침내 신발을 벗고 호수로 뛰어든다. 뼈가 시리도록 차가운 물살이 종아리에 와 휘감기며 침잠된 내 영혼을 흔들어 깨운다. 보석같이 고운 돌들이 환히 들여다보이는 호수는 바다가 무색하리만큼 파도가 세다. 빗물 먹은 해당화가 벼랑에서 내려다보며 나이 값도 못하고 어쩌고 하면서 혀를 끌끌 찬다.

아아, 저 푸른 초원 위에, 푸른색 초록색으로 지어놓은 그림 같은 나무집에서 단 하룻밤만이라도 머물면서 더할 수 없는 절경이라는 일몰을 바라보며 가슴앓이라도 앓아보고 싶은 소망은 다시 쫓기는 일정 때문에 무산되고 이르

꾸츠크로 귀환한다.

아무르 강의 저녁노을

몰려오는 졸음을 깨물며 다시 공항으로 나간다. 03시 10분발 하바로프스크행 비행기를 타러 가는 길이다. 새벽의 거리는 텅 비었다. 비에 젖은 아스팔트 위로 어룽어룽 바람이 지나가며 아직은 깊은 밤이라고 중얼거린다. 이런저런 간판이 없는 건물들은 하나같이 빈집처럼 어둠만 웅크리고 있다. 마치 전쟁이 끝난 뒤 폐허의 도시 같다. 어쩌다 불 켜진 빈 유리창을 만나도 가슴 속으론 이상한 비애가 눈물이 되어 차오른다. 마치 타임머신을 타고 17세기에 만들어졌다는 이 고도(古都)로 달려온 것 같은 고적감이 허파 깊숙이 파고들어서 숨을 쉴 때마다 고통스럽게 결린다.

인적이 끊긴 공원에도 적요한 어둠만 모여 있고 키가 큰 가로수들은 바람에 우쭐우쭐 춤을 추며 오래된 이 도시의 토담집 벽으로 긴 그림자를 드리운다. 고려인의 딸이라며 자기 그림을 사달 라고 조르던 검은 머리의 소녀가 서 있던 앙가라 강엔 빛기둥이 조용하게 내려있고 그 위로 부슬부슬 비가 내린다.

백야현상으로 밤 열 시가 넘은 시각까지도 어슴푸레한 앙가라 강을 끼고 강 길이만큼이나 길게 늘어 서 있던 잡상인들도 지금은 그들의 고단한 삶을 쉬고 있을 이 새벽 우리는 다시 길을 떠난다.

사할린 가는 길목에 체홉도 두 주일이나 머물다 갔다는 이 도시, 작가동맹을 들리지 못하고 가는 것이 못내 아쉽다.

8월 6일 새벽 6시 10분, 날개 끝으로 선홍의 불꽃을 달고 활주로 위에서 떨고 서 있는 여객기 번호 SU 187.

떠나는 비행기, 내려앉는 비행기. 벌써 초가을의 찬 바람이 휘익 휘파람 부는 시베리아의 하바로프스크 공항. 딱히 애절한 사연도 없이 따북따북 별이 박힌 새벽 하늘을 올려다보는 눈시울이 아파 온다.

코스모스가 깃발처럼 바람에 흔들리며 우리를 전송한다.

어제 이어 두 번째의 시도로 마침내 하바로프스크를 탈출한다. 무라비오 아몰스키가(옛성주로 중국과의 조약으로 아무르 강을 인수 받음. 이 조약 후에 중국 측 대표는 팔이 잘렸다는 후문이 있다) 그 건장한 체구로 지키고 서 있는, 하바로프스크의 이니셜 같은 아무르 강의 저녁노을과 그 강변 공원에서 밤이면 밤마다 벌어지곤 하던 젊은이들의 춤 한마당, 중소국경초소에서 만난 땟국에 절은 군복 속에서 그래도 표정만은 한없이 풋풋하던 어린 군인들의 모습이 이 도시에서 둘러보았던 어떤 박물관 어떤 미술관의 소장품들보다 가슴에 남는다.

죽음을 상징하는 살아남음

한(限)이 옹이로 박힌 사할린. 마침내 사할린이다.

호텔 체크인이 끝나는 대로 바로 홀름스크로 향한다. 이 곳에서 제일 높다는 체홉 산도 지나고 야생 대나무가 양탄 자같이 덮인 산모롱이를 몇 굽이나 돌면서 버스는 계속 달린다. 노란 달맞이꽃이 엉겅퀴와 어우러져 길섶은 온통 꽃밭이다.

　어디쯤일까. 앞으로만 내닫던 버스가 멈춰 선다. 미즈호촌(村). 미터데시아루드카, 곰의 피리란 환상적인 이름의 꽃이 마치 흰 우산을 여기저기 펼쳐 놓은 것 마냥 웃자란 언덕 앞이다. 우리는 안내를 따라 언덕을 오른다. 그리고 그 끔찍한 피의 현장을 딛고 서서 현지의 역사교사이며 신문기자인 가뽀니아코 콘스탄틴에로 페이비치 씨의 산 증언을 들었고 얼마동안을 분노로 가슴을 떨어야 했다.

1945年 8月 1日 瑞穗部落
학살피해자 위령비 건립 地

　이 먼 이국땅에서 고국의 광복소식을 듣고 환호하던 스물일곱의 무고한 우리 양민들이 패전의 치욕으로 몸부림치던 일인들의 미친 칼날 아래 반항 한 번 해보지 못한 채 피를 쏟으며 돌아간 역사의 자리. 이 한을 무엇으로 풀 수 있을까. 애꿎은 들꽃만 한 아름 따다가 억울한 영혼들 앞에 올린다.

　페이비치 씨는 '미즈호의 참사'란 소설을 현지 신문에

연재 중이며 그것은 곧 단행본으로 출간될 예정이란다. 그는 이곳에 위령비가 세워지는 날 한(限)이 어린 죽음을 상징하는 뜻으로 소나무를 함께 심겠노라고도 했다.

허탈한 발길로 내려오는 언덕엔 여전히 하얀 곰의 피리가 바람 따라 춤을 춘다. 바람소리가 그때 죽어간 여섯 소년들의 휘파람소리로만 내게는 들렸다.

슬픔은 살아남은 자의 몫. 오오츠크 해변은 별장지대다. 텃밭을 끼고 지어놓은 작은 목조 집들의 지붕이 지금 당장이라도 날아갈 것처럼 바람이 거세다.

겨울에도 얼지 않는 이 바다 앞자락을 매립하여 매어놓은 협궤열차가 오늘도 꼬로노자보즈키에서 유지노 사할린까지 달리고 있다. 해변의 아이들은 지나는 기차를 향해 고사리 같은 손을 오래 오래 흔들기도 하고 기차를 따라 숨이 차도록 같이 달리기도 한다.

KAL기(機)는 '祈の碑'가 있는 이 바람받이 언덕에서도 60km나 떨어진 보네론이란 곳에 추락했단다. 사정없이 바람에 휘날리는 머리칼을 거둘 생각도 못한 채 망연히 바다만 바라보노라니 그날에 처참한 비명이 들리는 것만 같아서 부르르 몸이 떨린다.

슬픔은 항시 죽은 자의 것이 아니라 살아남은 자의 몫이지요!

누군가가 등 뒤에서 누구에게랄 것도 없는 혼잣말을 읊

조린다. 텃밭에서 감자꽃이 하얗게 웃고 있다.

아직도 못 다 한 말

여기서 내 긴 이야기를 끝내려 한다.

아니! 진실을 고백하자면 정작 나는 하고 싶은 이야기를 아직 한 마디도 꺼내지 못하고 있다. 천일야화가 있다던가. 저 타슈켄트 집단농장에서 만났던 한 촌로의 이야기며 가는 곳마다 만났던 자유시장에 우리 고려 아주머니들, 무슨 난관이 있다 해도 당신들의 뼈를 고국산천에 묻고 싶노라고 절규하던 사할린 시장 앞에서의 여섯 어르신들, 늦은 시간도 마다않고 당신네 집으로 초대해 허기진 우리 음식을 포식케 하고 당신의 한평생과 따님의 지순한 사랑이야기로 우리를 취하게 했던 윤봉아 노인. 이 이야기들은 아주 천천히 그리고 깊이 내 소설 안에 용해되어 날개를 달고 다시 태어날 것이다.

이제 손을 들어 안녕을 해야겠다.

자연과 하나가 되어 소박하기 이를 데 없이 살아가고 있는 러시아 사람들에게. 그리고 아직도 왼손으론 모자를 거머쥐고 바른손으론 외투를 뒤로 젖힌 채 인상을 쓰며 위엄을 부리고 있는 레닌과, 의자에 앉아 그렇게도 편안한 얼굴로 우리를 맞아주던 유지노 사할린스크 거리의 체홉 동상에게도.

나오시마의 빛과 자연
— 일본 여행

길을 떠난다

반세기를 더불어 걸어 온 친구들과 모처럼 떠난 여행길이었다. 유난스럽게 튀는 사람 한 명 없는, 그냥 무해무덕한 관계 안에서 세월의 굽이를 함께 돌아온 친구들이다. 젊다 못해 아직 새파랗던 시절, 사서(司書)라는 직업이 사람들 귀에 낯설기만 하던 때, 조금은 색다른 꿈을 안고 개강한 지 일 년밖에 넘지 않은 도서관학과에 입학해서 50년이 되도록 함께 나이 들어온 동무들. 어제도 오늘 같고 오늘도 어제 같은 얼굴(이라는 믿음을 배반하고 시간은 우리들 위로 사정없이 지나가고 있는 것도 모르고)로 어쨌든 한 달에 한 번은 모여 앉아 점심밥을 먹어온 사이다.

50년의 시간. 만만치 않은 세월을 켜켜이 살펴보면 밤잠을 잃어버릴 만큼 행복으로 달뜬 시절도 보이고 더러는 눈물 어린 사연들로 등이 휠 것 같기도 하다. 어떤 경우에도 여기까지 여전한 행보로 올 수 있었던 건 삶을 향한 건강한 의욕과 자기 몫의 십자가를 감내할 줄 아는 책임감이었음을 알겠다. 세월의 모퉁이마다 발길에 차이는 가지가지

그냥 있다

의 사연들. 어차피 이길 수 없는 처지라면 차라리 병마와 더불어 사이좋은 동행자나 되어보겠다고 안간힘을 쓰고 있는 누구, 사랑하는 자식을 앞세운 애끓는 아픔에 비틀거리던 누구, 상부(喪夫)한 절망 앞에서 깜깜한 얼굴을 두 팔 안에 묻어버린 누구, 누구, 또 누구… 숨이 컥 컥 막히는 통증을 단속해가며 피차 위로의 말을 아껴온 까닭은 언제나 우리 사이를 고루고루 누비며 흐르는 유장한 물길이 있어 서로의 마음을 트고 열어주기 때문이다.

말갛던 물길 안으로 삶의 이끼가 두텁게 끼고 끈끈해진 인정의 세월은 흘러, 문득 그리 머지않아 일몰이 올 거라는, 그리하여 미구에 우리들 모두 피안의 어둠 속으로 침잠하게 되리라는 예감으로 진저리를 치며 주변을 다시 살핀다. 생자필멸(生者必滅)이란 불변의 절대진리 앞에서 빛에 대한 갈망이 우리들 안에서 치솟았고 그 갈망은 마침내 우리를 동행길에 나서게 했다.

나오시마(直島). 빛과 그림자란 테마를 끌어안고 40년을 건축계에 자리매김한 안도 다다오(安藤忠雄)가 빚어놓은 자연과 공생하는 예술의 섬, '일상이 예술이고 예술이 일상'인 가가와(香川)현의 나오시마를 당연한 수순처럼 우리는 선택했다.

나오시마에서는 빛과 자연이 주인이다

다카마츠항 페리 부두의 빨간 점박이 호박은 진작부터

눈웃음치며 나그네들을 반긴다. 나오시마의 트레이드마크이면서 시간과 날씨를 알려주고, 바라보는 각도에 따라 빛깔과 모양이 변한다는 이 호박은 아방가르드 작가 쿠사마 야요이(草間彌生)의 창작으로 베네세 하우스 앞, 방파제 끝에 놓여 있는 노란 호박과 함께 섬을 찾는 이들을 영접한다. 그냥 단색이었으면 분명 밋밋했을 호박 옷에 닷(dot) 무늬를 박아 입힐 줄 아는 야요이 할머니의 상큼한 센스는 나이가 아무리 들어도 늙지 않는 감각적 여인일 거라는 생각을 마음대로 굳히면서 나오시마로 들어선다.

나오시마는 '지중미술관' '베네세 하우스' '이에(家) 프로젝트'와 함께 해변을 무대로 자유롭게 설치된 조형예술, 조각들까지 대단한 이색 창작품의 얼굴로 우리를 맞는다. 오랜 세월 금속제련 사업으로 피폐해진 그래서 너도 나도 떠나버린 인구 과소화의 보잘 것 없던 섬의 모습은 지금은 아무 데서도 찾아볼 수 없다.

금강산도 식후경이라고 바로 얼마 전까지도 '이코노믹 애니멀'이라는 비칭(卑稱)까지 들어가며 세계경제의 중심에 선 일본이, 만복의 여유를 재빠르게 예술로 방향 전환하여 소리 소문 없이 이 시대 지구촌의 문화 눈높이를 훌쩍 올려놓은 것이다. 그들의 발 빠른 변신이 놀랍고 예술과 일상의 경계를 쉽게 넘나드는 신축성 있는 사고의 진폭이 부럽기도 했다.

우리나라 못지않게 대졸 교육을 우선시하는 학력사회 일

본에서 고등학교 출신의 다다오는 '나오시마 프로젝트'를 대들보로 삼아 '빛은 아름다움을 연출하고 건축은 인간이 자연을 느끼도록 하는 매체'라는 신념으로 나오시마를 기사회생시켰다. '나오시마 프로젝트'는 나오시마를 사랑하는 현 베네세교육 그룹의 총수 후쿠다케 소이치로의 재력과 집념의 총체다.

살아 있는 것에 대한 애착이 없이는 훌륭한 건축가가 될 수 없다는 다다오의 신념은 세상의 모든 살아 있는 것들의 호응을 불러일으키는 시너지 효과를 거두었다. 마침내 나오시마는 내로라는 세계 예술가들의 뜨거운 시선이 집중되는 가운데 연간 20여만 명의 관광객이 드나드는 환상의 섬, 죽기 전에 꼭 가보고 싶은 세계 7대 경관 가운데 하나로 꼽히는 예술의 명소로 거듭났다.

지중미술관의 컨셉 역시 빛과 자연의 조화다

지금에야 내놓고 하는 말이지만 직접 와서 확인하기 전에 귀동냥, 눈동냥으로만 전해들은 지중미술관은 의문부호 투성이었다. 자연경관을 헤치지 않으려는 깊은 배려로 땅 속에다 미술관을 만들었다는 것까지는 이해가 되어도 빛과의 관계라면 땅속은 아무래도 엉뚱한 곳일 듯싶은 상식의 고정관념에서 벗어날 수가 없었다. 끌로드 모네며 제임스 터렐, 월터 드 마리아까지 모두가 평생 빛을 화두로 삼아 작품활동을 해온 작가들인데 군이 그 세 사람만을 위

한 공간으로 마련한 미술관이 땅속 미술관이라는 게 쉽게
수긍이 가질 않았던 거다.

이 어리석은 의심은 지하 전시관까지 친절하게 내려온
빛의 한가운데 서는 순간 대번에 사라져버렸다. 시간의 흐
름을 따라 수련 위에서 변해가는 빛에만 시선을 모아 숫한
수련을 그려온 끌로드 모네 작품 3점, 한 사물을 비출 때
거기서 반사되어 나오는 빛이 아니라 사물을 비추던 바로
그 '빛'을 그대로 보여줄 수는 없을까를 염두에 두고 작품
을 만들어온 제임스 터렐 작품 2점, 빛을 한 곳에 가두어
놓기도 하고 추상화의 물감처럼 있는 듯 없는 듯 풀어헤쳐
놓는 조각가 월터 드 마리아 작품 1점까지 모두 6점이 지
중미술관 소장품의 전부다. 이 적은 작품으로 보는 이의
감동을 극대화한 다다오의 연출기법은 지중미술관의 제4
작품이라 불려질 정도이다. 기실 자연과 건축이 함께 빚은
조화의 극치라는 칭송이 지중미술관에서 명실공히 나래를
펴고 있다.

자연을 자연상태 그대로 두면서 인공의 미술관을 세우겠
다는, 꿈 같은 계획에 따라 다른 건물도 아닌 미술관을 땅
에 묻은 다다오의 뚝심, 그의 작품 '식물'에서 충격으로 맞
닥뜨린 신선한 감각, 인습에 물들지 않은 기발한 착상에서
창출된, 빛을 발하는 십자가와 만날 수 있는 '빛의 교회'에
서 발견되는 다다오의 예술혼 앞에선 감복하여 손을 들어
주고 싶다.

그냥 있다

터렐의 빛에 관한 작품도 시간이 흐를수록 뚜렷하게 의식 안에 자리를 잡는다. 비움의 상태에서 오래 바라보는 동안 짧은 순간이나마 영혼의 성찰로 채워짐을 경험한 'Afrum, Pale Blue'는 소품인데도 그 빛의 더미가 점점 더 넓게 내 마음에 큰 자리를 잡는다.

베네세 하우스는 말하자면 나오시마 관광의 하일라이트 다.

미술관이 있는 호텔로서는 세계 최초라 할 수 있는 베네세 하우스는 어느 방향에서 내려다보아도 세도나이카이(瀬戸內海) 바다의 풍광과 숲이 절경인 언덕에 서 있다. Oval, Museum, Park, Beach의 네 동(棟)으로 나눠진 숙박시설 또한 각 동마다 작품 자체라고 이름 붙여도 아깝지 않다.

'지중미술관이 닫힌 공간에서 작품과 건축이 서로 긴장 관계를 형성하는 정(靜)적인 공간이라면, 베네세 하우스는 자연과 건축이 경계를 넘어 자유롭게 소통하는 동(動)적인 공간이다.'라고 다다오는 말한다.

미의 높은 품격을 지닌 미술관답게 소장품 역시 베네세 일가가 수집해온 40여 점과 즐비한 20세기 거장들—백남 준, 리처드 롱을 포함하여—의 작품 100여 점을 보여 주고 있다. 작품 하나하나에서 베어 나오는 다다오의 손길과 세심한 배려, 마음껏 감상할 수 있는 자유로운 분위기까지 관광호텔이라기보다는 또 하나의 이색 예술지대라고 불러야 할 것 같다.

　뮤지엄 동에서 오발 동까지는 자기 방 번호를 입력해야
만 작동되는 무인 모노레일을 타고 올라가야 한다. 물론
오르내리는 꽃길이 따로 있긴 하지만 저녁 식사 후, 뮤지
엄에 전시된 작품에 빠져서 밤이 깊어가는 것도 모르고 있
던 터라서 모니터로 모노레일을 불러 내렸다.

　지금 오발에는 방 6개가 우리만을 기다리고 있다.

　비에 젖은 어둠속을 달리는(?) 모노레일에 앉아서 빗물
듣는 유리창을 바라보며 기분만은 '이웃집 토토로'에 나온
고양이 버스라도 탄 것같이 의기양양하다. 곧 우주를 관통
해서 날아가리란 기대가 한창인 순간 모노레일이 방향을
바꾸면서 덜컹 진저리를 치는 바람에 현실로 돌아와버린
친구들의 놀란 얼굴이 어찌나 사랑스러운지!

　본관보다 40m나 높은 곳에 떨어져 지은 오발은 이 세상
것이라고 하기엔 너무 완벽하면서도 신비스럽고 더 할 수
없이 아름답다. 원이라든지 사각 같은 기하학적 형상 안에
물, 하늘 그리고 빛의 자연미를 극대화시켜 보여주는 공간
이다. 오발의 여섯 객실의 구조는 각기 다르지만 드넓은
창이 온통 바다와 숲으로 채워진 것과 방 하나 하나에 유
명작가의 작품(복사본이 아닌 진품)이 걸려있는 것은 똑 같다.
현관문을 열고 나오면 바로 앞이 뜰이고 뜰 한가운데는 연
못이다. 가로 20m, 세로 10m의 그림 같은 연못 앞에 서서
올려다 본 하늘은 연못 크기의 액자 안에 고스란히 들어앉

아 있다. 하늘이 연못의 데칼코마니인지 연못이 하늘의 데칼코마니인지 헷갈린다.

오늘 밤만은 오발의 모든 공간이 오롯한 우리만의 '이브의 낙원'이다.

이토록 아름답고 럭셔리한 오발에서의 하룻밤을 우리가 우리에게 허락한 것은 여기까지 무탈하게 살아온 우리에게 그동안 애 많이 썼다는 격려이면서 삶의 무게로 굽어진 등 두드려주기였다. 긴 세월 속에 옹이로 박힌 갖가지 사연들이 빗물이 되어 연못 위로 소리 없이 내려앉으며 끝없이 원을 그린다. 이런 밤에도 시간은 여전히 흐른다는 사실이 야속하다.

나오시마와 안도 다다오

나오시마 하면 이내 안도 다다오를 떠올릴 정도긴 하지만 실제로 오발에서부터 미술관까지, 그의 건축물을 좋아하는 사람이라면 미술과 건축을 함께 둘러볼 수 있는 최상의 장소라고 하면 역시 나오시마가 아닐까 싶다.

바닷가로 나가기 전 우리가 머문 오발을 둘러싸고 있는 천혜의 숲 곳곳에도 깎아지른 단애 위에 걸린 그림들이 더러 눈에 띄었다. 지나가는 새들이나 바람 구름들 보고 즐기라는 건가? 설치하는 일만도 대단한 작업이었을 터인데 이런저런 짐작을 해 보아도 그네들의 세심한 의도를 정확히는 모르겠다. 해변을 따라 즐비한 작품들도 어느 것 하나 고정되어 있지 않아서 살짝 밀어만 주어도 부드럽게 움직이는 재미있는 조각품들이 대부분이다. 지중미술관에서 만난 월터 드 마리아의 'Seen/Unseen Known/Unknown' 만 해도 그랬다. 환구(環球) 안에 비친 영상이 압권인가 하면 받침도 없이 놓인 아담한 크기의 환구 두 개가 슬쩍 밀어보고 싶은 충동을 일으킨다.

한참 동안 앞에서 서성거려도 아는 체도 않고 책만 읽는 아저씨, 니키 드 생팔(Niki de Saint Phalle)의 'Le Banc'를 지나 같은 생팔의 작품 고양이(cat) 코도 잡아보며 빙파제 끝에 오도카니 앉아있는 노란 호박에게 손을 흔들어주고는 개성 만점의 작품들이 그들먹한 해변을 벗어나 옛 일본 속으로 발길을 돌린다.

'이에(家) 프로젝트'는 다다오의 투철한 신념과 '섬이 살아나야 주민이 살 수 있다'는 확신을 가지고 주민들이 직접 발로 뛰어준 협력의 시발점이자 완성이라고 말할 수 있다.

나오시마 중심지의 100~200년 된 낡은 주택과 폐허였던 사찰, 신사(神社), 도로들은 리모델링되어 문화체험 공간으로 탈바꿈했다. 그래서 섬은 다시 살아났고 그 볼품없던 섬, 나오시마는 빛나는 예술의 섬으로 부활했다. '인간을 구원할 수 있는 치료제로서 자연보다 더 좋은 건 없다'라는 '이에 프로젝트'의 사람 사는 집(家) 이념이 나오시마에서 마침내 꽃을 피워낸 것이다.

지중미술관 'Open Field'에서 인위적인 빛 속을 거닐어 보았다면 'Backside the Moon'이란 제목의 이 작품은 빛의 절실함에 대한 경종이면서 평상심으로 기다릴 줄 아는 인내심을 절실하게 가슴에 새겨준다. 다다오와 터렐이 합작한 미나미데라(南寺). 매우 인상적이었다.

카도야(角屋) 안에 설치된 'Sea of Time(시간의 바다 1998)'. 똑딱하는 한 순간에 서로 길을 달리하는 삶과 죽음을 오래서서 지켜 본다. 우리가 알건 모르건, 슬픔이거나 기쁨이거나와는 아무 상관없이 시간은 여전히 흐를 뿐이라는 엄연한 삶의 순리 앞에 가슴이 오래도록 먹먹했다.

집의 내부 공간을 뜯어내고 연못을 만들고 그 연못 안에 방수처리 된 LED(Light Emitting Diode 발광 다이오드) 125개를 집어넣은 다음 0을 제외한 1~9까지의 숫자를 차례로 점멸해가며 생(生)과 사(死)를 표현한 아이디어에 탄복한다.

고카이쇼(Gokaisho)

'Tree of Spring(2006)'과 '石橋(Ishibashi)-The Falls (2000)'가 있는 이 곳. 다다미 위에 제멋대로 나뒹구는 나무로 깎은 동백꽃송이들이 하이쿠(俳句) 한 구절을 읽은 후처럼 마음 위로 뜨거운 눈물을 쏟게 한다. 하이샤(Haisha 齒醫). 일층에서부터 2층까지를 관통하며 서 있는 자유의 여신상의 손엔 횃불이 아닌 아이스크림이 들려 있다. '舌上夢 (Dreaming Tongue 2006)' 무엇이든 입에 먹을 것을 가까이 하고 있을 때, 맛이나 냄새의 감각으로부터 찾아 들어가는 꿈의 기억 프로세스라고 했던가. 꿈이라고 해도 너무 어수선해서 얼른 깨어나고 싶은 꿈이었다.

큰 바위 얼굴의 친구들

어디를 가도 아주 오래된 일본식 집들뿐인 작은 동네를 마치 어릴 때 실던 곳을 찾아오기라도 한 것처럼 보이는 것마다 반갑고 마음이 놓여서 한껏 느린 걸음으로 골목마다 누비고 다녔다. 작은 집들이지만 벽에서, 대문에서, 앞마당에서 어디건 눈길이 닿는 곳마다 자기 몫의 삶을 사랑하는 사람들의 손길과 체온이 친근하게 느껴졌다.

아직 엄살 부릴 나이는 아니잖아! 괴테가 '파우스트'를 탈고한 게 여든 살이었다며?

대문 밖에 내놓은 화분 안에서 활련화가 친구들 이야기에서 빠져나와 제 생각에 함몰된 나와 눈을 맞추며 활짝 웃는다. 깜짝 놀라 새삼스럽게 친구들을 한 명 한 명 둘러본다. 담장에 기댄 채 혹은 화분들 사이사이로 나뉘어 서서 이야기를 주고받고 있다. 화려한 데 없이 분수껏 조촐하게 핀 꽃들과 나무들 속에서 친구들한테서 풍기는 엷은 향기와 은은한 빛이 옛날 집들이 즐비한 좁은 골목을 환하게 비춘다. 문득 오래 잊고 있던 '큰 바위 얼굴'이 생각난

그냥 있다

다. 저마다 손에 말아 쥔 우산에서 그녀들이 지나온 천둥 번개 치는 풍파의 시간이 읽힌다. 그런 세월을 슬기롭게 살아온 지혜가 쌓인 친구들의 얼굴이 하나같이 보기 좋다. 잘 살아온 훈장이다.

여든 살이라고 해도 괴테는 건강했잖아? 이거다 하는 뚜렷한 병명을 갖지 못했다 뿐이지 평생 글만 써온 여든 살 할아버지가 건강하면 얼마나 건강할 수 있겠어?

일몰이 온들 대수랴. 이에 프로젝트의 '미나미데라(南寺)'에서처럼 어둠에 익숙해지면 빛의 시원은 곧 찾아질 것을. 아니, 어쩌면 이제부터의 빛은 나를 반사하면서 떠오르는 어떤 것, 내가 만들어 내는 반영이라든가 고유한 색깔 같은 것을 통해서만 볼 수 있던 지금까지의 빛과 달리 나를 비추고 있는, 이 표현이 적절치 못하다면 내 위에 머물고 있는 빛 자체를 볼 수 있게 되지 않을까. 말하자면 빛과 내가 같은 공간 안에서 별개의 실존일 수 있다는 말이다.

나는 내 안에서 계속 빛을 설명하려드는 제임스 터렐의 말을 막으면서 어느 틈에 비가 갠 서녘 하늘을 서서히 물들여 오는 노을에 그만 혼을 빼앗겨버린다.

8부

해외 문학통신

— 일본 작가들 소설읽기

문학이 있음은 희망이다. 혹자는 영상미디어에 짓눌려 이제 문학은 바닥을 칠거라고도 한다. 끝은 바로 새로운 시작이 아닌가. 바닥을 친 문학이 다시 비상할 날이 꼭 올 것이다. 그 날까지 문학을 보듬어 안고 사랑과 신뢰로 지킬 일이다.

타자의 세계로 외출하기

『나의 계절』이 보여 준 새 지도

사에키 가즈미의 첫 작품 『나의 계절』은 전혀 소설답지 않은 이야기를 빌어 '나'를 벗어나 '다자'의 세계를 산책하는 일본인의 의식세계를 투명하게 보여준다.

살아가면서 우리는 종종 우연찮게 맞닥뜨린 어떤 예술작품으로부터 예기치 못했던 강한 충격을 받을 때가 있다. 이 때 내 영혼을 그렇게도 강하게 흔들어 놓았던 느낌을 막상 글로 풀어내어 남에게 내보이고 그 충만한 기쁨을 공유하기란 생각만큼 쉬운 일이 아님을 우리는 경험한다. 『나의 계절』의 주인공 '나'는 아주 담담한 어투로, 마치 오랜 세월을 걸려 한 올 한 올 짜낸 직물같이 결이 고운 이야기로 그와 같은 기쁨에 우리를 동참시킨다. 한 직물 예술가와의 조우에서 맛보는 희열이 어줍잖은 비평의식의 비등이나 삭혀지지 않은 전문지식으로 읽는 이를 주눅들게 하는 날냄새 없이 참으로 잘 전해진다.

'나'와 내 아내는 우연히 한 노르웨이 출신의 직물 예술가의 작품과 만난다. 투명한 헝겊을 소재로 아플리케나 수를 놓아 장식예술을 창작해낸 노르웨이 예술가의 혼은 소설가인 '나'는 물론 천연염색 작업을 하는 나의 아내를 매료시킨다. '헝겊 스테인드글라스'라는 화집을 보고 난 아내가 마침내 사진이 아닌 실제 작품을 만나보고 싶은 염원을 그냥 접을 수 없어 그녀에게 편지를 띄우면서 소설은 시작된다.

그러나 아내의 편지는 뜯기지도 않은 채 되돌아 왔다. 직물 예술가인 그녀가 이미 고인이 되었음을 알리면서 그녀의 남편은 '혹시 제 아내가 해온 전문적인 내용에 관해 좀 더 자세히 알기를 원하신다면 저라도 도와드릴 일이 있을는지요.'란 쪽지를 보내왔다.

이 젊은 부부의 노르웨이 여행은 그렇게 해서 시작되었다. 봄, 여름, 가을, 겨울. 노르웨이의 일 년을 체험하기 위한 목적으로 시작된 여행은 그야말로 색깔과 공기의 향연이었다.

의기투합한 두 사람이 같은 목적으로 '외출'하는 모습은 신선하다. 사실 이런 모습은 일본인에게 있어 그리 흔한 일이라고는 할 수 없다. 지도 위에 한 점으로만 존재하던 노르웨이란 나라, 아직까지는 일본인들에게 일반화되어 있지 않은 먼 나라, 타자의 세계로의 '외출'은 일본적인 세계로부터의 '벗어남'으로 해석된다.

"수업 시간에, 아마 지리 시간이었던 것 같아요. 지금 생각해 보면 그 날 담임선생님이 몸이 안 좋으셨던지, 아니면 아이들이 모두 집중이 안 되어 수업 분위기가 산만해서 였는지…"

그 '지리 시간'에 아이들은 지도첩을 펼쳐 놓고 선생님이 부르는 지명이나 강을 찾아내어 빨간 연필로 동그라미를 그려 나가곤 했다는 것. 그냥 그게 전부였던 수업이었는데 그렇게 재미있었다고 아내는 여행 도중 옛날을 추억한다.

"내가 직접 그 땅을 밟고 가는 듯한, 여행을 떠나기 위해서 빨간 연필로 동그라미 그려진 미지의 도시를 내가 지금 밟고 있구나 하는 느낌이 들었어요. 트롬소만 해도 여기 여행할 때까진 전혀 몰랐던 도시지만 틀림없이 지도첩 어느 페이지 안에 분명히 그려져 있지 않겠어요! 뭔가 묘한 기분이에요."

그런 아내에게 나도 어린 시절 무선으로 교신했던 나라마다 빨간 표를 그려 넣었던 일이 있었다고 고백한다.

이제까지의 일본의 대부분의 소설이 주인공 한 사람이 이끌고 나간 것과 달리 이 소설 『나의 계절』에서의 젊은 부부의 모습은 아름답다. 이 두 사람이 계속할 노르웨이의 겨울 모습이 궁금하기도 하다. 일본이란 의식세계를 훌훌 벗어버리고 더 넓은 세상으로 '외출'할 부부가 찾아갈 새로운 지도를 발견해 보는 것도 북구 노르웨이의 장식예술 탐험과 더불어 이 소설의 각별한 묘미다.

탈력계 중년의 구원

우리 옛말에 상주보다 복쟁이가 더 서러워한다는 말이 있다. 시메마츠 기요시의 소설집 『휘파람을 불며』를 읽으면 새삼 그 말의 진의를 생각하게 된다.

인생에 있어서 좌절이란 무엇일까.

"내 인생은 이제 끝장이야!" 어쩌구 푸념을 하며 눈물바람을 해대는 사람일수록 아직 말짱하다. 정작 좌절한 사람, 고통 받는 사람은 아프다고도 괴롭다고도 소외당해 외롭다고도 말 못한다. 말하자면 진정한 좌절은 남몰래 찾아든다. 그것은 세상으로부터의 거절이 아니다. 거절을 받을 만한 가치도 없다. 그 자리에 없는 듯 무시당하는 존재, 버려질 수 있는 존재, 그런 끔찍한 좌절을 견뎌내는 이들이 바로 지금의 중년 세대다.

이 소설집의 등장인물들은 모두 이 사회로부터 용도 폐기된 잊혀진 존재들이다. 정리해고 대상 명부에 올라 있는 가장, 일찍이 자기 주장을 거세당한 교사, 아내에게 느닷없이 최후통첩을 받은 남편, 팬들의 기억 속에 그림자도 남아 있지 않은 왕년의 야구왕… 눈길 닿는 곳이면 어디서나 쉽게 발견할 수 있는 사람들이다.

드라마의 주인공은커녕 지나가는 이야깃거리에도 등장할 수 없는 탈력계의 중년들. 이렇게 존재감마저 희미하기 그지없는 주인공들이 득시글거리는 이 소설들이 결코 재미하고는 거리가 먼데도 불구하고 독자들의 관심이 집중되고 있다.

시게마츠는 자기의 주인공들을 부추겨 세우지도, 그렇다고 '네가 젊어서 이렇게 저렇게 허송세월을 했기에 오늘의 네가 있는 게 아니냐'고 야단을 치지도 않는다. 다만 무기력한 아버지의 딸이거나, 거세당한 교사의 학생이거나, 왕년의 야구왕 시절의 후배 등의 시선을 통해 자신의 주인공들을 지켜볼 뿐이다.

어느 소설에서건 초라하기 그지없던 주인공이 모든 것을 다 해결해 내는 초인간이 되는 기적은 결코 일어나지 않는다. 그러기 때문에 거기서 담담하고 잔잔한 기쁨을 발견할 수 있고 그 기쁨이야말로 지칠 대로 지친 중년을 구제할 수 있는 서사가 되지 않을까 싶다.

새해를 여는 단편들의 잔치

올해도 변함없이 일본의 문단은 풍성한 단편들로 새해를 열고 있다.

비록 이즈음 들어 단편이 문학에서 차지하는 무게가 많이 줄어들었다고는 해도 내로라 하는 일본 문예지의 신년호는 여전히 단편소설 특집을 앞장 세웠다. 쫀쫀하게 잘 짜여진 한 편의 단편이 내보이는 생존풍경은 마치 거울 앞에서 이 시대의 우리네 삶을 되비쳐 보는 듯 생생하다.

문화코드가 비슷한 동북아시아권이라서 그럴까, 아니면 사람이 사는 일이라는 게 결국 그 속내가 거기서 거기인 까닭일까. 늘 일본의 문학작품을 대할 때마다 느끼는 건 그네들의 고뇌가 바로 우리의 숙제라는 점이다.

신년 특집호에 실린 대부분의 단편 안에 가득한 고령화사회의 불안이라든가 흘러가는 세월을 직시하는 노년의 모습은 그렇기 때문에 조금도 낯설지 않다.

이웃 없는 고독한 노년

이웃에 사는 노부부가 일주일 예정으로 여행을 떠나면서

부터 시작되는 구로이의 「이웃집」(신조).

안개비에 옷이 젖듯 이야기 행간에서 스며 나오는 불안에 차츰 마음이 산란해진다. 지금까지 단 한번도 그런 일이 없었던 이웃집의 부재로 일어나는 예사롭지 않은 사건들을 꼼꼼하게 짚어나가는 과정 속에서 이웃과의 관계가 거의 없이 살아가는 도시인의 각박한 모습, 고령화 사회에의 불안이 면면이 내비친다.

「이웃집」은 특히 그 결말이 산뜻하다. 여행을 떠난 줄로 알았던 노부부는 정작 집에 있지 않은기! 매일 숫자가 올라가는 가스 계량기 등 여러 가지 예측할 수 없는 조짐들이 하나씩 하나씩 드러난다. 이러다가 정말 무슨 일이 일어나고 마는 게 아닌가 하는 불안은 끝을 모르게 치닫기만 한다.

마침내 노부부가 여행에서 돌아오기로 예정된 날 하루 전. 화자는 한밤중에 휘황찬란한 불빛이 흘러넘치는 가운데 요란하게 열린 파티를 목격하게 된다. 실제 상황인지 꿈인지 아니면 환각인지, 결론을 내릴 수 없는 흔들림 속에 독자를 밀어 넣는 이 단편의 끝머리가 매력적이다.

마치다의 「하수구 쳐내기」(문학계)의 끝머리 역시 읽는 이를 환각의 세계로 이끄는 단편이라 할 수 있겠다. 반상회비를 체납한 벌로 마을 안으로 흐르는 하수구 청소를 하게 된 '나'의 굴욕감이 마치 취객의 주정처럼 수다스럽게 쏟

그냥 있다

아진다.

뻔뻔스런 마을 사람들의 분노 속에 외톨일 수밖에 없는 '나'의 비애를 익살스럽게 엮어나간 것도 흥미롭지만 마지막 반전이 가져온 묘미는 단편만의 맛이라고나 할까. 혼자라고만 믿었던 '내' 뒤로 '나'를 지지하는 수많은 동행자가 있음을 문득 발견한 '나'의 행복한 환상은 읽는 이까지 그 황홀함에 동참시킨다.

흘러간 세월과 마주 선 노년의 모습

동창회의 정황은 한국 일본 가릴 것 없이 늘 많은 작가들의 소재가 되어 왔다. 머리를 맞대고 공부하며 티 없는 꿈을 키워온 친구들을 청춘이 다 가버린 노년에 문득 다시 만난다는 일은 그 장면 자체가 정치한 단편이랄 수 있지 않을까.

요시무라의 「사라진 마을」(신조)이 그렇다. 칠십이 넘은 역사학자가 초등학교 동창회에 참석한 이야기는 마치 과묵한 한 폭의 수묵화를 바라보는 듯하다.

전쟁의 상흔을 이겨내지 못하고 자살해버린 친구가 있는가 하면 여자문제로 살인을 저지른 친구에 이르기까지 미묘한 삶의 갖가지 기억들이 노학자를 음울하게 만든다. 과장하지도 왜곡하지도 않는 담담한 필치에 끌려 읽어가노라면 마음에까지 슬픔이 자작자작 스며든다. 세월의 부피만큼 슬기와 연륜이 쌓인 노학자가 흘러가버린 시간과 조용하게 마주 선 모습에서 바로 우리네 삶의 참모습을 발견할 수 있다.

다카키의 「목숨 던지기」(群像)의 경우는 색다른 결말이 의아스럽다. 봉급생활을 하고 있던 나는 암에 걸린다. 고향 마을축제에 참석한 나는 그런 자신을 고교 친구들한테 터놓고 하소연할 기회를 놓쳐버리고 만다. 축제로 한껏 달뜬 마을의 분위기와 죽음을 앞둔 나의 처절한 고독의 대비가 돋보인다.

생명에 족쇄를 채운 암이 부단히 영혼에게 흠집을 내도 나는 흔연하게 앞장서서 축제 분위기를 한층 고조시킨다. 그리고 그 모임이 끝났을 때 나는 50년의 삶을 마감한다.

한 장의 사진 속에서도 숱한 이야기가 살아난다.

옛 친구들과 공유했던 과거에서부터 이야기의 실마리를 풀어 나간 소노의 「길을 벗어나서」(신조) 역시 대본작가가 이따금씩 꺼내 보는 묵은 사진 한 장에서 시작된다.

사진 속에는 이미 학창시절에 교통사고로 유명을 달리한 친구며 알츠하이머병에 걸린 아내를 보살피기 위해 번듯한 상사의 고위직까지 마다하고 들어앉은 친구. 그리고 홀아비가 된 친구가 있다. 홀아비가 된 친구는 바로 얼마 전까지만 해도 부러울 게 없는 탄탄한 행복 속에 안주하고 있었다. 아버지에게 물려받은 증권회사는 날로 번창했고 사랑하는 아내가 있는 가정은 안온하기 그지없었다. 그러

그냥 있다

나 암이란 놈은 친구의 아내는 물론 그의 행복까지를 가차 없이 빼앗아가버리고 말았다.

　45년이나 해묵은 사진을 들여다보며 친구들의 아픔을 되작여 보곤 하던 대본작가에게도 어느 날 삶이 딴지를 걸어온다. 사랑하는 남자가 있다. 더 늦기 전에 그 남자와 더불어 나의 삶을 새롭게 시작하고 싶다… 아내가 남기고 간 쪽지엔 그런 내용이 적혀 있다. 뜻밖의 상황에 부닥뜨린 대본작가는 처음엔 우두망찰했지만 차라리 속이 후련하기도 했다.

　같이 사진을 찍었던 친구들의 삶의 현주소를 살펴보면서 나름대로 자기는 대과 없이 여기까지 살아왔구나 라고 안심하는 순간 운명은 또 다른 길로 그를 이끌었던 것이다.

　이상 문예지 신년호에 실린 몇 편의 단편을 통해서 살펴본 인본문학계의 동향은 바로 일본인들의 삶의 궤적이라고도 볼 수 있겠다. 문학이 현실을 그대로 반영하든, 우리의 영혼을 좀 더 높게 이끌어주는 선도의 역할을 담당하든 문학이 있음은 희망이다. 혹자는 영상미디어에 짓눌려 이제 문학은 바닥을 칠거라고도 한다. 끝은 바로 새로운 시작이 아닌가. 바닥을 친 문학이 다시 비상할 날이 꼭 올 것이다. 그 날까지 문학을 보듬어 안고 사랑과 신뢰로 지킬 일이다.

이야기로 소생하는 메마른 언어들

　지금 일본열도의 문학계는 현대 노인들의 '분노'가 월드 컵의 열기를 앞지를 만큼 들썩거리고 있다. 분노의 원천은 지난 한 해 동안 잡지에 연재했던 열두 편의 단편을 묶은 『분옹』(신조사 간)이다.

　이 소설집은 신경질환을 앓고 있는 한 여자 대학생을 그린 단편 「묘자」로 1971년 아쿠다카와상을 받은 후루이 유키치의 회심작들이다. 후루이는 엄격히 선별한 언어들을 가지고 직조해낸 농밀한 문체로 일본문학계에서 높이 평가받고 있는 작가다. 이번 작품집 또한 일상생활의 주변에서 제재를 구하여 거기서 단백한 맛을 찾으려는 가벼운 터치로 분노가 들끓는, 혹은 불만이 가득한, 아니면 삶에 지친 노장년의 가지가지 인간 모습을 그려내어 마치 현대의 괴담 같은 맛을 풍겨낸다.

　'내면의 세대'를 대표해온 이 작가가 아사이신문(조일신문, 2002년 5월 24일자)과의 대담에서 자신의 작품 안에 응집된 현대사회에 대한 예리한 비판과 이 시대의 언어가 처한 위기에 대해서 나눈 내용을 찬찬히 살펴보면 마음의 병을 앓으며 고통스러워하는 현대 일본의 속 모습을 발견할 수 있겠다.

'분옹'이란 일본의 전통 가면극 노에 나오는 등장인물 중 하나다. 일본의 중세인 무로마치시대에 집대성된 가면극에 나오는 노인탈, '분옹'은 원망이나 노여움, 분노 또는 화로 가득 찬 노인을 말한다.

단행본에 실린 열두 편의 작품들은 각각 독립된 형태로 꾸며졌지만 '분노'라는 같은 모티브로 연결되어 있어서 연작이라고 해도 어울릴 만한 확실한 일관성을 찾아볼 수 있다. 첫 작품, 신칸센안에서 젊은이에게 말을 걸어 자리까지 빼앗은 노인의 '울분'에서 시작하여 회사의 비리 때문에 자살하는 남자, 직장 상사가 사무실에서 뛰어내려 자살하는 광경을 목격한 사내, 마지막 열두 번째 작품에서 보여주는 '분노'에 이르기까지 오늘을 살아가는 사람들의 가슴 저 밑바닥에 가라앉은 노여움의 앙금을 갖가지 모양으로 서서히 떠올려 보여준다.

작품마다 분노의 농도는 지극히 결함에도 불구하고 분노를 겉으로 분출시키기보다는 인물 내면에서 은근한 연기만 피워낸다. 작품 속에서 벌거벗은 겨울나무의 인상을 '뿌리에서부터 고통스런 모습을 벗겨내고 있다'란 대목이 있듯이 우리가 살고 있는 삶의 바닥 그 자체가 바로 고통의 뿌리가 아닐까. 이렇게도 저렇게도 떨쳐버릴 수 없는 그 고통의 덩어리는 사람마다 가슴 밑바닥에 깊이 자리잡고 있기에 우리가 만난 작중 인물들에게서도 겉모습만으로는 쉽게 찾아낼 수 없는 것은 당연하다.

작가는 육친이나 지인의 죽음을 직면한 이의 슬픔과 고통, 피해갈 수 없는 늙음에 대한 불안, 여의치 못한 인간관계에서 오는 분노, 투병생활, 전쟁 중에 겪었던 공습에 대한 공포, 패전 직후 생활고에 허덕였던 어린 시절의 불안 등이 만들어낸 노여움에 갇혀 사는 여러 인물들을 보여준다. 자칫 외면당하기 십상인 이들 어둑직직한 이야기 속으로 독자를 주저하지 않고 동참시키는 것은 작가의 리드미컬한 문장이다. 때로는 수사가 지나쳐 난해하다고 할만한 예스런 말이나 사상이 보여지기도 하나 그것 또한 등장인물들의 내면세계를 필자의 시선이 닿을 수 있는 곳까지 보여주고자 하는 노력으로 이해된다.

수록된 '일곱 노인'을 보면 마치 보들레르의 시집 『악의 꽃』에 나오는 '일곱 노인'을 연상케 하는 문장의 리듬이 특히 걸출하다. 작가 자신도 "보들레르의 그것과 좀 비슷한 점이 있지요. 아니, 아주 조금은 그것과 통하기도 하지요. 나 자신 체험한 것도 있고, 다른 사람에게 물어본 것도 있어요."라고 밝혔다.

나, 자기, 남자, 남편, 그 사람, 이와무라 등 작품마다 각기 다른 이름으로 펼쳐지는 이야기 속에서 결국 독자들이 맞닥뜨리는 실체는 세계 최고의 고령국가인 일본의 어두운 그림자, 일본 노인들의 모습이다. '사람이 나이가 들면 젊은 시절의 개성을 뛰어넘어 너나없이, 늙음만이 보여줄 수 있는 한 가지 모습으로 나타나게 마련이다'란 작가의 말은 그래서 쉽게 수긍이 간다.

'경제성장은 싸움 그 자체였다. 그것은 경제에서의 동원령이었다. 이제 그것은 패전에 가까워지고 있다. 옛날의 태평양전쟁에서 돌아온 사람들은 허탈감 속에서 욕망의 에너지에 빠져들어 경제 성장을 이룩했다. 지금 이 시대의 사람들에게는 또 무슨 에너지가 불어닥칠 것인가. 패전으로 굴절된 마음은 또 어떤 형태로 나타날 것인가.'

'이 시대의 사람들은 저마다 고독하다. 30년쯤 전만해도 개인은 고독해도 전체적으로는 집단적인 심정이 있었다. 그러던 것이 구조조정, 정년퇴직 등이 진행되면서 특히 노년의 비애가 커지고 있다. 인간이란 고립되면 유령처럼 보이게 마련이고 사회라는 그물눈에서 제외되면 세상을 바라보는 시선 또한 바뀌어 저 자신이 주관적으로도 유령처럼 되어버린다.'

근자에 들어 정년퇴직한 남자들이 햇빛 찬란한 대낮에도 공원 벤치에서 볼썽사납게 나뒹굴며 자고 있는 모습을 흔히 볼 수 있다면서 작가는 작품 속에 배태된 분노의 뿌리를 설명한다.

이 작가는 일 년에 몇 번씩 라쿠고(일본식 만담)낭독회를 갖기도 한다.

자신의 작품을 가지고도 하고 라쿠고 텍스트를 낭독할 때도 있을 만큼 일본어에 대한 사랑이 극진하다. 어떤 관념적인 언어라도 음성을 통해서 재생하였을 때 형상을 미뤄내지 못하면 그것이 바로 문학의 취약점이 아닌가를 최근 들어 깨달았다고도 했다.

"나쓰메 소세키든 시가 나오야든 메이지 시대의 작가에겐 이야기의 틀이 있었어요. 그러나 언어가 지적, 관념적이 되면 문정도 시각직이 되어버려서 이야기의 형태를 잃어버리게 되죠. 그렇게 되면, 남는 것은 다자이 오사무 같은 작가의 익살이 들어간 이야기뿐이지 않을까요?"

지금까지 지극히 촘촘했던 문장에서 한 발 옆으로 비껴서서 물 흐르듯이 쓰고 싶은 생각에 다다른 작가는 이즈음 호흡을 천천히 그리고 길게 한다고 한다. 일본어란 호흡을 길게 할수록 오히려 문장이 짧아진다는 걸 알아차렸다는 거다.

10여 년에 걸친 장기 경제불황과 눈살 찌푸리게 하는 정치 스캔들이 초래한 사회의 불안정한 움직임 속에서 작가라고 편안할 수만은 없다. 세간에 활기가 없음은 바로 문학의 활기도 없어지는 연동체하고 그는 말한다.

'문학은 세간의 언어와 무관하지 않기 때문에 문학도 현실과 함께 가난해지는 것은 당연한 일이다. 지금처럼 언어의 실속이 없고 메마르게 느꼈던 때가 없었던 것 같다. 언어에 신뢰감이 없다면 아무리 뒤집어엎어서 새로운 의미로 표현하려 해도 답답하기는 여전할 뿐이다. 마치 언어의 군량미 창고를 공격하는 격이라고나 할까.'

이야기란 언어를 소생시키기 위한 시도이다. 다시 말해서 언어의 부실 채권은 개인적인 남녀관계에서부터 조직, 정치, 경제까지 파급될 수 있다는 뜻이지 않겠냐면서 작가는 그래도 희망을 내보이며 아사히신문과의 대담을 끝맺는다.

"언어란 고난 가운데서 연마되는 것이지요. 사회적 고통이든 경제적 고통이든 표현할 힘을 잃어버렸다고 절망하는 순간에 언어는 차츰 되살아나는 것이 아닐까요!"

이렇게, 세상을 왜곡된 감정으로 대하는 마음의 풍경을 연이어서 담아내고 있는 이 연작 단편들은 일본의 그림자를 되비쳐주면서 이야기를 통해 메마른 언어를 다시 살려내야 하지 않겠느냐고 작가들의 각성을 촉구하고 있는지도 모르겠다.

'97년 문학, 활성화냐 거품이냐

　한동안 '쇠퇴' 혹은 '부진'이라고 폄하되어 왔던 일본문학에 있어 1997년이야말로 활성화로의 증후가 서서히 나타났던 한 해가 아니었던가 싶다. 소위 초킥긱과 젊은 세대로 불려지는, 아베 가즈시게, 아카사카 마리, 후지사와 메구루 등과 같은 논리적이거나 지적이라기보다는 감각적인 문체로 단 몇 줄만 읽어보아도 누구의 소설인지 곧 알아차릴 수 있는 개성파 신세대들의 등장은 작품 자체의 질을 논하기에 앞서 독자들로 하여금 생동감을 느끼게 만들어주었고 그와 동시에 '문예서 부흥'의 한 계기가 되었다.

　'문예서 부흥'이라며 출판계의 쾌재를 부르게 만들었던 또 다른 이유의 하나는 '문학상의 다산'을 들 수 있겠다. 수상작을 아예 내놓치 않았던 2년 전의 아쿠타가와상과 나오키상은 물론 다니자키상, 노마문예상, 요미우리문학상 등의 3개 상 모두가 수상작이 없어 문예 부진이라며 울상을 지었던 '96년과 달리' 97년에 들어서는 1월부터 유미리의 『가족 시네마』와 쯔지 히도나리의 『해협의 빛』을 아쿠타가와상 동반 수상작으로 내면서부터 마치 경쟁이나

하듯이 이주미쿄카문학상, 가와바타야스나리문학상, 노마 문예상까지 차례차례 동반 수상작을 냄으로써 출판계에 소설 풍년을 이루었다.

혹자는 이런 흐름을 문학이 과도기를 맞아 소설의 평가 기준이 절하됐거나 모호해졌다고 하고 문학상이 공정성을 떠나서 알음알음으로 나눠먹기식이 되어버렸다고 한탄하면서 문학상에도 거품을 걷어내버려야만 독자들이 진정으로 가치 있는 문학 작품을 만날 수 있다고 걱정을 하기도 했다. 하기사 이제까지도 기존의 문단에 새로운 스타일의 작품이 나올 때마다 중진 문학인들로부터 '이런 것도 문학 작품이랄 수 있겠느냐'란 시비가 나왔던 것은 으레 있음직한 통과의례 같은 해프닝이긴 했지만 자기는 '훌륭한 소설가'가 되기를 원치 않으며 가능하면 '나쁜 작품이라고 불려지는 소설'을 쓰고 싶다고 선언하고 나선 무라카미 류의 등장은 스타 작가의 새로운 도전이 아닐 수 없다.

최근 수년 간 연말 베스트 셀러 종합 랭킹 20위 안에 들었던 문예서를 살펴볼 때 '95년에는 세나 히데아키의 『페러사이트 이브』가 '96년에는 이시하라 신타로의 『동생』만이 고작이었던 것과는 대조적으로 '97년의 결실은 자못 풍성하다.

우선 작년 한 해 동안 일본의 세태를 대표하는 유행어 대상으로 '실락원'이란 말이 나올 만큼 불륜 소설이 붐을 이뤘던 가운데 유미리의 『가족 시네마』가 27만 부, 쓰지 히도나리의 『해협의 빛』이 22만 부, 나오키상을 수상한 시노다 세쓰코의 『여인들의 지하드』가 24만 부의 판매 실적을 올렸다. 물론 2백 67만부가 팔린 와타나베 쥰이치의 『실락원』이나 하야시 마리코의 『기분 나쁜 과일』 55만 부 돌파와 비교해볼 때 많은 차이가 있는 것은 사실이지만 나름대로 젊은 세대의 당당한 입성이 아닐 수 없다.

또, 현실적으로 엄연한 불륜임에도 불구하고 가슴으로 스며드는 달콤한 묘사로 중년의 사랑을 그린 『실락원』이나 살아있다는 실감을 느끼지 못하고 주체할 수 없는 권태로 허덕이던 『기분 나쁜 과일』의 주인공이 "남편 이외의 남자와의 섹스는 왜 이렇게 즐거운 것일까?"라고 환호하며 생명의 불을 찾아, 에로스의 정점으로 치닫는 이야기가 밀리언셀러로 대두한 것은 공허한 시대를 살아가는 현대인에게는 불륜도 오히려 농밀한 로맨스로 수용된 것이 아닐까 하는 짐작이 가기도 한다.

그런가하면 전쟁의 한가운데서도 씩씩하고 바지런하게 살아가는 갸륵한 소년의 모습을 그린 세노오 갓파의 『소년 H』가 1백 60만 부를 돌파하여 지난 시대에의 짙은 향수를 불러일으키면서 세대 간의 간극을 넘어선 광범위한 독자층의 사랑을 받기도 했고, 나오키상으로 불이 붙은 아사다 지로의 단편집 『철도원』은 70만 부에 가까운 히트를 치기도 했다. 현대인의 동화라고나 할까. 지금은 죽어 없어진 이들을 향한 따뜻한 사랑의 묘사가 읽는 이로 하여금 '인간이란 참 괜찮은 존재야.'라고 읊조릴 수 있는 정감을 불러일으킨 작품이 바로『철도원』이다.

이 밖에도 12월에 발표되어서 작년의 랭킹 안에는 들어가지 못했지만 이미『마르크의 산』으로 큰 반응을 불러 일으켰고 높이 평가 받았던 다카무라 가오루의『레이디 조커』가 49만 부, 세나 히데아키의『BRAIN VALLEY』가 발 빠르게 30만 부의 판매 실적을 올린 것은 결코 문학상의 거품으로만 밀어 부쳐버릴 수 없다고 본다. 분명한 새 활성화의 흐름이 '97년 한 해 동안 일본문학계로 밀려든 것을 부인할 수 없겠다.'

급변하는 전자출판, 즐거운 소설 속 상상

종이 없는 책들

진화하는 전뇌사회가 일본의 책과 출판 세계를 급변시키고 있다. 지난 9월 1일 개점한 전자문고 팟푸리(pot pourri) sms 여덟 개의 대형 출판사가 공동 참여한 출판계의 혁명이라 할 수 있겠다. 코오단샤(講談社), 코오분샤(光文社), 슈에이샤(集英社), 신초샤(新潮社), 추오코론샤(中央公論社), 도쿠마쇼텐(德間書店), 분게이슈운슈(文藝春秋)가 공동전자서비스를 기치로 내걸고 발벗고 나선 것이다.

팟푸리는 예전처럼 서점을 통하지 않고도 인터넷으로 소설에서부터 만화에 이르기까지 모든 책을 독자에게 직접 배신해 준다. 읽고 싶은 책을 독자들이 PC나 후대정보단말기에서 다운로드 받을 수 있는 것은 일반 서점에서는 도저히 맛볼 수 없는 매력이다.

이 같은 전자서점의 개점은 자연스럽게 인터넷에서 활약하는 온라인 작가를 배출시킨다. 작가들의 입장에서는 작품을 서점이라는 중간 매개를 거치지 않고 독자들과 직접 접촉함으로써 그들의 반응을 그때그때 즉시 파악할 수 있

그냥 있다

는 장점이 있다.

그러나 그 장점 때문에 일어나는 문제점도 간과할 수 없다. 저작권 침해가 쉽게 발생할 수 있다는 점이 그것이다. 이 문제점은 전자서적 혹은 디지털 책이라고 불리는 종이 없는 책이 증가하면 할수록 깊이 연구하여 보완해야 할 과제이다.

최근 우리나라에서도 알샘 닷컴(고려원)에서 1백여 명이 넘는 소설가들의 작품들을 망라한 전자책방을 개점할 채비를 갖추고 있는 것으로 알고 있지만 출판계 전체의 움직임으로까지는 아직 확산되고 있지 않은 듯하여 일본의 발빠른 변화가 눈에 뜨인다.

이 가을, 세 편의 장편으로 본 일본문학계의 기류

야스오카 쇼타로의 『가가미가와』(鏡川)가 신조사에서 출간 됐다. 지난 6월에 나온 『전후문학방랑기』(岩波新書)에 이어 19년 만에 소설을 발표한 야스오카의 나이는 올해로 81세, 그야말로 노익장을 과시했다고 할 만하다.

고향인 도사(일본의 현 고치켄)에서 어머니의 계보를 거슬러 올라가다가 먼 친척뻘 되는 한문 시인 니시야마 후모토와 맞닥뜨린다. 야스오카는 후모토에게서 규격에 얽매이기 싫어하고 게으름뱅이인 자기를 발견하게 되고 따뜻한 시선으로 그의 삶을 조명해 나간다.

일본문학계에서 야스오카 최만년의 가작이라고 평가 받

고 있는 『가가미가와』는 사실 고조다운 골조가 없는 소설이다. 어머니의 친정집 앞에 있는 가가미가와를 오가는 작은 배처럼 역사의 부침에 상관 않고 자기만의 삶을 살다간 한 시인의 내면세계를 자유스럽고 활달한 문장으로 풀어나간다. 신분 상승의 욕구가 강했던 시대에 세련되지 못한 촌뜨기로 가난하고 고독하게 살다간 후모토(1859~1928)의 삶의 내력은 바로 야스오카 자신이었다. 실제로 구제 고등학교 시험에 세 번이나 낙방한 야스오카는 후모토처럼 장례식 때 만장이나 들고 다니는 일로 생계를 유지할거냐고 어머니로부터 힐난을 받은 적도 있다.

"지난 오십여 년 동안 난 도대체 뭘 해왔던가, 돌이켜 보면 메마른 모래를 아무리 두 손아귀 가득 움켜쥐어도 결국은 모두 새어 나가버린 것 같은 허전함을 감출 수가 없어요."

학교를 싫어하고 문학만을 사랑했던 소년시절, 요시유키, 시마오와 더불어 '제3의 신인' 시대를 구가했던 야스오카의 이번 소설은 어찌 보면 일본문학의 한 시대를 마감하는 작품이라고 해도 무리가 없겠다.

다니구치 게이코의 주인공은 우리에게 '싫은 여자'의 진실을 보여 준다. 그녀의 소설 『에이쿠』(통증, 강담사)는 패미니스트 소설로 흔히 우리들이 가지고 있는, 나긋나긋하고 남성 취향에 길들여진 일본 여성상을 흔들어 놓는다. 소설

그냥 있다

속에 등장하는 뮤지컬 '라만차의 사나이'의 대사에서 이 소설의 주제를 읽어낼 수 있다.

"후회 없는 인생을 살기 위해서는 언제까지나 주어진 삶에 적당히 영합해서 살 수 만은 없다. 자신이 소망하는 가치 있는 삶을 이뤄내려면 자신은 물론 안이한 상식과의 부단한 싸움을 해야 한다."

결혼하면 가정에만 파묻혀 자녀 교육에 전념하고 식구들의 뒤치다꺼리에만 골몰하던 지난 시대의 여성들은 한결 단순하고 안일한 삶을 살았을지 모른다. 선택의 폭이 넓어지고 자신의 커리어를 확실한 자기 의지로 쌓아올리며 살아가는 현대의 여성들은 한 인간으로서의 성취감은 분명 대단하다. 그러나 아무도 자신 있게 어느 쪽 삶이 더 행복하다든가 값지다고는 평가할 수 없다.

끝없이 야망을 쫓아 동분서주하던 주인공은 어느 날 문득, '어디까지 계속 달리기만 해야 한단 말인가' 하고 자문할지도 모른다. 자신의 커리어가 쌓여간다고 해도 얼굴에 잔주름이 늘어가고 체력은 떨어진다. 나이를 든다는 것은 세상사를 체념하고 받아 들여가는 과정이라고 할 수 있겠다. 그러나 『통증』의 주인공은 그것을 거부한다. 새로운 것에의 도전은 평탄하지만은 않다. 때로는 통증을 동반한다. 흙 밖으로 모습을 드러낸 땅속줄기 같은 신경은 타인의 구둣발에 짓밟히게 마련이다. 결국 정신은 병들고 겁 없이 가졌던 꿈은 체념하고 만다.

주인공의 파탄이 손에 잡힐 듯이 보이지만 그러나 그녀는 보이지 않는 목표지점을 향해 여전히 달리고 있다. 도망갈 길도 준비하지 않은 채 되돌이킬 수 없는 시간을 열심히 살고 있는 주인공은 그래서 아름답다고 다니구치는 자신의 주인공을 찬양하고 있다.

기상천외한 상상의 세계가 얼마든지 가능하고 저자의 머릿속을 통과해서 그 손끝에서 풀려 나온 이야기의 실타래가 얽히고 설킬수록 소설은 그 읽는 맛이 각별하다. 모모타니 호오코의 『푸른 하늘』(강담사)은 그래서 재미있다.

열 여섯 살의 여고생 미유와 일흔 네 살의 독신 화가 이사지와의 농밀한 관계는 세상의 상식을 뒤엎어 놓는다. 그러나 요즘 세간을 시끄럽게 하는 원조교제와는 다르다. 새우등에 백발을 얹고 깊게 패인 주름살투성이 얼굴, 손등을 뒤덮은 검버섯의 노인, 옷차림만은 세련되고 개성도 펄펄 살아 있다. 우아하고 온화하며 밝기까지 하다. 고독함이 순수함과 섞여진 인간 이사지에게 미유는 60세의 나이 차를 넘어 같은 연배의 남자친구에게서 느낄 수 없는 만족감을 만끽한다.

두 사람의 입장이 기묘하게 처지거나 겹치는 상황이 흥미롭다. 사람이 서로 사랑하는데는 어떤 조건도 필요 없다고 생각하는 이사지는 나이도 상관 않는다. 미유도 아직 처녀이면서도 생리기능이 불능인 이사지에게 아무런 불만이 없다.

그냥 있다

상식을 초월한 이런 연애가 가능한 것은 세상이 그만큼 개인의 자유를 허용하는 수준까지 왔다는 이야기도 되겠지만 어찌 보면 삭막한 현실에서 벗어나고픈 소망의 다른 모습이 아닐까도 생각하게 한다.

　급사한 이사지의 죽음 앞에서 '그이는 9월의 높고 맑은 하늘'과 같았다고 연인을 기억하는 미유의 사랑이 홋카이도의 푸른 하늘과 함께 읽는 이의 가슴으로 푸른 물방울이 듣게 한다.

독거와 전자언어

　인간은 사회적 동물이라 했던가. 우리나라에도 '컴퓨터와 X하고 싶다'고 공공연히 외친 젊은 시인이 있는 걸로 기억한다. 전자언어를 통한 사랑이야기기 공전의 히트를 친 영화가 있는 것도 잘 알고 있다. 히키마의 『다락방의 아르마딜로』는 그 상황 설정이 한술 더 뜬다. 거북이를 닮은 견고한 갑으로 싸인 아르마딜로처럼 자신을 외부로부터 완전히 차단한 31세 된 주인공의 4년 간 생활은 전자언어에 의해 변해가는 우리네 삶의 양태를 경고하듯 보여준다.

　아르마딜로가 주로 중남미 산림 속이나 건조지에 살고 있는 동물인 것처럼 주인공은 자기 집 다락방에 칩거한 채 부모와의 대화도 팩스로만 오간다. 식사조차도 칩거 처음 아버지가 도끼로 다락방을 부수려고 하면서 생긴 구멍으로 넣어주어야 할 정도다. 서로 멀리 떨어져 사는 것도 아니고 한 지붕 아래 사는 가족끼리의 의사소통도 외부의 전자회로만을 통해서 오가는 이 낯선 삶의 양태. 삶의 유일한 보람은 FM 낮방송에 메시지를 보내는 일뿐인 주인공. 현대 사회의 체제에 순응하지 못하고 자립적이며 책임감 있는 개인이 되지 못한 아니면 되기를 거부한 채 자기만의 밀폐 공간에 처박혀 지내는 '아이어른'의 주인공은 미래의 우리 아이들의 모습이 아닐지 끔찍하다.

부모와 자식의 대화가 공중파를 타고 방송국 DJ의 중계로만 가능하고 마침내 가공할 만한 이 가족이 공개방송 특설 스튜디오에서 맞닥뜨리게 되는 대목에서 이제 인간은 더 인상 사회적 존재임을 부정하고 있는 건 아닐까 하는 의구심이 있다.

아카사카의 「진동기」(군상 98.12)는 얼핏 보면 평범한 로드 소설이다. 술을 사러 자기 '방'을 나선 과식구토증의 여자는 어느 날 지나가는 장거리 트럭을 우연히 타게 된다. 그 길로 여자는 니이가타까지 갔다가 도쿄로 되돌아오고 또다시 니이가타까지 가는 아주 단순한 구도다. 일면식도 없는 트럭 운전사와 자연스럽게 차 안에서 성관계를 갖게 된 직접적인 동기는 '방'을 벗어난 그녀에게 주어진 트럭 운전석이라고 하는 개인적인 공간과 그녀의 신체 사이에 생긴 친밀감 때문이다.

'털이 짧게 일어선 천으로 된 시트에 몸을 깊숙이 묻는다. 이건 바로 그 사내의 피부다. 트럭의 엔진이 공회전하는 진동을 가슴으로 피부로 느끼며 시트 안에 깊이 묻혀 있으면 마치 그에게 안겨 있는 듯한 묘한 안정감이 생긴다. 그때, 귓속으로 스며드는 모든 소리들은 안심하라고 내게 속삭이는 것 같다. 소리라는 소리는 전부 트럭 엔진

의 진동으로 미세한 원소로 분해되어 언어의 형태를 벗어버린 것같이 느껴진다.'

작가인 이 여주인공은 문자를 통해 '말'을 상품의 도구로 사용하면서 근간에는 지나치다 싶으리만큼 들끓어 오르는 내면의 '소리'에 두려움을 느끼고 있던 터였다. 무선으로 주고받는 장거리 트럭 운전사들의 전파를 타고 공간을 돌아들어 단편적으로 들리는 '소리'는 그녀를 숨 막히게 해왔던 이제까지의 강박관념으로부터 서서히 놓아주었다. 일단 발설된 말이 전자 통신망을 통해 소리가 되어 다시 되돌아들어 타인의 몸속으로 잦아드는 묘한 경험. 트럭 운전사가 바로 옆자리에서 말을 걸어와도 그저 근처의 '소리'로만 들리는, 밖에서 생긴, 내 것도 아니고 네 것도 아닌 '소리'를 매개로 하여 두 사람 사이의 관계는 부드럽게 열려간다.

외부와 차단된 개인의 공간, '방'에서 더 이상은 배겨낼 수 없어 몸부림치는 '개인'에게 어디로 떠나야 할 것인가 하는 방향을 뚜렷하게 보여주는 이 소설. 이왕에 해버린 '말'이 전자 통신 시스템을 통과하면서 주체가 없어진 '소리'는 진동에 의해 작은 원소로 분해되고 마침내 더 이상 '언어'가 아닌 것이다.

인간의 미래 가운데 죽음만큼 확실한 명제가 또 있을까.
야마다의 「최후의 자료」(문학계 99.1)는 '마치 경찰 조서를 꾸미듯' 다가오는 자기의 죽음을 차분하게 기록해나간 레퀴엠이라 할 수 있다. 생전에 수사1과 형사였던 시동생은 '죄라고는 부를 수 없는 죄를 주제로 한 단편을 쓰고 있는 형수'인 내게 자기가 직접 취급했던 사건에 관한 정보를 알려준다. 그런 그가 일단 발병했다 하면 5년을 넘기기 힘들다는 '확장성 심근증'으로 죽은 뒤 내게 남긴 것은 죽기 하루 전날까지의 자신에 관한 세밀한 기록이다.

시간의 흐름을 따라 적군처럼 진격해 오는 병마의 갖가지 모습과 죽음을 맞이하는 시동생의 일상이 소상히 담긴 기록을 붙안고 '나'는 시동생의 장례를 치른다. 생전에 '시동생과 나누었던 말'들을 새삼 떠올리면서 담담한 어조로 이야기를 끌어가는 이 소설은 자신의 죽음을 처음부터 알고 있는 한 인간의 응축된 삶의 무게가 읽는 이의 가슴을 둔중하게 울려준다.

유미리의 소설은 여전히 마지막까지 단숨에 읽히는 힘이 있다. 「골드 러시」(신조 98.11). 매춘과 마약, 폭력이 나무하는 요코하마의 고가네초. 총 매상고가 2백억에 이르는 빠찡꼬 사장인 아버지를 14세의 어린 아이가 일본도로 살해한다. 아이가 자기 제어 의식과 감정을 잃어가는 과정을 치밀하게 그린 점이나 살해당하는 순간 돌발적인 인칭 변화는 뜻밖에 긴박감을 촉진시킨다. 이제까지는 주어가 생략된 상태에서 일인칭으로 나가던 소설이 갑자기 에이치라는 아버지의 이름을 넣어 삼인칭의 거리를 삽입하는 기교, 위기와 공포에 직면한, 곧 칼에 맞아 죽게 된 자신의 피할 수 없는 상황과 맞닥뜨린 한 인간의 긴장이 극명하게 표현되어 읽는 이로 하여금 단숨에 결말까지 동참하게 만들어준다.

금고 속에 감춰둔 아버지의 시체가 부패하며 발산하는 냄새에 갇혀 허덕이면서 아이는 외친다. '아아, 믿어요. 아아, 믿어요.' 비통함이라고도 절망이라고도 이름 할 수 없는 아이의 신음. 전율스럽다.

이 작품이 20세기 말 부친 살인의 신화라고 호평을 받고 있다해도 미진함은 여전히 남는다. 아무리 잘 읽히고 잘 팔리는 작품이라 해도 왜 재일한국인 작가들의 작품은 늘 이렇게 음습하고 세기말적이어야 할까 하는.

그냥 있다

문학에 있어서 언어란 도구일 뿐인가

김석범의 『화산도』

한 작가가 한 가지 주제를 끌어안고 소설 속의 등장 인물들과 더불어 20여 년의 세월을 동고동락해왔다는 것은 결코 간과해버릴 예삿일이 아니다. 1976년 2월부터 월간 『문학계』에 7년 간 연재한 뒤 제1부 3권을 단행본들로 펴내 1984년 오사라기지로상을 수상, 1995년 9월 제2부 연재가 끝날 때까지 일본문학계로부터 꾸준한 관심을 모아왔던 김석범의 『화산도』의 완간(전7권)은 재일 한인문학계는 물론 일본문학계에도 당당한 자리매김을 하고 있다.

"나는 소설을 써왔지만 여러 가지 의미로 살펴볼 때 정치적이었다. 그렇다고 이데올로기 소설을 쓸 의도는 없었다. 문학의 목적은 인간의 해방이다… 문학은 정치와 대결하지 않으면 안 된다." 오사라기상을 수상했을 때의 소감 그대로 그는 『화산도』에서 민족분단의 모순이 상징적으로 표현된 민중봉기인 제주도 4·3사건을 집중적으로 파헤쳐냄으로써 현대 한국 민족사의 갈등과 비극, 친일 세력의 반민족적 행위를 끈질기게 천착했다. 또한 인간이 역사적인 사건에서 받은 충격으로 인해 함몰된 니힐리즘을 어떻게 극복할 수 있는지, 무자비하게 빼앗긴 인간성을 어떻게 회복할 수 있는지를 김석범은 『화산도』 주인공들의 삶을 통해 역설하고 그 안에서 스스로도 구원을 받았다.

'현대의 서사시'(오사라기상 심사위원, 가토슈이치), 구미문학을 포함해서 '20세기 문학의 금자탑'이라고 까지 격찬을 받고 있는 『화산도』는 그럼에도 불구하고 쓰여진 언어로 말미암아 작품 자체의 민족적 소속에 대한 시비가 조심스럽게 논의된다. 문학뿐 아니라 모든 것의 '국제화' 또는 '지구화'를 부르짖고 있는 작금에 유독 문학만이 국경을 단단하게 선 그을 필요는 없지 않느냐는 견해가 있는가 하면, 언어란 한 사회의 얼이고 그 사회의 문화의 표현이므로 내용 여하를 막론하고 도구로 쓰여진 언어가 소속하는 문화를 무시할 수 없다는 목소리도 만만치 않다. 실제로 1996년 서울에서 열린 한민족문학인대회에서 한국어로 쓰여진 작품만이 한민족문학인대회에서 한국어로 쓰여진 작품만이 한민족문학이랄 수 있다는 견해에 대해 김석범은 '언어의 주박 이전 상태에서 벗어나지 못했다'고 분노했다. 그실 『화산도』가 일본어로 쓰여진 것만은 부인할 수 없는 사실이지만 그렇다고 한라산을 중심으로 발생한 4·3사건을 주제로 삼았을 뿐만 아니라 음식, 의복, 제사를 포함한 전례 등 한국인에게조차 신기하기만 한 제주도의 풍물, 풍습이 소상하게 묘사된 『화산도』를 한민족문학이랄 수 없다며 외면하는 것은 분명히 지나치게 편협한 구획짓기라는 견해가 강하다.

분명한 것은 시지프스가 들어올려야 하는 바위처럼 평생을 분단 조국의 비극을 의식하며 힘겨운 행보를 계속해온 재일 동포 제2세대의 원로 김석범의 문학은 분명히 귀속돼야 할 곳을 밝히고서 전개됐다는 점이다. 그런 맥락에서 볼 때 '나에게는 가정도, 가족도, 학벌도, 돈도 없다. 나는 일본인도 그렇다고 한국인도 아니다.'라고 외치며 '없음'과 '아니다'를 바탕에 깔고 출발한 유미리의 문학과는 그 문제 의식의 세계가 다르다. 유미리는 국가관이나 민족 의식, 모국에 대한 향수를 말하기보다는 깨어진 가정과 그 안에서 사는 가족들의 갈등, 새로운 자기세계의 탐구를 통해 자기의 아이덴티티를 추구할 뿐이다. 원로 재일문학인 김석범과 일본문단의 무대 전면에서 현재 각광을 받고 있는 유미리의 문학 세계는 그들 각자가 살아온 시대의 간극을 확실하게 느낄 수 있게 한다. 그런 의미에서 김석범의 『화산도』는 다만 일본어로 쓰여졌다는 이유만으로 한민족 문학이 아니라고 고개를 돌릴 수도, 일본어로 쓰여졌기 때문에 일본문학이라고 밀어부칠 수도 없는 난처함이 있다.

재일 원로 시인 왕수영은 이렇게 말한다.

조국이나 모국이라는 말에 대해/ 생각해본 적이 있습니까/ 한국을 떠나와 타국에 사는 사람들 중에/ 한국을 조국

이라 하는 사람도 있고/ 모국이라 하는 사람도 있습니다 /
그러나 한국어는 조국어라 하지 않고/ 모국어라 합니다 말
은 조상이 직접 가르친다기보다/ 바로 어머니가 가르치기
때문입니다/ 그런데 어머니가 있어도/ 모국어를 모르는 아
이들이 있습니다/ 모국어를 못하는 아이들은/ 어머니가 있
어도 고아입니다/ 어머니를 잃어도 모국어를/ 곧잘 하는
아이들이 있습니다/ 그들은 고아가 아닙니다/ 자식을 가졌
다고 어머니가 아닙니다/ 모국어를 가르쳐야 어머니입니
다. —「고아」, 왕수영 작

그뿐만 아니라 김석범 자신도 1977년 "원통하여라! 일
본어로 쓰여진 나의 소설이여, 화석화된 조국은 멀기만 하
다."라고 탄식했던 적이 있다. 일본어로 쓰여진 『화산도』.
그 소설의 민족문학 시비는 먼 훗날 역사의 심판에나 맡겨
야 할 것인지?

'사소설'의 변모

작가가 자신의 일상을 일인칭의 시점으로 정치하게 그린
'사소설'이야말로 근대 일본문학의 두드러진 특징 가운데
하나라고 말할 수 있겠다. 그것도 흔히 주변에서 만날 수
있는 평범한 모습이 아니라 버림받고 타락한 그리하여 더
할 수 없이 피폐된 파란만장한 삶의 갈피를 샅샅이 펼쳐보
이는 것이다. 주인공이면서 화자인 나는 마침내 고뇌의 뒤

안길에서 진실을 찾아내어 독자와의 깊은 공감대를 만들어내는 것이 종래의 융성하던 일본 사소설의 형식이다.

그러나 오늘날의 일본 작가들은 더 이상 개인의 고뇌만으로는 인생의 진실을 발견할 수 없다고 믿고 있는 듯싶다.

구루마타니 초키치의 『아카메 48폭포의 정사 미수』의 주인공은 소설을 썼던 남자다. 허름한 아파트의 방 하나를 빌어 소설을 쓰는 그는 12년 전에는 술안주 꼬치를 끼우는 일로 입에 풀칠을 하며 산 경험이 있다. 이야기는 같은 아파트에 사는 사람들, 즉 수수께끼의 문신사, 쳐다보는 게 겁이 날 만큼 아름다운 여인, 욕심을 지침으로 삼아 살면서도 인정 많은 아주머니, 사이좋은 남자들끼리의 한 쌍 등 자칫 대중 소설에서나 만남직한 등장 인물들이 주인공의 눈을 통해 명징하게 모습을 드러낸다. 한마디로 오늘을 힘겹게 살아가는 사람들의 냄새가 물씬 풍기는 도시 소설이면서도 등장 인물들을 관찰하며 그들을 구할 수 없는 주인공의 자기 번민과 피폐해가는 정신 세계야말로 이 소설을 사소설의 틀 안에서 여전히 벗어나지 못하게 한다. 동시에 거품 경제가 시작되던 당시의 어지러운 사회가 바라보고만 있을 수밖에 없었던 주인공이 그 정체를 드러내면서 '커다란 움직임 속에서 움직이지 않는 하나의 점'에 불과했던 주인공의 '움직임'을 비로소 보여주는 이야기의 끝부분은 바로 변형된 새로운 현대 사소설의 진면목이 아닌가 싶다.

미완성으로 끝난 연작
홀로 태어났다
홀로 자라왔다
홀로 범행을 저질렀다
그런 어느날
홀로 죽어 사라져간다.

사건 발생 후 20년 9개월 동안 우여곡절의 재판 과정을 거쳐 마침내 48세의 나이로 1997년 8월 1일 사형당하고만 영원한 '소년 N' 나가야마 노리오. 19세였던 1968년 10~11월 사이에 네 사람을 권총 사살한 연쇄살인사건을 일으켜 1969년 체포, 1971년 동경구치소 안에서 쓴 수기 『무지의 눈물』을 시작으로 계속 발표해온 4편의 자전적 연작 소설은 그의 죽음으로 미완에 그치고 말았다.

1983년 『나무다리』로 제19회 신일본문학상을 수상하면서 그는 "이 소설은 써나가면 써나갈수록 나를 고통스럽게 할 것이다. 그러나 나는 내가 죽어 없어지는 순간까지 기필코 끝까지 써낼 생각이다."라고 말했었다.

그러나 그의 칼끝 같은 각오에도 불구하고 그의 자전적 이야기는 열여섯 살에서 끊기고 말았다. 그 이후의 그의 삶의 내력, 특이 열아홉 살까지 왜 그는 그처럼 끔찍한 살

그냥 있다

인 사건을 일으켜야만 했던가의 답을 찾아낼 수 있는 3년 간의 궤적은 영원히 죽음의 어둠 속에 파묻히고 말았다.

이제 우리에게는 그가 남긴 단행본『나무다리』(1984년), 『기아 놀이』(1987년), 『어째서일까, 바다는』(1989), 『이수』 (1990년)를 읽으면서 소설가로서 탁월한 재능을 가지고 태어났던 한 사람이 가난과 무지의 제물로 그 뜻을 다 펴지 못하고 삶을 마감해야했던 안타까움을 절감하는 일만이 남아 있는 것 같다.

순수문학에 관한 성찰과 일본어의 한계

　우연의 일치라고 할까. 국내 유수한 작가들의 작품 속에 나타난 지역어에 관한 논쟁이 신문사 교열전문가(시인)와 문인 사이에 펼쳐진 근간의 상황과 때를 같이 하여 일본문학계에서도 점점 빛바래 가는 순수문학에 관한 안타까움과 일본어의 표현 한계에 대한 우려가 대두되고 있다.

　허기사 순수문학 사이에서 고민해 보지 않은 문인은 없을 것이다. 속된 말로 순수문학만을 고집하기엔 배가 고프고, 그렇다고 오락성이 푸짐한 대중문학만 붙들고 있자니 아무개라는 이름이 흠집이 날 것 같아 편편찮고, 진퇴양난이라고나 할까.

　"순수문학 작품은 왕후 귀족을 후원자로 삼았던 옛날과 달리 지금은 밀어주는 출판사가 없이는 세상 밖으로 나오는 일 자체가 어렵다. 설사 어찌어찌하여 출판이 된다고 하여도 대중적인 오락성이 결여된 작품은 독자에게 외면당하고 만다. 까닭에 문인들은 자연 출판사가 요구하는 방향으로(독자의 입맛에 맞추어 우선 잘 팔려나가야 출판사도 살아남으니까) 작품을 만들어 낼 수밖에 없는 실정이다. 순수문학의

　　　　　　　　　　　　　　　　　그냥 있다

그릇이라 불리 우는 문예지의 작품들을 샅샅이 뒤져보아도 사정은 비슷하다."

또한, 작가 쓰시마 유코는 "그렇기 때문에 기생식물처럼 살아남아 유통되고 있는 문학 작품의 경향이 자극적이고 오락성이 짙은 쪽으로 치우칠 수밖에 없다."고 개탄한다.

리비의 「나의 일본어 편력」(신조 5)이란 수필을 보면 일본 밖에서만 접해왔던 일본어가 막상 일본 안으로 들어가 글을 쓰려고 했을 때 부딪치는 한계점을 토로하고 있다. 리비는 평생을 일본 밖에서 일본문학을 읽고 가르쳐왔다. 마흔 살이 되기 전 미국에서의 교수직을 끝내고 일본으로 돌아와 소설을 쓰기 시작했다. 이런 리비의 다음과 같은 고백을 통해서 일본어(순수 혹은 표준)의 한계 또한 짐작된다.

"8년 전에 돌아간 재일한국인 작가 이양지로부터 '일본 안에 살면서 일본인이란 민족의 특성을 공유하지 못한 채 일본어의 또 한 가지 특성인 가혹한 '아름다움'을 배웠고, '일본어로만 세계를 느끼고 일본어로 세계를 그려내게 되어서는 안 된다'는 사실을 깨닫게 되었다. 그래서 미국과 중국, 이 두 대륙의 소리를 되살리려고 하던 중 일본 밖에서 지켜보아왔던 japanese literature(일본문학)조차 머릿속의 기억으로 바꿔버리고(내가 그리려는) 세계가 온통 지금의 일본어 속에 혼재되어 있는 세계로 되었다."

구스미의 「마르코 폴로와 나」야 말로 앞서 말한 리비의 부르짖음에 대응하는 작품이라 말할 수 있겠다. 그 유명한

『동방견문록』을 알지 못하는 사람이야 물론 없겠지만 실제로 완독한 이는 그닥 흔치 않으리라 유추된다. 이 소설은 마르코의 인물됨이라든가 당시 사회상에 관한 자료를 면밀히 준비했기 때문인지 대단히 재미있게 읽힌다. 무엇보다도 이 작품이 일본인에 의해 일본어로 쓰여졌다는 사실이다. '세계의 안쪽이 있다고 보면 바깥쪽도 있음이 당연하다. 마르코는 그 바깥쪽만을 보았다. 바깥쪽으로부터 본 안쪽 세계는 새로운 바깥쪽이 되어 우리들의 향수를 불러일으킨다. 세계의 안과 밖이 마르코의 구술을 듣는 나 즉 루스티게로(마르코의 구술이야기를 듣고 정리한 실제 인물)가 그리는 지도를 통해 우리들의 책 안에서 하나가 된다.'

이 글 속의 '세계'라는 단어는 '일본어'로 바꿔 부를 수 있을 것이다. 그럴 경우 「동방견문록」은 '바깥' 쪽에서 보는 일본어의 시선을 의미하게 되는데, 거기서 일본어의 '바깥'과 '안'이라고 말할 수 있는 또 하나의 주제를 이 소설은 재미있게 제시해 준다.

볕바른 양지쪽으로 나앉는 재일한국인문학

한 N세대의 재일한국인, 가네시로 가즈키가 첫 단행본 『Go』(고단샤)로 제123회 나오키상을 거머쥐었다. 재일한인문학의 트레이드마크인양 단골주제인 민족의 한과 음습한 뒷골목 범죄의 적나라한 모습을 그리기에 골몰해 왔던 지금까지와는 전혀 다른 밝은 사랑이야기가 그에 의해 전개

되었다.

게이오대학 법학부 출신인 가네시로 자신이 "기존의 재일한국인문학의 틀을 깨겠다."고 부르짖으며 내놓은 작품 『Go』는 자전적 사실 위에 젊은 세대 특유의 신선하고 스피디한 문체로 사랑을 이야기한다. 재일한국인 고교생이 일본 여자를 사랑하는, 이제까지라면 자기 콤플렉스에 빠진 우울한 청년으로 비쳤을 법한 내용을 가네시로는 아주 명랑하고 유머러스하게 펼쳐나갔다.

청소년 범죄의 새로운 해석

날로 늘어만 가는 청소년 범죄는 피폐해지는 환경만큼이나 지구 전체의 심각한 과제인 것 같다. 11회 아사히신인문학상에 선정된 「무두인」의 주제 또한 그렇다. 와세다대학 불문과를 졸업한 필자. 쓰지이가 첫 직장이었던 요미우리신문 우리와 지국 근무 시절 출입처였던 경찰서에서의 취재 경험을 밑그림으로 한 이 소설은 고고생 '나'의 시점으로 풀어나간다.

나와 친구들이 대장놀이를 하고 있으면 의례 가면을 쓴 한 남자가 나타나서 '목숨만은 살려 주십시오.'라고 애걸하면서 땅바닥에 무릎을 끊는다. 무심하게 대장놀이에 열을 올리던 학생들은 자기의 목숨을 애걸하는 어이없는 남자의 행동에 어리둥절할 뿐이다. 나는 그 남자와 함께 그 남자를 닮은 무도관 주인이 전에 과격파의 일원으로 행동

했으며 누군가에게 아내와 아이들도 살해당한 끔찍한 과거가 있음을 알게 된다. 겁에 질린 남자의 모습은 나와 친구들에게 인간적인 동정심이 아닌 폭력을 휘두르고 싶은 욕망을 오히려 증폭시켜 준다.

"최근 일어나고 있는 소년범죄들을 지켜보면 지금까지 동원되고 있는 방법론만으로는 설명이 부족함을 절감한다. 흔히들 가정환경이라든가 유년기에 받은 심적 외상 등을 결정적인 요인으로 말하고들 있지만 그런 것들과는 무관하세 저질러지는 범죄의 경우도 있다. 나는 바로 그 짐에 흥미를 느꼈고 그래서 천착해 보았다."라고 작가 쓰지이는 당선 소감에서 말했다.

엔도 슈샤쿠문학관 완성

에도막부의 가톨릭교 탄압 속에서 그리스도 신앙을 선교하던 외국인 순부의 고뇌를 그린 고(故) 엔도 슈샤쿠의 소설 『침묵』의 무대인 나가사키현 소토메 마을에 그의 문학관이 완성되었다.

슈샤쿠에 대한 일본인들의 사랑은 뜨겁다. 1998년 4월, 도쿄 세타가야문학관에서 열렸던 「엔도 슈샤쿠 작전」은 처음으로 공개된 서간문에서부터 초고, 일기 등을 통해 일본인과 그리스도교와의 만남, 나약한 인간의 고뇌를 뒤밟아 가던 작가의 궤적에 도달할 수 있었다.

그의 사후 1년 반 만에 열린 회고전은 그의 문학을 향한 일본인들의 사랑이 얼마나 깊게 그리고 넓게 퍼져 있는가를 실감나게 했었다.

　이번 소토메에 세워진 「엔도 슈샤쿠 문학관」은 『침묵』의 주인공인 사제 로드리고가 화란에서부터 배를 타고 일본으로 밀입국했던 '토모기 마을'을 무대로 간주하여 건설지로 선정되었다. 슈샤쿠에 관한 모든 유품 등을 전시하고 있음은 물론 문학관 2층에서는 씨름 시합도 관망할 수 있고 '휴식의 광장 석양의 언덕 소토메 공원' 바로 근처에 세워져 있어 경관 또한 대단하다. 총 공사비 4억 5000만 엔을 기꺼이 소토메의 명의로 내놓은 이 문학관의 명예 관장은 작가 미우라 씨가 맡았다.

순수 언어를 키우는 문학의 전사들

　게릴라처럼 곳곳에서 파고드는 영상미디어의 독주로 문학이 위축당하고 있다는 우려의 목소리가 심각한 작금의 상황에서 고운 말로 수놓아진 아름다운 이야기를 읽을 수 있다는 건 글쟁이의 행복이라고 말하고 싶다. CD가 처음 선을 보였을 때 세상의 음악애호가들은 이를 환호하며 LP는 이제 잊혀진 구시대의 유물로서만 남으리라고 자신만만한 장담을 쏟아냈다. 하지만 십수 년이 지난 지금까지도 LP는 여전히 음악의 한 자리를 당당하게 차지하고 있지 않는가.

　문학도 그러하리라고 나는 바라고 있다.

　아무리 현란한 영상매체가 도도하게 밀려든다 해도 그것이 어떻게 문학의 자리를 넘볼 수 있겠는가. 좋은 문학작품을 읽었을 때 가슴에서 물결치는 신선하고 맑은 그 기쁨과 어떻게 견줄 수 있단 말인가. 그런 의미에서도 소개하는 두 작가의 작품은 문학의 건재함을, 그 순수한 언어의 융단으로 황폐한 이 시대를 얼마나 부드럽게 보듬어 줄 수 있는가를 가만히 일깨워 준다.

독창적 의태어의 대가, 가와카미

유독 가와카미 히로미의 작품을 대할 때마다 남의 나라 언어로 쓰여진 소설을 번역하여 전달한다는 일에 어쩔 수 없는 한계가 있음을 절감한다. 문자 언어를 사용해서 자연과 인생의 의미를 그려내는 것이 문학이라 정의할 때, 거기서 쓰여진 언어란 무엇일까.

언어라는 기호의 형식을 빌어 생각과 느낌, 의미 등을 표현한 것이 문학이 아닐까. 그렇다면 그 언어기호의 체계란 바로 같은 언어생활권 안에 사는 사람들의 정서를 드러내는 문화코드에 다름 아닐 것이다. 오랜 세월 동안 함께 어울려 살아온 사람들 사이에서 자연스럽게 생성된 같은 의미체계와 문화코드의 세계를 어떻게 다른 나라 언어로 옮겨 제대로 형상화할 수 있을까. 실로 난감할 뿐이다.

"정식 이름은 마쓰모토 하루오카 선생이지만 나는 그냥 센세이라고 부른다. '선생'도 아니고 '선생님'도 아니다. 가타카나로 센세이이다."

일본 의태어의 달인 가와카미의 『센세이의 가방』은 이렇게 시작된다. 그러나 아무리 발버둥쳐도 그 의미만 어렴풋이 전달했을 뿐, 작가가 의도한 가타카나 센세이가 주는 맛, 바로 이 소설의 매력을 건져 올릴 수는 없다. 그야말로 '바구니에서 물이 새어나가듯 매력이란 매력이 모두 증발해버린 것 같은' 번역이 되고 말았을 뿐이다. 한 상황을 설명할 수 있는 용어를 찾기 위해 밤을 밝혀 본 소설가라면 이 난처함을 이해할 수 있을지도 모르겠다. 이 소설에서만이 아니라 가와카미는 다른 많은 소설에서 주인공의 이름을 즐겨 가타카나로 표기해 왔다. 독특한 분위기를 연출하기 위해서인지, 아니면 그냥 작가의 단순한 기호인지는 모르겠으나 이번 소설에서 센세이가 주는 정서의 분위기는 확실하게 감이 잡힌다. '센세이' 사람이 사람이기 때문에 지켜야하는 어떤 규범과 규격 안에서만 살아가는, 가타카나처럼 획이 확실한 교사의 인간상이 센세이의 기호로 그려진다는 의미다.

37세의 여성 주인공 나는 일에 쫓겨 식사도 제대로 하지 못하고 목욕조차 할 수 없을 정도의 빡빡한 직장생활을 하고 있다. 하루 가운데 유일하게 내가 쉬는 곳은 역 앞에 있는 간이 술집이다. 그 술집 카운터에서 센세이는 가끔 나의 술벗이 되어주곤 한다. 나의 고등학교 국어선생님이셨던 센세이는 학교시절에 각별한 기억이 있었던 관계도 아니고 더더구나 졸업 후엔 오랫동안 만난 적조차 없던 사이다. 다만 가끔씩 이 간이 술집에서 부딪치면서 두 사람의 식성이 상당히 비슷한 것을 나는 알게 된다. 낫토(푹 삶은 메주콩을 볏짚 꾸러미 등에 넣어 발효시킨 식품)에 참다랑어 조각을 얹은 안주라든지, 연근 조림, 염장한 락교 등 자극성이 적은 것을 서로 즐긴다는 걸 알게 되면서 친근감을 느끼고 이야기를 나누게 된다. 그러면서 서로 가벼운 왕래도 하고 같이 시내로 외출해서 쇼핑을 한다든지 간이 술집의 주인과 함께 버섯을 따러 갈 정도까지 둘의 관계가 발전하지만 이미 70세가 다 된 센세이와는 부모 정도의 나이 차가 있어 보통 남녀 사이에 일어남직한 연애의 무늬와는 다른 색깔의 만남이 계속된다. 마치 두 사람의 식성처럼 현란하거나 자극적이지 않은 파스텔 톤의 사랑이 안개처럼 작품 전체에 흐른다.

언제나 허리를 꼿꼿이 세우고, 무슨 연유에서인지 항상 가방을 들고 걷는 센세이의 정중하고 예의바른 말씨가 어쩐지 낯설지만 두 사람 사이에 오가는 뒤죽박죽의 대화, 어찌 보면 부조리하기까지 한 대화가 퍽 흥미롭다. 성애에 대한 요즘 젊은 작가들의 대담한 표현 대신 작품 전체에 면면히 흐르고 있는 격조 높은 에로티시즘도 이 소설을 읽게 만드는 조미료 역할을 단단히 해준다.

무엇보다도 가와카미의 장기인 독창적인 의태어가 이 소설의 대단한 재미다. 마치 이문구의 소설을 읽을 때처럼 마음이 넉넉해진다.

'어두컴컴한 구석에 소복소복 치쌓아 놓은 물건들' '이러쿵저러쿵 친구는 마지막까지 주절주절 이야기를 늘어놓았다' '콩콩콩, 나지막하고 둥글게 문을 두드렸다' '어둠이 우리를 에워쌌다. 우리는 소곤소곤 이야기를 계속했다' '센세이와 지냈던 나날들은, 훨훨 그리고 선명한 색조로 흘러갔다' 등 앞에서도 필자가 고백했듯이 언어기호의 일대 일 번역으로는 가와카미가 조리한 언어의 멋과 맛의 근처에도 갈 수 없는 일본어의 묘미가 가을바람처럼 가슴을 적신다. 이런 작품이 생산되는 한 문학의 입지는 굳건하기만 하다는 생각이 든다.

단편소설의 명수, 다부코 히데오

문예춘추에서 나온 『살아있는 혼』은 다쿠보 히데오의 유작을 모아놓은 단편집이다.

단편소설의 명수란 이름답게 남사와 여사를 에워싼 사랑과 미움, 인간의 마음속 깊이 숨어있는 어둠을 그린 걸출한 다섯 편의 단편이 들어 있다. 두 편을 더 써서 일곱 편으로 묶어 펴내려던 작가의 뜻이 급작스런 죽음으로 인해 애석하게도 꺾여버렸지만 작품집의 편편마다 문학에 목숨을 걸고 평생을 살다 간 다쿠보의 문학 혼이 절절이 묻어난다.

표제작인 『살아있는 혼』의 주인공은 초로의 사내다. 이제 오십 고개를 넘은, 자기의 인생은 이미 너덜너덜한 넝마일 뿐이라고 자포자기한 사내는 가족조차 뿔뿔이 흩어져 떠나가버려 혼자 사는 신세다.

어느 날 사내는 호적등본에서 지금까지 아사쿠사로만 알았던 자기의 출생지가 오오메인 것을 발견하고 놀란다. 사내는 등본에 기재된 주소를 들고 오오메를 찾아 나선다. 마을 번지를 샅샅이 뒤져 헤맨 끝에, 복잡한 사정이 얽혀 있었던 아버지의 집을 마침내 찾아내면서 이야기가 전개된다.

어떤 작품이든지 작가의 경험의 폭과 삶의 깊이가 반영되게 마련이다. 그 중에서도 유별나게 아쿠보의 경우엔 픽션과 현실과의 관계가 지닌 본질적 중요성을 전제로 하고 있음을 모든 작품에서 감지할 수 있다. 『살아있는 혼』의 경우는 더욱 그렇다.

예전에는 위태로울 정도로 감정이 격하고 그러면서도 티없이 맑고 아름다운 모습의 여자 주인공들이 살고 있던 다쿠보의 작품세계 속에 이번에는 남녀 모두가 쇠잔해진 얼굴로 나타나 있다. '다쿠보 문학의 특징을 이루고 있던 아름다움의 요소가 이제는 침잠해 가고 있다. 그 대신 갖가지 죽음의 모습들이 삶의 무대 전면에 전개되고 있다.'고 다카하시는 이 작품집을 평하고 있다. 작가의 유작은 자기 생애의 마지막 모습을 금 긋는 것일까.

신 프롤레타리아 소설과 3F계 소설

여자 일색의 3F계 소설

'소설을 쓴 사람도, 소설 안의 주인공도, 또한 그 소설을 읽는 사람까지도' 모두가 여자 일색인 3F 소설. 오늘을 살고 있는 일본 여인들은 여성 작가들이 만들어낸, 남성 중심 사회 속에서 거세게 보일 만큼 똘똘하게 자기 삶을 꾸려나가는 여주인공들에게 열광하고 있다. 이제는 구식이 되어버린 얘기지만 흔히 '서구식 주택에서 중국 요리를 즐기며 일본 여자의 서비스를 받으면서 살고 싶다.'란 보통 남자들의 소망 속에 잠재된 일본 여인상과는 분명 상당한 거리가 있어 보인다.

종래의 순수문학으로부터 과감하게 장르 파괴의 선봉을 섰고 『고사인탄』으로 제10회 야마모토 슈고로상을 수상한 시노다세스코의 『여인들의 지하드』의 주인공들. 밟혀도 학대당해도 '현대OL의 길'을 꿋꿋하게 지켜나가는 다섯 여자 주인공들의 '지하드' 이른바 성전은 여성 독자들을 매혹시킨다. 미스테리적 재미를 적당히 안배시킨 가운데 '사랑과 일'에 매달려 악전고투하면서 자기 힘으로 삶을 헤쳐

나가는 다섯 명의 직장 여성들의 생생한 모습은 하치오지 시청에서 근무해 온 작가의 경험과 소설가적인 상상력의 산물이라고 유추한다. 성공담식의 소설하고도 맛이 다르다. 작가는 주인공들의 내면을 적나라하게 그려서 독자 앞에 확실하게 보여준다.

시노다 세스코는 이 작품으로 여성 독자의 열광적인 사랑과 함께 1997년도 나오키상을 받는 기쁨까지 만끽하고 있다.

반도 마사코의 「산어머니」, 시바타 요시키의 「RIKO-여신의 영원」과 신작 「염도 City Inferno」, 「소녀들이 있는 거리」 등은 모두 오늘을 사는 일본 여성들의 관심을 끌고 있는 3F계 소설이다.

소설 속의 주인공의 캐릭터가 같은 시대를 살고 있는 대중으로부터 영향을 받는다면 다수의 관심 속에서 읽히고 있는 소설 또한 그 시대, 그 사회의 대중을 이루는 어떤 일관된 흐름을 말해주는 게 아닐까라는 생각에서 순수 문예물이 아닌 흥미 위주의 대중소설을 살펴보았다.

신 프롤레타리아 문학의 등장

목적 의식을 상실한 현대는 읽어서 알기 쉽고 아름다운 영웅의 이야기를 기대하고 있는지 모른다. 대중의 밑바닥에 흐르는 그런 기대가 옴진리교 같은 광신적 신흥 종교 집단을 낳았다는 해석도 있다. 신화적인 영웅 이야기에 발

목을 잡히지 않게 하고 그러면서도 세상의 모든 독자의 눈을 띄게 만드는 문학, 그런 소설을 창작하려면 쓰는 사람 자신과 주인공을 희화할 수 있는 작가의 비평적인 안목이 필요하다고 불문학자이며 시인인 스즈무라 가즈나리 씨는 말한다.

제40회 군상신인문학상을 받는 오카자키 요시히사의 「초속 10센티의 월동」은 진작부터 비평가들 사이에서 '신프롤레타리아 문학'이라는 지적이 나오고 있다. 대형 서적 유통 회사에서 육체 노동을 하는 청년의 반 년 간의 모습을 담담하게 그린 이 작품 속에서 흔히들 땀흘려 일한 뒤에 맛보는 성취감 같은 열기에 휩싸인 주인공의 모습은 일체 찾아볼 수 없다. 다만 주인공 청년이 노동을 하고 있는 상황만이 객관적인 시선으로 상세하게 묘사되어 있을 뿐이다. 청년은 자기 삶의 목적하는 바와는 아무런 상관도 없는 단순 노동 현장에서 컨베어 벨트 위를 미끌어져나가는 책의 물결을 바라보면서 또 다른 가능성을 향한 탐색을 계속한다.

마루야마 겐지의 「불법승의 밤」의 톤은 조금 다르다. 이 작품은 리스트럭처링과 불황의 시대를 건너가야 하는 한 보통 남자에게 실리는 직장의 '무게'를 화두로 던진다.

젊어서 충성을 맹세한 뒤 평생을 전심투구해온 회사로부터 내쫓김을 당했을 때, 이제 막 늙음의 문턱을 넘어서는 보통 남자는 어디까지 혼자만의 자기를 지탱해나갈 수 있

그냥 있다

을까라는 질문을 던진 일본판 『아버지』라고나 할까.

　타인의 막후 조정에 의해 실컷 용춤을 추고 복종을 강요당해왔음에도 오로지 출세를 하기 위해 온갖 개인 감정을 죽여가며 미친 듯이 일만 해온 결과 당뇨병과 실명의 위기를 코앞에 둔 55세의 사내. 바로 얼마 전까지도 대기업의 관리직으로 일했던 사내는 해고당한 뒤 도시를 떠나 고향인 '바람 마을'로 돌아온다. 사내는 퇴직금을 들고 다니면서 고향의 산과 들을 헤매며 고독한 독백을 계속한다. '나는 이미 직장인이 아니야.' '30여 년동안을 줄곧 놓치고만 살아왔어.' 아내는 떠나버리고 몸담았던 조직으로부터도 내쫓김을 당한 사내는 밤마다 들리는 불법승 아니 소쩍새의 울음소리 속에서 차츰 정신의 균형을 잃어간다. 사회성이란 이름 아래 숨겨졌던 자아가 퇴직을 계기로 폭발하여 마침내 파멸에 이르기까지, 수식어가 붙지 않은 짧은 모놀로그로 점철된 이 소설 전편에서, 아쿠타가와상을 최연소자로 받은 후에 문단과 먼 거리를 두고 칩거한 채 50세를 넘긴 지금까지 전심투구 소설만 쓰고 있는 마루야마 겐지의 건재함이 엿보인다.

　사내는 독백 속에서 사회라든가 마을이라는 조직에 대해 저항하여 비대해진 그의 고독은 가상의 적을 만들어낸다. 사내의 고독한 싸움을 통해서 작가는 한 인간이 그 어느 조직에도 소속하지 않고 다만 개인으로서 존재하는 일의 어려움을 극명하게 보여준다.

스즈무라 가즈나리 씨는 다시 말한다.

"주인공 사내의 그와 같은 독백을 하나도 남김없이 건져 올린 작가의 뚝심이 작품을 강하게 만들었고 바로 그 점이 나이든 샐러리맨들의 가슴을 치는 것이 아닐까."라고.

여기서 작가는 밝힌다. 사내의 적은 그의 내부에 잠재해 있던 사내의 분신이라고, 실의와 분노로 가득 찬 사내에게는 가상의 적이 필요했다. 산정에서 벌어지는 사내와 가상의 범인과의 결투는 읽는이로 하여금 기묘한 도착감을 빚어내게 한다. 마치 소설의 주인공 사내와 작가의 싸움을 보는 듯 예사롭게 지나칠 수가 없다.

1997년도 하반기 아쿠타가와상을 받는 메도루마 슌의 「물방울」(규슈예술제 문학상 수상작)은 테마, 형식, 취향 그 위에 문체까지 홀연 일체가 되어 최고의 효과를 거둔 작품으로 평가받고 있다. 주인공 도쿠쇼는 오키나와 전투에서 구사일생으로 살아남은 70세 전후의 남자로 어느 날 갑자기 발이 부어오르고 마침내는 엄지 발가락에서 물방울이 떨어지는 이상한 병에 걸린다. 옆으로 누워 꾸벅꾸벅 졸고 있기만 하면 특별히 다른 고통은 없다. 밤이면 오키나와 전투에서 도쿠쇼와 같이 싸우다 죽었던 병사의 혼령들이 나타사 그 물을 조금씩 나누어 마시고 그에게 감사하면서 사라진다. 결국은 생사를 같이 했다가 죽어버린 전우에 대한 살아남은 자의 부채와 그 부채로부터의 자기 해방의 몸짓이다. 비현실적인 사건을 중심으로 우화적 형식의 이야

그냥 있다

기 전개는 치밀한 묘사의 리얼리즘으로 확실한 뒷받침을 받고 있다는 평에 대해 작가는 "어려서 경험했던 할아버지의 병에서 힌트를 얻어 만든 이야기이기 때문에 납득이 갈 때까지 몇 번이고 고쳐 썼다."고 고백을 한다. 아울러 "소설은 시대와의 위화감으로부터 생겨나야 만한다. 기본적으로 작가는 말할 필요가 없다. 모든 의문은 하나에서 열까지 작품이 설명한다. 상을 받았다고 기뻐 들떠서 떠드는 것은 경박하고 꼴불견이다."라고 말할 만큼 수상자 메도루마 쥰은 뼈대가 거센 문학인이다.

막 내린 제1세대 재일한국문인

김달수의 죽음은 재일한국문인 제1세대의 끝맺음을 의미한다. 광범위한 리얼리즘으로 인간 회복, 민족의 통일을 테마로 내걸고 『후예의 거리』 『현해탄』 『태백산맥』에서 시작하여 『쓰시마까지』 등 왕성한 창작 활동을 통해 재일 한국인은 물론 그를 아끼고 존경해오던 일본인들에게도 끝없는 애도를 자아냈다.

문학 분야에서 뿐만 아니라 고대 이후 일본에 남아 있는 한국 문화의 흔적을 찾아내 자세하게 기록해놓은 『일본 속의 조선 문화』(전11권)는 또한 역사 연구자로서의 김씨의 조국에 대한 뜨거운 정을 느끼게 한 필생의 업적이다.

잃을 게 없다는 의식마저 상실한 청춘

미우라 마사시의 『청춘의 종언』

비평은 리비도라고 여겼던 70년대 후반을 지나 매스미디어 혹은 대중문화라고 부르던 시대의 흐름에 부응하여 일본 문예비평의 대상도 점차 광범위해지고 있다. 그런 흐름 속에서 『나라고 하는 현상』을 내놓으면서 '문학은 지적 호기심의 하나다'라고 외친 미우라 마사시가 그동안 15회에 걸쳐 군상에 연재해 오던 장편평론 『청춘의 종언』을 4월호로 끝을 맺었다.

미우라의 장문에 걸친 복잡한 논지를 한 마디로 뭉뚱그린다면 독일 관념론의 흐름을 쫓아 청춘이라고 하는 현상의 철학적 고찰이라 감히 말할 수 있겠다. 그는 우리나라 젊은이들 사이에서도 많이 읽히는 무라카미 하루키와 무라카미 류의 소설은 이미 청춘에 관한 소설이 아니라고 단언한다. 그가 여기서 말하는 청춘이란 "잃어버릴 게 아무 것도 없다."라는 의식으로부터 시작된 근원적이면서 급진적인 문학의 주제다. 그런데 바로 이 '잃어버릴 게 아무 것도 없다'라는 의식 자체가 애초부터 두 소설가에게는 없었

　　　　　　　　　　　　　　그냥 있다

다고 그는 말한다. 전후 일본의 청춘다운 청춘의 의미를 꽃피워냈던 고바야시 히데오(1902~1983, 마르크스주의 문학운동이 한 고비를 넘긴 뒤 지도적 비평가의 역할을 수행하면서 문학만이 아닌 모차르트, 도스토에프스키, 고흐 등에 대해서도 전천후의 비평을 담당)나 다자이 오사무(1909~1948, 도쿄대학 재학 중 공산주의 운동에서 탈락, 자살, 정사 미수 등 자신의 삶의 굴절이 작품에 많이 투영되어 있음) 이후 일본문학에서 청춘은 종언을 맞았다는 게 미우라의 주장이다. 1970년 경을 즈음해서 대학은 한꺼번에 대중화로 치달아 청춘은 바로 나이의 젊음 그 자체로 교양은 지식의 축적으로 세인들이 인식하게 되면서부터 진정한 청춘은 일본에서 막을 내렸다는 거다.

그는 또 주장한다. 19세기 말까지 유럽문화를 뒤엎었던 청춘은 도쿠토미 소호(경성일보 초대 사장을 지냈으며 패전 당시 천황의 패전문을 작성한 언론인, 사상가)에 의해 일본에 소개되었고 기타무라 도코쿠, 구니키타 돗포, 나쓰메 소세키, 시가 나오야 등에 의해서 그 내실이 이루어졌다고 여기서 미우라가 열거한 문인들의 행적을 간단하게 살펴보자.

일찍이 자유민권운동에 참여했다가 요절, 정치에서 문학으로 방향전환을 한 기타무라는 연애와 그리스도교를 동시에 체험하게 되고 마침내 열렬한 낭만주의자의 입장에서 글을 썼다. 그의 『염세시가와 여성』은 연애야말로 인생의 비밀을 풀 수 있는 열쇠라면서 대담하게 연애를 노래했다. 결국 반봉건적 메이지 사회와 격렬한 투쟁 끝에 25세

약관의 나이로 자살하기까지 스스로도 힘든 청춘을 겪었다.

낭만주의 작가이면서도 일본 근대화 흐름에 많은 영향을 끼친 구니기타는 지적인 작가로 평가받고 있다. 자연과 인간을 산문시풍으로 그린 『무사시노 들판』이나 『쇠고기와 감자』 같은 작품을 거쳐 『두 노인』에서는 자연주의 작가로서의 면목을 보여주었다.

우리에게는 『도련님』으로 낯익은 나쓰메 소세키는 영국 유학파로 『나는 고양이다』로 인정을 받아 자품활동을 시작했다. 초기의 문명비평적이고 풍자적인 작품에서 차차 내면의 문제로 주제를 이동, 근대 지식인의 불안과 고독을 그렸다. 『도련님』은 행동적 정의파라고 부를 수 있는 중학 교사의 활약을 그린 초기 작품으로 그야말로 현실을 모르는 청춘의 이야기다.

시가는 일본 근대문학을 대표하는 리얼리스트로 '소설의 신'이라고까지 일컬어진다. 그의 소설은 그리스도교와 가깝게 접목되면서도 반목하는 자세에다 부친과의 충돌을 거치면서 더욱 확고해진 개성을 철저하게 추구하고 있다. 대표작 『성의 끝자락에서』는 자기의 생명을 예리하게 응시한 작가의 심경을 그리고 있다.

이처럼 기라성 같은 이들에 의해서 튼실해졌다는 청춘이란 과연 무엇인가. 미우라는 말한다. "비일상을 일상이게 하는 시공, 축제의 시공의 별명"이며 "마르크스와 도스토예프스키가 대위를 이루는 구도."라고.

또한 그의 장편평론 안에는 움찔 놀라게 할 만한 단언들이 심심찮게 읽힌다. 고바야시는 "비평의 기준, 인생의 기준에 이르기까지 위장을 했다."라고 한다든지 다자이는 "자기 의식의 미궁으로부터 빠져나온 논리의 유희를 인간의 근원적인 쓸쓸함과 결부시켜 보여주었다."라든가, 요시모토 디카아키는 "자립을 노래했다. 모든 것을 자기식의 논리로 세계를 해명하려 했다." 혹은 오에 겐자부로는 "처음부터 끝까지 급진파라고 하는 주제를 좇고 있다. 이 작가는 1960년대라는 주제로부터 단 한 번도 떠나 본 적이 없다."라는 등 저널리스트적인 시선으로 문학과 사상의 조류를 입체적인 논리로 풀어나갔다.

프랑스의 현대사상이라든지, 바흐친의 '카니발론'까지 혼재된 이 장편평론은 충분히 '청춘'의 새로운 좌표를 제시했다는 평을 받고 있다.

『만월』에서 보여준 김석범의 노익장

재일한인문학의 거목 김석범(75세). 그가 여전히 건필하고 있음을 군상에서 보여주었다. 일본 원고지로 367매(우리 분량으로 734매)의 『만월』은 단번에 전재될 만큼 한 페이지도 놓칠 수 없는 역작이라고 일본문단에서 평가받고 있다. 문학에도 유행이 있고 흐름이 있게 마련이지만 그의 작품은 이런 조류에 휩쓸리지 않고 오히려 현재 안에서 과거를 살아가는 인간을 그리고 있다.

『만월』은 세월이 흘렀다고 해서 지워버릴 수 없는 인간의 아픈 기억을 역사의 시간 축을 따라 파헤쳐간 묵직한 작품이다.

일본으로 밀항한 후 히가시오사카 코리아타운에서 조용하게 살고 있는 제주도 출신의 문성규라는 남자. 그의 어머니의 죽음의 진상은 역사의 어둠에 감추어져 있다. 1948년 일어난 제주도의 4·3사건, 그 역사의 피비린내 나는 학살 현장에서 도망쳐 나온 사람들이 적잖게 사는 코리아타운의 문성규는 살해당한 어머니의 생명과 맞바꾸어 얻어낸 삶을 살아간다. 문성규가 살아온 반세기동안 수없이 되풀이 한 맹세는 단 하나다.

"어찌되었든 살아남아서 복수를 해야만 한다!"

어느 해 제삿날 밤, 문성규는 문득 자신에게 묻는다. 도대체 나는 무엇을 위해서 복수를 해야만 한단 말인가? 교교한 달빛과 빨간 동백꽃, 여자들의 통곡이 문성규의 가슴 속을 깊숙이 파고들었다.

꽃잎이 날아오른다.

꽃잎이 우주 속으로 팔랑팔랑 날아오른다.

다시 또 한 잎이 팔랑팔랑 날아오른다.

무당이 내뱉은 한숨에 동백꽃잎들이 한꺼번에 훨훨 날아오른다.

그냥 있다

달빛을 받은 꽃잎이 반짝이면서 만월을 향해 밤하늘을 날아오르고 있다.
데뎅, 뎅뎅뎅, 뎅뎅뎅 다앙당 다앙당 당당, 굿은 여전히 계속되고 있다.

마지막 구절을 읽으면서 전율로 온 몸에 돋아나는 소름 발을 억제할 수 없다. 75세의 노인이 쓴 글이라고는 믿을 수 없는 힘이, 김석범 그가 역사를 향해 부르짖는 절규가 절절하다. "말이 떨어지지 않는다."고 절규하던 주인공의 아픔이 가슴을 얼얼하게 만든다.

타인의 선택이 우선하는 현실

　사람이 사람답게 산다고 말할 때 그 '사람답다'의 함축된 내용은 어떤 것들이 있을까.

　후지사와의「아지랑이의」(문학계 9월호)나 후카사와의「팔자타령」(군상 9월호)을 읽으면 사람마다 한세상을 살아가는데 의외로 자기의 온전한 자유의사에 의한 결정이 거부된 현실을 사람들이 견뎌내고 있는 걸 발견하게 된다. 사람들은 항용 자신의 자유로운 의사로 선택한 삶을 살고 있다고 저마다 믿고 있다. 그러나 이 두 소설에서는 뜻밖에도 나의 일상이 나의 자유의사로 선택되어진 내용으로만 채워질 수 없는, 이미 보이지 않는 누군가에 의해 금 그어진 테두리 안에서만 선택이 가능하다는 걸 극명하게 보여준다. 내가 어떤 상황을 선택하는 것이라기보다는 보이지 않는 그 누군가에 의해 오히려 내가 선택당한다는 이야기다. 하이데거나 니체가 부르짖었던 '태어나면서부터 신에 의해서 결정되어진 인간의 운명'이란 것이 바로 이런 것이었을까.

　「아지랑이의」주인공 '나'는 한 포목점에서 일했었다. 나는 파견 근무하던 백화점 화장실에서 담배를 피웠다는 이유만으로 근무처로부터 해고당한다. 매월 네 번째 수요일, 나는 직업안정소에서 실업 보험 수급 자격을 인정받아 재직 당시 월급의 65%에 상당한 돈을 기본 수당으로 받는다. 기본적인 생활이야 그 기본 수당으로 근근이 꾸려 나간다 해도 여전히 취직은 불가피한 과제다. 다시 새 직장을 찾기 위해 전전긍긍하면서 나는 타인으로부터 내가 선택되기 전에는 아무것도 자의에 의한 선택권이 없음을 새삼 알게 되고 경악한다.

예를 들자면 구인정보지에 게재된 모든 광고는 '이 광고건 저 광고건 20대만을 원하는 것뿐'이어서 32세의 '나'는 선택에서 제외된 존재다. 엎친 데 덮친 격으로 실직한 뒤로 한 달 내내 이력서를 내고 기다렸던 여러 회사로 부터는 하나같이 나이가 많다는 이유로 거절당하고 만다.

'나'의 모든 선택권과 결정권이 박탈당한 것을 자각한 나는 직업안정소 안에서 틴달(tyndall) 현상을 느낀다. 콜로이드 분산계에 빛을 비추었을 때처럼 직업안정소 실내에 가득한 공기 속, 그 빛의 통로며 통로 안에 있던 미립자가 광선을 반사하며 눈부시게 빛나는 것이 '나'에겐 낱낱이 보였다. 사물을 볼 수 있도록 하는 빛 그 자체의 궤적을 '나'는 보고 만 것이다.

「아지랑이의」는 제목이 주는 상징성같이 시스템 그 자체의 구조와 논리를 주시하면서 외부의 언어로 광선을 굴절시키는 소설이라 할 수 있겠다. 직업안정소 수급 창구에서 "바보 녀석!"이라고 욕설을 퍼부으며 "우리들은 지금 직업을 구하기 위해 온 거란 말야!"라고 일갈하는 주인공 '나'는 나의 감각이 이미 내 육체로부터 분리되어 나갔음을 깨닫는다. '자기의 뒷모습을 자기가 보고 있다.'는 전율스런 느낌. '앞에 있는 자기도 뒤에 있는 자기도 또 그것을 생각하는 자기도' 진정한 '나'가 아니라는 자각은 주인공 '나'를 틴달 현상 안으로 더욱 깊숙이 함몰시킨다.

후카사와의 「판자타령」에서 노부코의 경우는 어떨까. 그녀는 40대 후반의 재일한국여자다. 정보주간지의 편집을 맡고 있는 노부코는 마흔 살 때 어머니를 여윈 뒤로는 줄곧 '자기 삶의 근원, 뿌리는 영영 없어져버렸다.'는 고정관념에 사로잡힌 채 살아왔다. 그런 어느 날, 32년 전 조선민주주의인민공화국(북한)으로 돌아간 사촌 올케의 전화를 받는다. 느닷없이 평양으로부터 걸려온 이 전화는 그녀에게 얼마간의 돈을 좀 부쳐달라는 부탁이었다. 전화를 받은 뒤 노부코는 일본에 눌러 앉아 살게 된 자기의 가족사와 북한으로 가버린 큰집의 내력을 새삼스럽게 상기한다.

부모나 친척간의 피로 맺어진 인연이 결코 자기의 의지대로 선택할 수 없는 필연적인 관계인 것처럼 제2차 세계대전, 6·25 이후 한국, 북한, 일본의 세 나라 가운데 어느곳을 택해 안주할 것인가에 대한 자유 선택권이 개개인에게는 전혀 허용되지 않았던 상황을 떠올렸다. 오랜 세월

얼어붙었던 국가와 국가 사이의 냉전은 남의 나라에서 살수밖에 없었던 '재일한국인'들에게는 서럽고 추운 세월이었다.

학교를 졸업하고 사회로 내딛은 첫발부터 노부코에게는 비포장도로였다. 취직을 하기 위한 시험이나 면접의 기회조차 그녀에겐 주어지지 않았다. 학생 시절 그녀가 소망해왔던 직업을 찾는 일은 언감생심이었다. 더욱 끔찍한 일은 그런 일로 좌절하거나 후회할 여유마저도 허용되지 않는 폐쇄된 시대를 살아내야 했다는 사실이다. 지금의 노부코에게는 거의 모든 의미가 퇴색해버린 직장 일이 그때는 어찌 그리도 대단한 비중을 차지했는지 모르겠다.

자기의 의지와는 관계없이 제멋대로 주변 상황이 흘러가고 자신이 몸담아 일할 직장이라든지 이러이러하게 살고 싶다는 소망을 펼쳐 나갈 기회까지도 처음부터 반납당한 현실에 부딪치고 깨지면서 노부코는 그냥 살아왔다. 그러면서도 그녀는 이 모든 상황을 팔자라든지 운명이라고 돌려버리는 걸 용납하지 않았다.

다만 지금부터라도 자기가 원하는 대로의 삶을 영위하려면 새로운 시도가 필요하다고 노부코는 믿었다. 이제까지 일방적으로 자기의 본질을 규정지어온 타인을 우선 전체로 받아들인 다음 자기가 그 타인에게 어떤 식으로 선택되어졌나를 새롭게 발견해야 한다고 다짐했다. 그것을 실천하기에는 딱히 무엇이라고 이름을 붙일 수도, 그렇다고 흐지부지 묘사할 수도 없는 과거와의 만남이 요구된다는 사실이 「팔자타령」을 읽는 이의 가슴에 과제로 남는다.

일주기를 앞두고 어머니의 유골을 한입에 털어 넣은 노부코. '귓속 가득히 둔중하게 반향되는 뼈 씹는 소리를 들으면서 "이제 다시는 울지 않겠어. 눈물을 흘리는 것도 오늘이 마지막이야."라고 결연히 다짐하는 노부코. 타인이 없는 자기의 존재 혹은 자기가 없는 타인의 존재 또한 있을 수 없다는 인식의 한가운데를 그녀는 당당하게 걸어 나갔다.

흘러넘치는 세기말의 절박감

일본문학을 읽다보면 소재의 기발함에 항상 충격을 받는다. 『스바루』10월호에 발표된 미야시마의 「힙합 댄스」에 등장된 인물들은 하나같이 뒤안길 인생이다. 주인공 '나'의 직업은 산에 버려진 각양각색의 애완동물을 붙잡아 처리하는 일이다. 중동 출신의 리다, 일본계 브라질인 3세, 필리핀인, 그리고 전과 경력이 있는 남자 한 명은 이 일을 같이하는 '나'의 동료다.

일찍이 어머니로부터 서커스 천막 근처에 버려졌던 경험을 가지고 있는 '나'는 물론 나의 동료들은 하나같이 사회 혹은 국가나 가족으로부터 버려진 인물들이다. 이같이 버려진 인간들이 모여 인간들에게 버려진 동물들을 잡아다 죽이는 일을 하고 있는 상황 설정은 세기말의 절박감을 가

그냥 있다

세해준다.

서커스에서 이미 쓸모가 없어져버린 검은 코뿔소가 뼈를 고스란히 건져 표본을 만들기 위해 부엽토에 생매장당하고 아직 어린 하마 역시 같은 운명에 떨고 있다. 뭐니뭐니해도 이 소설의 압권은 한쪽 유방을 잃은 러시아 댄서와 어린 하마가 어우러져 추는 '힙합 댄스'다. 일본인, 각국의 노동자들, 수입된 동물들까지 구별 없이 어우러져 함께 보여주는 인생 여정이 너무나 끔찍해 진저리가 쳐진다.

다 읽고 나서 "날이 밝으면 하마는 도망갈 수 있을 것 같애."라고 말한 '나'의 꿈이 실현되기를 바라는 마음이 간절한 건 그만큼 절박감이 컸다는 것이리라.

나무소설가선019

그냥 있다

1쇄 발행일 | 2020년 10월 5일

지은이 | 김예나
펴낸이 | 윤영수
펴낸곳 | 문학나무
기획 마케팅 | 03085 서울 종로구 동숭4나길 28-1 예일하우스 301호
이메일 | mhnmoo@hanmail.net

출판등록 | 제312-2011-000064호 1991. 1. 5.
영업 마케팅부 | 전화 | 02-302-1250, 팩스 | 02-302-1251
ⓒ김예나, 2020

ISBN 979-11-5629-107-7 03810